湛庐 CHEERS

与最聪明的人共同进化

HERE COMES EVERYBODY

陈楸帆　江波　[英]伊恩·麦克劳德（IAN R. MACLEOD）等 著

希望之地

PROMISED

TECHNOLOGY AND THE GOOD FUTURE

技术
与好的
未来

四川科学技术出版社

小说灵感来自"技术与好的未来"科幻工作坊，该工作坊由未来事务管理局与蚂蚁金服在中国杭州联合举办。

TECHNOLOGY AND THE GOOD FUTURE

技术与好的未来

井贤栋
Jing Xiandong

蚂蚁金服董事长
兼 CEO

　　儒勒·凡尔纳说:"一个人能够想象出来的东西,另一个人都能把它变成现实。"潜艇、直升机、宇宙飞船、人工智能、基因技术等重要发明和创新与科幻作品之间千丝万缕的联系,为这句话写下了注脚。从而这句名言成为科幻与现实世界实现连接的最经典描述。

　　2017 年,我们邀请多个国家的科幻作家来杭州交流,美国科幻和奇幻作家协会董事劳伦斯·舍恩(Lawrence M. Schoen)看到我们展示的智能餐桌时,就很兴奋地告诉我的同事,在他的第二本小说中就想象了这种餐桌——一群语言不通的外星异族人通过智能餐桌省去和服务员交流的过程,便捷地了解菜单、点好食物。他还感慨地说:"现在的科幻小说家越来越难当了,小说中的场景正在越来越快地变成现实,逼迫我们要想得更远。"

　　长久以来,人类的想象力不断开启探索之门,引领着技术的进步。当未来学家预言的技术奇点临近时，科技的发展追赶人类想象力的步伐也越来越快。我们开始认识到，忧天的杞人是有价值的存在，科幻作家们也在创作越来越多的反乌托邦作品以警示人类：飞速发展的技术，并不一定会将我们带向一个美好的未来。

恐惧源于未知。行差踏错的代价从未如此巨大，所以如何才能保证前行的方向呢？在蚂蚁金服，我们相信锚定人类福祉，致力于解决贫困、疾病和环境污染这些全人类共同面临的挑战和问题，是技术发展的方向，也是意义。

当为期两天的杭州行程结束时，令科幻作家们印象最为深刻的不是区块链、人工智能、云计算等这些前沿科技，而是我们早已习以为常的二维码。

我略感意外，但细细一想，也确实是情理之中。从2004年支付宝作为担保交易服务在淘宝网诞生到现在，不过短短15年的时间，陌生人之间的隔空网络交易已从不可想象到变得稀松平常。今天，借助科技的不断创新，每年超过千亿元的交易在各种电商平台和生活服务平台上达成，技术已经融入我们的生活，像我们呼吸新鲜空气一样自然。

在这样的平台上，性别、年龄、身体状况之类的种种差异不再影响人们就业和赚钱，多少人的命运因此而改变。更不用说移动支付兴起后，数以千万计的小商户、夫妻店、流动摊点，只需要一张用于支付的二维码就可以做起自己的生意，打理自己的劳动所得，扩大生意规模。

美国科幻作家卡罗琳·艾夫斯·吉尔曼回美国后发来对杭州之行的反馈："打动我的不是技术细节，而是每一个微小的个人如何使用这些技术，那些市场里的小商贩、手工艺人不需要任何门槛，就可以使用电子支付……我从没见过哪个大企业如此关注这个群体，他们不是富人，不是大企业，但他们是庞大的金融系统里的一部分。"

如她所言，几亿人的生活就这样悄然发生了改变，这一切，是因为技术的力量，不能不说这是非常"科幻"的一件事。

当我们问及：在一个只要动动手修改一下代码就能让世界发生天翻地覆的变化的未来，如何才能确保不让变化带来灾难性的后果？这些科幻作家展现出我们未曾期待过的乐观，这和他们经常在作品里毁灭世界的表现可不一样。

加拿大科幻作家德里克·昆什肯就认为，为推动社会进步而做的改变就是好的，人们在"修改代码"时应该有明确的目标：是为了普及教育，还是为了提供更好的医疗服务？是让无家可归的人不再流落街头，还是让不同国家的人都能拥有自己满意的生活？

作为中国更新代科幻作家代表的陈楸帆，擅长写近未来的科幻题材，他对未来也充满信心，相信用发展解决发展中的问题是更加现实的方法。

我们希望用技术来解决今天和未来的问题，我们认为只有行动才能带来改变，我们相信爱和人性是这辆飞驰的技术列车的刹车，而方向盘始终就在我们手中。

因为相信，我们看到好的未来。

IMAGINATION AND EXPECTATION BOTH SHAPE OUR FUTURE

想象，期待，塑造我们的未来

✕

李兆欣
Li Zhaoxin

未来事务管理局
合伙人

如果让我们想象未来，立刻浮现的总是那些横跨宇宙的壮阔冒险，或是技术接管人类生活的灰暗未来。极端的推演和奇崛的想象当然会吸引我们的注意力，但真正将会发生的，一定介于所有这些极致之间，润物细无声地改变这个世界，以及我们自己。这种改变其实已经发生，只是它还没有被你看到。

赛博朋客时代的缔造者之一、科幻作家威廉·吉布森（William Gibson）说，未来已经到来，只是分布不均。在他看来，未来如同雨云，飘到哪里，哪里才会下雨，甚至可能如同不靠谱的天气预报，说好的未来却没有出现。

当一个科幻作家描绘一种未来时，就凭空召唤出了一片雨云，为我们展示一种未来。这种未来或缓慢或激烈，就和雨云一样，并不会让你离开自己的生活，可能只是为你展示闪电的颜色，云和烟的纠缠，草木洗去灰尘的深绿，以及浑身湿透的你自己。你感觉到自己的心脏在雨中跳动，和地球的脉搏一致，雨水落下，又再奔流入海，千百万年来循环往复，见证着文明的兴衰和地球的演化。顷刻间，雨收云散，你又回到了现实。

为了展现我们眼中的未来，那些如同雨水般确实可能出现的未来，未来事务管理局和蚂蚁金服召集了国内外科幻作家的中坚力量，向他们展示中国对未来技术和社会的想象，以及正在发生的实践。外国科幻作家惊讶于中国这个他们眼中的古老国度正在发生的技术化改造，中国科幻作家则很想了解掌握了我们生活技术的巨头们想要实现的未来。最终，在知识的交换和观点的交锋中，我们得到了这些故事，这些将为你降下不同雨水的云。

《三体》作者刘慈欣说："未来像盛夏的大雨，在我们还来不及撑开伞时就扑面而来。"

现在，请撑开你的伞，未来的雨来了。

技术变革如何影响人类的未来？
扫码下载"湛庐阅读"App，
搜索"希望之地"，
让著名科幻作家、银河奖、华语星云奖金奖获得者江波亲自讲给你听！

PROMISED LAND

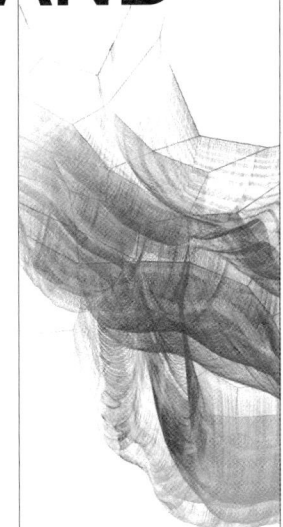

THE MAN WITHOUT DEBTS

*THE M
WITHO
DEBTS*

01

无债之人

陈楸帆
Chen Qiufan

✕

知名科幻作家，中国科幻小说银河奖、全球华语科幻星云奖、世界科幻奇幻翻译奖得主，以现实主义和新浪潮风格著称，被视为"中国的威廉·吉布森"。

毕业于北京大学中文系、艺术学院，曾任职于谷歌、百度、诺亦腾，现为传茂文化创始人，专注于开拓中国原创科幻文娱产业。

代表作品有《荒潮》《未来病史》《后人类时代》，并将在 2019 年出版《荒潮》英文、西班牙文、德文等海外版。

在人类现有文字记载的历史中，第一个代表"自由"的词是苏美尔语中的债务自由。

——《神圣债务论》02：35

1

我记得梦中的最后一幕，黏稠的黑色潮汐漫过每一寸身体，它们分解成极细小的锁链侵入我的皮肤，依附在血管、细胞、神经和腺体上，彼此摩擦，发出金属般的声响，然后开始漫长而优雅的劳作，似乎要在我的身体里建起一座地狱，或者城堡。

"方下巴，你又做梦了？"

我睁开眼，是小雀斑。她关切地看着我，不是来自表情管理模块的建议，而是那种真正的关切。这在我的职场生涯中很稀有，尤其是在这儿，在距离地球几十万公里之外的"冷酷"的太空里。

"你看到我的数据出现异常了？"我环顾

四周，挤入狭小的控制舱，空气中混杂着汗臭和化学药剂的味道，矿工们各自忙碌着，对彼此漠不关心，认知模块不时弹出《神圣债务论》教义，"负债累累是有罪的，是不完整的"，这跟综艺节目中插播的广告没什么两样。一切都没有改变。

"没有，你在发抖，就像被丢进冰窟被冻的那种发抖，可是你的体温显示正常。上一次也这样。"

"哦……"我若有所思地说，"也许我梦见被丢到了舱外，然后……"

我鼓起腮帮子，翻了个白眼，就像那些在绝对零度真空中膨胀的尸体。

"不好笑，轮到你值班了。我给你看点东西。"

小雀斑别过脸，但我还是能看到她嘴角的弧线轻轻上扬。她有一种天赋，无论身处的境况多么恶劣，她总能从中找到乐子。

"看，像不像放羊。"

从她递过来的屏幕上，我看到了一场类似羊群归圈的表演。只不过，草原变成了浩渺无垠的太空，而羊，则是一颗颗形状各异、直径 7 米左右、成分不等的 C 类陨石，含有水、富碳化合物、铁、镍、钴、硅酸盐残渣等珍贵原料，根据密度不同，有的质量可能高达 500 吨。这些沉重的"羊"格外悠闲而缓慢地移动，像是在沿途寻觅着鲜嫩多汁的青草。

这趟回圈的路，它们可能已经走了好几个月，甚至好几年了。它们不着急，我们更不着急。

说不着急只是为了安慰自己。几个月前，我从 T 级别的物资消耗数据上发现了一个隐蔽的缺口，似乎我们的水、氧气、蛋白质和能源都以略微高出理论正常值的速率被消耗着。我怀疑是管道泄露或流程中的管控漏洞造成了这一现象，但我没有证据。

我不想到外面探究真相，一想到冰冷黑暗的无垠宇宙就让我毛骨悚然，小腹酸胀。

我试图从数学的角度解决这一问题，就像我解决很多其他的问题一样。

✕

脑中的认知模块"哗啦哗啦"地翻阅着数据，将反馈投到我的视网膜上。

根据概率统计，这种尺寸级别的 C 类陨石在近地小行星中可能多达上亿个，但能够被观测、定位、追踪到的连十万分之一都不到，更不用说使用光学、近红外光谱、热红外通量或者激光雷达对其成分、尺寸、自转以及表面地形进行详细的测绘了。原因很简单，这些天体太小，轨道运行周期太长，只有观测点在一定的距离内时（比如 0.01 个天文单位），才能被捕捉到，这简直比大海捞针还难。

一旦有人在茫茫星海中找到了这些珍宝，便会从最近的行星际资源勘探太空站派遣出"牧羊犬"。这些完全自动化的机器人依靠太阳能电力和氙推进剂驱动，最新型的霍尔 V 推动器能够提供高达 80 千瓦的功率和 5 000 秒的比冲量。当接近目标后，"牧羊犬"会绕着"羊"小跑几圈，像是在嗅它身上的膻气，找到最合适的下口点，然后伸出 6 个螺旋式锚一口咬入陨石表面，再启动 6 个矢量推进装置，用以首先停止陨石的自转，其次将其推离原先的轨道，最后沿着精确设计的路径，缓慢而坚定地拖着陨石到达某个最近的引力平台，比如地月拉格朗日点 L2 或 L4，与别的"牧羊犬"会合。

5 块陨石彼此缓慢地靠拢，像俄罗斯方块一般旋转着，寻找着最精确的触碰点，撞击力度不能太重，也不能太轻，一切都得恰到好处。它们连接成了一个近乎球形的整体，如同回归到胚胎状态。

"我觉得吧……更像是斯诺克啊。你看，中间那个白球走的弧线多漂亮，只有真正的高手才能让这些散兵游勇听从指挥，从太空的不同角落，长途跋涉到这里，给彼此一个轻轻的吻。"

小雀斑轻轻哂了一声，似乎对这份肉麻的吹捧不屑一顾。

尽管大多数工作都是由机器和程序自动完成的，可这里是太空，任何事情都可能发生。小雀斑的工作就是对突发事件进行干涉，比如陨石轨道偏离，"牧羊犬"故障，撞击时钢体破碎产生的危险的碎片等。在她的比喻体系里，她就像一名兽医，时刻准备出击，拯救"羊群"与"牧羊犬"。对于我们来说，"羊"身上的东西是最宝贵的。

"行了，方下巴，等我回来再陪你贫嘴，哥我得出去'割羊毛'了。"

小雀斑开始钻进宇航服，只有这时，我才意识到她有多么娇小，就像发育不良的未成年少女，可从年龄上来说，她应该有二十六七了吧。这个基地里有不少女人，辫子、长腿、汗毛怪，公司维持性别比例的一个重要原因是，因为在太空里女性比男性更有忍耐力，无论是抗辐射、耐饥饿，还是心理韧性，她们的得分都比男性要高得多。另外，适当比例的女性能够减少男性成员之间的摩擦和焦虑。

"我走了，一会儿见。"小雀斑的脸在面罩后面若隐若现，鼻侧的雀斑并不是很明显。

"小心点。"我已经不记得她的名字是从何而来。通常来说，每个人都有自己的编号，比如我是 EM-L4-D28-53b，但没人用这串倒灶❶的东西，只会以你最明显的外貌特征起外号，然后慢慢地，这些外号就成了各自的名字。

至于真正的名字，没人想得起来。他们说，这是合约的一部分，记忆被分区块封装了，以免发生不必要的情绪波动，影响开采任务的执行。被封装的记忆包括名字、家人、童年创伤、宠物以及真实的债务数字。这些数字是我们出现在这里的原因，它们被以区块链的形式加密，嵌入基因，没有人可以篡改，每个人的工作量会被实时记录、换算成扣减的债务及其利

❶ "倒灶"是陕西关中方言，泛指种种倒霉、麻烦之事。

——编者注

息。无论你是在铜锣湾，还是在拉格朗日点，所有人在基因债系统面前一样公平。

"放心吧，你说过我是高手，何况，我还有债务要还呢。"她朝我眨了眨眼。

小雀斑总说我是属老鼠的，胆子太小，成不了大事。我总是用植入式认知模块里的技能树来反击——有些职业就是被设计成谨小慎微的反应模式，比如像我这样的数据测绘员，会随时调用信息库里的资料，计算各种极端情况发生的可能性，甚至异化成一种对于概率的直觉。这种模式扎根在你的身体里，就像人会恐高、怕水或者有密集恐惧症一样，并不能用勇气或胆量来衡量，以及改变。

但事实是，并不是因为外来力量往我的人格拼图里嵌进来一块胆怯，几分懦弱，造成了现在的我。我还是原来的我。

"等你回来，我们……"我努力咽下了要说出口的话，我知道自己是真的在关心她。

小雀斑做了个不雅的手势，从通道口消失了。

2

我的担心并非无中生有。

小雀斑将驾着"寄居蟹"离开我们赖以生存的掩体"鲸母"——一颗长 30 公里，最宽半径 5 公里的被掏空的柱形 C 类小行星。在它的荫护下，我们得以免受太空中致命的高剂量辐射、碎片袭击以及日光直射带来的超高温；它还为我们提供了水冰、固态二氧化碳和氨、沥青碳氢化合物，以及少量镍铁金属，为我们的生存和建设提供了宝贵的原料。

我们的船舱就位于这头巨鲸的颅骨位置，通过围绕锚定在岩石里的巨型轴承管道，每分钟旋转一周来提供 $1/3g$ 的人造重力。这几乎是我们能够得到的最优方案，船舱半径再长一点或者短一点，角速度再快一点或者慢一点，"冷酷"的方程式都会让我们痛不欲生——不是因为零重力会让人得上各种怪病，就是船舱根本转不起来或是转散了撞碎在岩壁上。

比起骨质疏松、肌肉流失和免疫力下降这些慢性症状，也许睡眠的剥夺、心脑血管退化、科里奥利力带来的眩晕、封闭空间的沮丧更让人饱受煎熬。何况每个人每天还有数小时的出舱作业，暴露在高强度的宇宙辐射下，这让星际矿工的意外死亡率遥遥领先于地球上捕鱼工人的意外死亡率。即便我们通过基因疗法、氨磷汀以及强制健身来维持身体的正常运作，但跟这里相比起来，地球上最恶劣的工作环境对我们而言，都像是夏威夷的沙滩、酒吧。

小雀斑总会把我们比喻成匹诺曹——一个古老的童话人物，是一个在木匠爸爸的巧手下拥有了生命的木偶男孩，他只要一说谎鼻子就会变长，而他最著名的历险就是被吞进了一条鲸鱼的肚子里。

人真是一种奇怪的生物，就算忘记了自己的名字和家人，却还能记得这么多乱七八糟的东西。

✕

　　"寄居蟹"从"鲸母"的大嘴出发驶向深邃的星空。飞船从一块屏幕的边缘，进入另一块屏幕的边缘，我目不转睛地看着，生怕它突然消失。一只手重重地拍在我的肩上，是光头佬，他咧着嘴不怀好意地笑着。

　　"我不得不给你提个醒，兄弟，小雀斑可不是好惹的。"

　　我不置可否地回以笑脸，光头佬就喜欢打听八卦，超负荷的体力活似乎丝毫消磨不了他的好奇心。

　　"'寄居蟹''寄居蟹'听到请回话，一切正常吗？"我接通小雀斑的频道。

　　"听到听到，一切正常。有几个冰激凌球散发着凉气，等着我去舀上一大勺。嘶嘶嘶……"耳机中传来小雀斑调皮的声音，如同在我耳边舔舐双唇。

　　我感觉手臂上起了鸡皮疙瘩，强迫自己把注意力转回操控台："我现在会启动伽马射线和 X 射线分光计，再次扫描对象表面和次表面元素和挥发性成分，以确保万无一失……"

　　"大叔，我相信你是喜欢慢节奏的那种，可哥今天有点躁得慌，也许是周期到了，你懂的。我现在就要把这把加热的勺子狠狠地插进这个香草冰激凌里，舀上那么一大勺。"

　　一阵猛烈的电子乐突然加大音量，刺痛了我的耳膜。我不得不摘下耳机，恼怒地骂了一句："可恶！"

　　通常情况下，小雀斑不会错，C 类陨石的化学和物理性质都是相当明显的，而且是良性的，比如非常低的压碎强度和高含量的挥发物。她需要做的就是挥起"寄居蟹"的两把长螯，也就是她说的"勺子"，插到陨石布满粉尘和干燥土壤的坚硬表壳下，先加热分解冰、水合盐或者黏土矿物中的水分，将水蒸气通过蒸馏方式与其他污染物分离，再用机械螯上的泵回收到寄居蟹不成比例的螺壳里，接下来再处理其他的矿产资源。这是第一级处理。

之后大部分工作需要"寄居蟹"通过蚂蚁搬家似的方式，用超高强度和韧性的纳米蛛丝网兜将破碎后的岩块拖回到"鲸母"腹部的精炼车间。在那里，将有复杂的化学和物理工艺处理不同的资源。

矿产经过提炼形成高密度结构的"磁化炮弹"，会在"鲸母"尾部由加速轨道长达 1 公里的电磁质量投射器加速后射向指定坐标，以期用尽量少的能量消耗获取尽可能大的 delta V；而反作用力通过设计精巧的滑膛结构均匀分散到"鲸母"腔壁各处，以避免造成小行星不必要的角度偏转。

在远离重力井的太空，我们无须听从于齐奥尔科夫斯基火箭方程公式的"暴政"。经过一段时间后，也许会以日、月或年来计算，这完全取决于价格。在近地轨道的某个点上，收货人会用自己的方式拾捡起这些来自深空的宝藏，用于谋划政变、建筑讨好情人的宫殿或者搅乱全球期货市场。

这就是整套生意的精髓，低买高卖，把成本榨到最低，把利润抬到最高，从古至今，向来如此。

而我们就是其中可以忽略不计的生产损耗。

✕

　　小雀斑的操控非常潇洒，你甚至会产生这样一种幻觉——她是通过体感同步而不是操纵手柄来控制两只机械螯臂行云流水般地劳作，如白鹤亮翅般高高挥起，又重重地插入陨石地表，溅起一阵粉尘和碎石。

　　"方下巴，你看好了！哥给你露一手！"

　　传感器显示土壤温度快速上升，相应的化合物质开始发生相变，数值和曲线不断变化着颜色和形状。一切看起来都非常正常，除了压力值的变化曲率。

　　一些不同寻常的数据细节聚集了我的注意力，模糊的感觉经后台边缘系统的收集、处理、计算，缓慢成型成一个惊人的结论。这颗陨石的密度比其他几颗大概低 40%，这意味着它的岩石多孔性程度很高，也意味着可能存储着更多的水分，但在快速升温气化的高温下，这就像是一口急速加压的高压锅。这就是技能树所带来的病态敏感，除了我，也许没有人能察觉到小数点后那几位数字的变化究竟意味着什么。

　　"小雀斑，停止加温，迅速撤离！"我命令她。

　　"少废话！没看见哥正忙着吗……"

　　"马上！"

　　"瞧你那损……"

　　她的话音像被一把剪子生生剪断了，主观镜头信号丢失，一片黑白雪花。我迅速切换到外部镜头，然而被一团白色粉尘笼罩，什么也看不见。慢速回放 3 秒，只见在两只螯臂间，陨石表面如同掀起一场小型核爆，碎片如离巢的鸟群般朝"寄居蟹"船舱飞去，瞬间将其钛铝合金外壳如纸灯笼般撕了个粉碎，失压让整个舱体外翻，钢架暴露在外，隐约可以看见有个人形物如内脏般在空中缓慢悬荡着，慢慢飘起的粉尘随后而至，铺天盖地。

"小雀斑！你能听到吗？！去他的……"我扯下耳机，疯了似的穿上宇航服。光头佬看着我，一动不动。其他人都把脸背了过去。

"我们得救她！你们站着干吗！"我几乎吼了出来。

"兄弟，她的债还完了……死亡只是中介。"光头佬拍拍我的肩膀，在额头前做了个祈福的手势，以眼神示意我，我这才觉察到显示小雀斑生命体征数据的那块屏幕，早已是平线。

他们说，汤格·拉梅什模型说明，小行星比我们想象中的更坚固，更难以在外力下破碎。

他们说，在太空里，没人会犯两次同样的错误，因为只要犯一次错，大概就活不成了。

他们总能说对点什么。

船舱在我面前快速地旋转起来，我感觉透不过气来，像是胸口压着一块巨大的陨石。突然像是有谁在我耳边吹了一口凉气，带着熟悉的气息，一个声音轻轻地说了一句话，让我寒毛耸立，眼前一黑，向着充满油污的甲板迎面栽去。

那句话是："你看我的鼻子变长了吗？"

3

一切都是乳白色的。

这里并不是控制室，也不是"鲸母"任何一个阴暗污秽的舱室，更不是冰冷绝望随时可能丧命的太空。这到底是在哪里？

我花了一些时间才意识到，这是在梦里。能让你相对清醒的那种梦。

他们说，有时候加密的记忆区块会溢出，以梦境的形式透露真相，但你也说不清那到底是谁的梦境。所有人的记忆区块都交给了云端中枢系统统一调配。

我的视线和移动并不受自己的控制，好似被看不见的丝线牵引着，像孤魂野鬼般飘浮着，望向那些我并不感兴趣的角落。

视野中的乳白色开始移动，那是一个圆筒状的舱体，正朝我上方滑动。在缺乏坐标系的情况下，我只能猜测我正在被推出舱体。然后我的眼前出现了一个大的环境坐标，一个天花板很高的房间，依然是白色的。

我开始围绕着某条在视点下方约 1 米处的轴线做圆周旋转，视线保持水平向前，速度很慢，每秒不会超过 5 度，我猜是为了避免出现晕眩。接着我看见了那条轴线，被淡蓝色防菌手术服遮挡住的男性髋关节。

我是附在某个人的身上，以他的视角看世界。

"感觉怎么样，东方觉先生？"一个声音从侧面传来，视线随之转动，房间门口站着一位女子，全身黑色，微微泛着金属的光泽，胸前别着一枚锁链式的金色胸针。

她的长发高高地盘在头顶，像一座造型怪异的信号塔，这让我颇有些诧异——在太空里，所有的人都必须剪短发，如果不是光头的话。因为你永远不知道这些散开后不受控制、四处飞散的丝状物会不会成为送命的"最后一根稻草"。

"还好，只是感觉有点奇怪，像是有什么东西在我身体里乱窜，想要控制我、冲开我。"一个陌生的声音传来，低沉、疲惫，仿佛随时可能会断线。

"这是一种伴生幻觉，理论上你不应该感觉到任何不同，那些纳米机器人……非常非常小，你知道的。"女子微笑着回答道，然后走到男人跟前，现在可以看得更清楚了。她大概20来岁，妆容极其精致，甚至有点过分精致了，但表情中又流露出一种不必讨好任何人的优越感。

"所以……我们的合约生效了？"

"法律上，是的。"

"……你是在暗示这玩意儿是非法的吗？这并不有趣，梅女士。"

"我的意思是，除了法律之外，还会有技术上的不确定性。"

"可你答应过的……"

"安安那边不用担心，手术都已经安排好了。"

"哦，谢谢。"

"所有费用都会计入你的债务，经区块链加密之后嵌入你的基因，任何人都无法篡改。"

"哼，真是背上了一辈子的债呢。"

"看看你的周围，每个人都在迫不及待地借债，这代表着对未来、对自己的信心。为什么不呢？债务定义一个人的价值。这样的额度在地球上也没几个人能够享有，这也是我会站在这里的原因。”

“那当然，梅李爱小姐，您的时间虽然没有您父亲梅峯先生那么金贵，但咱们这一聊天，也顶得上普通人辛苦打拼好几辈子了吧。”

女人突然露出拘谨而古怪的笑容，似乎脱离了整个对话的语境。

“请你记住，东方觉先生。我们的生命要归功于创造我们的神。从今天起，您要好好对待自己的这具身体，而且，我们会利用一切方法让您的技能树恢复到最佳状态，身体与意识，缺一不可。否则……这债务怕是还不上了。”

男人沉默了，视线投向自己包裹在防菌布里的身体。

“要不是为了安安……谁会愿意回到那个鬼地方。”

“完全理解，身为女儿，如果我父亲患上同样的罕见病，我也会做出一样的选择。这种债务无法在地球上解决，全额偿还它是遥不可及的……”

男人望着女子，许久没有吭声。我猜他也许想说：“你父亲不会得这样的病，因为你们的基因都已经被精细地筛选过，就算得了，你也不会为此背负一辈子的重债。因为你们是有钱人，是和我们穷人勉为其难地生活在同一颗星球上的另一个物种。”

可是他什么也没说。

“我能看看安安吗？”

“当然可以，她刚做完术前的全部检查。”女子语气和缓下来，似乎又想起什么，"我们会用尽一切办法来救她。"

这句话里的一些隐藏信息让我感觉很不舒服，可又说不上来为什么。

视线快速移动，像是一个转场动画，我被带到了另一个特护病房，男子经过数次消毒除尘处理后，被套进了白色隔离服里，然后穿过一条过道，来到房间里。

一个剃光了头发的女孩躺在床上，呼吸平缓，表情松弛，胸前还摊开着一本画册，画册用的是经过特殊处理的防菌材料。

男子站在床边，静静地看着女孩，不敢轻举妄动，怕就算一个细微的动作，都会扯动身上的塑料隔离服发出响声，吵醒女孩。

那本色彩鲜艳的画册吸引了我，我试图聚焦视线，看清上面究竟画了些什么，但却失败了。我越是努力，那焦点就涣散得越快，像是在流沙地里挣扎。我放弃了，把焦点转向女孩，却发现，那女孩脸上的细节，也正如被风沙加速侵蚀的沙雕，正在一点一点地流逝，最后只剩下一片空白。

这恐怖片般的画面让我一阵莫名心痛。我想要逃离，却适得其反，越是恐慌，那视线就会越往那张空白的孩童脸庞逼近，像是面对一个质量巨大的天体，无法逃逸其引力陷阱。

我察觉到了一丝不对劲，如果从男子的视角看去，理应出现鼻子的三角造影，可是没有。

这意味着什么？

这个梦似乎接近尾声，一切都在朝着那张巨大得像小行星表面的面孔坠落。我又将一无所知地醒来。我想努力记住一些东西，一些至关重要的东西，以解开所有感觉不对劲的东西。

可我终究还是失败了。

4

小雀斑被删除了。

我的意思不是她的肉身，而是记忆数据。在我醒来后的数个小时里，她已经变成了一个无关紧要的名字，甚至连面目都变得模糊不清。所有依附于那个曾经有血有肉的人类个体上的情感，无论是欲望、厌恶，还是悲伤，甚至是那一点点我刚刚觉察且认定的爱，都像沙子一样流逝了。不光是我，所有人都一样。

我猜公司肯定在我们的脑子里动了手脚，为了安全和效率。

这个女孩变成了系统里的一个条目，一个带编号的教训，提醒着后来人不要犯同样的错误。

"……通常被定义为 C 类的碳质球状陨石，需要覆盖光学和近红外（0.5 ~ 3.5 微米波段）的高灵敏度光谱，检测在 0.7 和 3 微米处的吸收带，来验证陨石成分是否含有水。0.7 微米吸收带反映的不是水本身，而是含铁矿物中的电荷转移，这种转移只存在于 C 类物体中，正如水。但 0.7 微米吸收带特征的存在，并不能让我们精确地估计物体的含水量，光谱颜色也不能……"

这个条目正从那个新来的漂亮女孩嘴里快速弹出，就像是一串绕口令。我在心里给她起了个外号——弹舌鸟。

　　她突然停下，抬起头，迷茫地望向我，脸上微微发红，沁着汗珠，弹射出她的问题："我不明白，为什么不探测 3 微米吸收带的信号，那样不是更直接吗？"

　　我友好地笑了笑："中红外大气的高背景辐射使得 3 微米吸收带的信号变得微弱，难以被探测到。"

　　"哦。"她似乎对这个问题失去了兴趣，对于一位捕捞员来说，这是个危险的信号。

　　水是在这茫茫宇宙间生存的第一要素，因此矿工将含水的陨石作为首要采集目标，但有时候，它也是致命的。

　　弹舌鸟被关在一人宽的圆筒状金属笼里，腰部与双手用弹性绑带固定在轴承支架上，脚下不停踩着"仓鼠笼"向后滚动。"仓鼠笼"是船员对这套特殊健身设备的称呼，在 1/3g 重力环境下，这是最安全有效的抵抗骨质疏松和肌肉萎缩的办法。

　　作为她的导师，我不得不时常纠正她的动作，那些微小的瑕疵会日积月累，成为导致骨折或是筋膜炎的元凶。

　　像被装进密封袋里和沙拉酱一起摇晃的蔬菜，弹舌鸟洗完澡后，赤身裸体地爬出淋浴袋，旁若无人地在我面前擦拭着结实的小腿。不知为何我将脸扭向一边，也许因为她是新来的，为了以示尊重。她的洗澡水将会以各种方式被回收利用，进入食物、饮用水与空气，最后成为我们身体的一部分。从这个角度来看，我们注定亲密无间。

"你为什么会来这里？"我试图转移尴尬。

"嗯？这是个问题吗？"她似乎没听懂我的话。

"我知道，《神圣债务论》那一套嘛。我的意思是，你就从来没有想过，债务是从哪儿来的？"

"这很重要吗？每个人一生下来就负债累累，我们只不过是比其他人更幸运而已……"

"幸运？"

"仅是发现一个铂矿，你就如同捞到一条价值超过 1 000 亿美元信用点的大肥鱼，这还没算上镍与钴，就能还清所有债务，变成亿万富翁，这不算幸运吗？"

"那只是传说！"

"不，那是概率。"

"没错，在太空里'挂掉'的概率……"

"并不比你在秘鲁采矿或者在白令海捕蟹的危险系数高多少。当然，如果你硬要说被小行星碎片击中的概率，那确实比在地球上高一些，问题是……"

"你真是乐观得无可救药……"我似乎从她的表情里捕捉到了一些熟悉的东西。

"问题是，"她摇摇头说，没有丝毫放慢语速的打算，"如果你在地球上，你有一笔价值 100 万亿美元的黄金存款，可是没有人能拿到，为什么？因为它在海水里。提取溶解在海水中的黄金，成本大大超过了黄金本身的价值。所以这笔巨额存款的价值是零。虽然我们在这里很危险，但这些甜点是实实在在的，它们就在那里……"

当她说到甜点时，我似乎又想起了些什么，可我已经不想再争辩下去。

"弹舌鸟，希望你在那里执行任务时，反应和你的语速一样快。"我指了指上面。

"弹……什么？胆小鬼，你就缩在船舱里做你的算术题吧，祝你早日还清债务。"

她看起来真的生气了。

从理论上来说，弹舌鸟并没有错，一颗 M 型的小行星是绝对的顶级甜品。比如 16Psyche，上面的铁镍矿石可以满足地球未来 100 万年对铁的需求。再比如，富含铂的小行星矿石品位可能高达 100 克每吨，是最高等级南非露天铂矿的 20 倍，这意味着，一颗 500 米宽的这类小行星，铂产量就能达到全地球年产量的 175 倍。

这就是我们在这里的终极使命，所有 C 型陨石只是为了持续性的补给，因为"鲸母"不允许被过度开采。它并不是一块巨石，而是由自身引力聚集在一起的松散石泡或砾石，没有任何内在结构的完整性。任何旋转、撞击、过深的挖掘都可能导致它解体，我们所建造起来的一切便将被毁灭，包括我们自己。

✕

弹舌鸟慢慢地接受了自己的新名字，也接受了我的风格。

我努力不和她走得太近，就像是害怕万有引力会让事物彼此吸引，进而发生撞击。我隐隐总有种不祥的预感，仿佛航海多年的老水手迷信厄运总是伴随着赤潮与白头浪。

我怕有一天弹舌鸟也会遭遇被删除的命运。

她清楚我的想法，并总是还以嘲讽。她说，手里握着一把鹤嘴锄，还是一挺冲击钻，你都只有一条路，就是干到底。

在弹舌鸟眼中，生命就是一场冒险，而我们并没有太多选择。

她接受命令去回收一台报废的"牧羊犬"机器人。指令说，在它的记忆模块里可能保存着曾接触过 M 型小行星的数据，能够提供有价值的追踪线索。

我们从不知道指令从何而来，是来自 38 万公里外的地球，还是某个太空站？是来自人类，还是 AI？但大多数情况下，指令都是正确的，偶尔在少数情况下，会因为被人类错误解读而导致不可挽回的后果，就像古希腊的神谕。

弹舌鸟对指令笃信不疑，而我总想通过各种办法击溃她这种盲目的信念。

比如，用数学公式告诉她，即便我们发现并追踪到了 M 型小行星，想要改变其轨道并捕获它就如同让猴子在打字机上敲出《莎士比亚全集》，这比中彩票还难。如果没有考虑到开采 M 型小行星的难度，基本上就相当于用一根鱼竿钓鲸鱼。成本也许会很高很高，高到把所有的潜在利润吞掉，再赔上几十条人命。如果这些矿石被运回地球上还没引起市场崩溃的话。

比如，让她对自身能力产生怀疑。机器人无法做到的事情，一个由蛋白质和水组成的采矿工人同样无法完成。无论是正确维护复杂的采矿设施，应付各种奇怪的设备故障，还是对于突发性的事件进行综合分析，并正确评估其对于整个"鲸母"站点长期的影响。AI 做不到，弹舌鸟同样做不到。那么，除了送死，你还有什么价值呢？

"所以，你到底希望我怎么样？跟你一样缩在船舱里，等着肌肉慢慢萎缩，或者等着超剂量宇宙辐射让身体里长出肿瘤，然后死于各种并发症吗？"她翻着白眼说。

"我不是那个意思……我只是希望你打消不切实际的念头，活得久一点……"

"可是这样活着又有什么意思呢？我们的生命归功于创造我们的神……"

"这些废话你跟那些死人说去……"

"那你为什么要来这里呢？在地球上待着不好吗？"

"这不是我的决定！就像这也不是你的决定一样！你醒过来时就已经在这个地狱里，想不起任何过去的事情，除了那些该死的技能树，就像脑子里没完没了地弹出的地鼠。我们永远也还不清身上的债务，除了死，没有别的解脱办法！"

我背过脸去，不想让弹舌鸟看到我的脆弱。一只手放在了我的肩上。

"我记得我是怎么来到这里的。"我惊愕地转过头，看着那张毫无笑意的脸。

没人知道。甚至新人到来也是如此，据说公司会创造一个船员意识的空窗期来交接矿工，以避免产生不必要的风险。我猜那种风险来自想要夺船回家的精神崩溃者。

"这是个笑话吗？"

"不，那是一个很奇怪的地方，我好像是从睡梦中苏醒，然后有一条闪烁着绿光的狭长通道，引导着我一直向前、向前……"

"然后呢？"

"回来告诉你。"弹舌鸟眨了眨眼睛，我这才意识到自己上当了。

×

我从来没有见过还清债务的人，我的意思是活着的人，至少在"鲸母"上没有。也许散落在小行星带里的矿产基地上会有这样的幸运儿，但这就像一个神话，一条教义，一则过分完美的广告，你永远无法证实，也无法证伪。

他们说，还清债务的人能够回到地球，找回自己的记忆，把基因链条里的债务数据漂洗干净，然后信用账户里就会有你几辈子都花不完的信用点。

这听起来更像一个童话，不是吗？

没人知道自己究竟为什么欠下了这笔债，以及需要用多长时间去偿还。我们只能相信这套系统的公正性，只因为我们被告知，从数学上来讲，它是绝对正确且无法被篡改的。

弹舌鸟说得对，我们别无选择。

但我很欣慰她听我的话，系上了双重安全绳。

弹舌鸟像一只没有重量的飞蛾，缓慢得像梦境一样，从"寄居蟹"的下部舱口飘出，向那头流浪已久的"牧羊犬"尸体靠近。机械臂太粗笨了，无法执行卸取记忆模块如此精细的工作。

"所以人还是有用的吧……"耳机中传来弹舌鸟轻快的反驳。

"在某些极为特殊的情况下。"我并没有让步。

"说说你的理论，为什么太空里不需要人？"

她轻轻靠近"牧羊犬"，由于弹性，安全绳把她的身体往后拽了拽。弹舌鸟解开一根安全绳，套在"牧羊犬"的一只机械爪上，固定好相对姿势。她需要把手伸进"牧羊犬"的喉咙里，接通应急电源，输入密码，打开里面的嵌入式存储设备面板，卸下记忆模块。

"嘿嘿，我认为是因为恐惧。"我通过她头盔上的摄像头看着这一切，努力忽略背景那漫无边际的黑暗宇宙。

"你是说人类的恐惧？"

"不然呢？机器会害怕什么？被切断电源、被清除记忆吗？只有人会害怕。"

她进行得很顺利，半个身子都伸进了开敞的豁口里，"牧羊犬"被点亮了，面板也打开了，一切似乎唾手可得。

"所以呢，恐惧让人上不了太空，恐惧让人离不开机器？我觉得你只是在逃避某些东西？童年阴影？"她的声音里包含着某种同情，也许只是揶揄。

"我不认为我有什么童年阴影，就算有，也早就被分区块封装……"我突然停下了，摄像头那边有些令人不安的闪光，"……弹舌鸟，你右手边那是什么，那些发光点？"

"我不知道，我只知道好像记忆模块被卡住了，唉……"听得出来她已经尽了全力，整个身体都开始甩动起来。

"看起来有点不对劲，马上离开那里。"

"模块已经被我摇松了……"

"也许是什么自我保护程序，你赶紧退出……"我迅速检查了这款旧"牧羊犬"的代码库，绿色字符如雨水般冲刷着屏幕。我的眼球高度紧张，颤动着扫描那些关键词。

"方下巴，你那边有什么可以帮到我的吗？除了让我紧张之外……"

我没有工夫回答。我已经无限接近答案。

"嗨！你猜怎么着？我已经搞定了……"弹舌鸟喘着粗气，屏幕上她的手捏着一个黑色方块，正要往外退。

……如果硬性重启后拔掉记忆模块，将会触发"牧羊犬"的着陆姿态，也就是说……

"我要告诉你，这里没什么可怕的……"

"牧羊犬"的 6 个螺旋式锚突然向前咬合，直接扎入弹舌鸟的腹部，然后像钻头一样搅动起来，红色的液体如半透明的水母般从破损处涌出，形成大小不一的液滴，晶莹剔透地飘浮在她身体周围，闪着光，在真空中开始沸腾。

我全身僵住了，张着嘴说不出话，胃里有什么东西在滚涌。预感再一次应验了。

没有尖叫，没有呼救，耳机中只传来倒吸了一口气的声音，像是在努力挽回从肺部急速流失的氧气。我感觉自己快要窒息了。

本应作为着陆缓冲之用的矢量推进装置也启动了，弹舌鸟的尸体被"牧羊犬"拖着往深空飞去，又被另一根系在"寄居蟹"
上的安全绳紧紧拽住，像是被两头野兽来回争抢的一块烂肉。

"切断安全绳！"是光头佬，"你不会想要再失去一条船的。"

"不行，我不能这么做。"

"她的债还清了，让她去吧。死亡只是中介。"光头佬拍拍
我的肩膀，在额头做了个祈福手势，像是一个横放的字母"D"。

"去他的中介！"我闭上了眼睛，感觉有一些温热的液体缓
慢涌出眼眶。

我不忍心再看弹舌鸟的身体被来回撕扯，便拍下了按钮。
她的半截身子闪着光，越来越小，越来越远，慢慢地隐没在星
光中。

一个从未有过的想法如巨大隐秘的天体般露出轮廓。

这也许不是一场意外。

5

又是梦。我开始厌烦这些无休无止的幻觉。它们似乎要告
诉我一些东西又不明说。

如果你过着我们这样的矿工生活，也会这样想。

我们身处在离地球有一个地月距离之外，没有大气层，没
有白天黑夜，没有正常的重力，没有娱乐，没有我最爱的宫保
鸡丁——幸好我的记忆还保留了这部分——没有正常的人际关
系，没有约会。

没有太多回忆，这一点也许是好事。

　　当然我们也有一些地球上不会有的新奇玩意儿，比如幽闭恐惧症和广场恐惧症混合的新型心理疾病；比如能够阻断你的神经传导、让括约肌松弛、大小便失禁，以及让人昏迷不醒、呕吐不止的宇宙高能射线；比如从冶炼炉里蹦出来的以光速穿透你身体的燃料跳蚤——其实是带着阿尔法射线的金属碎屑，能够在瞬间穿透你的防护服和身体，在你的内脏上烧出孔洞，然后你会流血不止，浑身疼痛，希望从来没有被生出来过。也有好的方面，如能够制造氧气和蛋白质的基因编辑藻类，尽管接受这种口味始终是个难题；如你会学到许多在地球上几辈子都不会得到也无法用上的知识和经验，如果你是个好奇宝宝的话，太空矿工就是为你这样的人设置的完美职业。

　　所以我猜不会有免费的赠品，即使是毫无意义的第三人称梦境，也会起到某种程度的心理干预作用。

　　我又回到了那个男人的身体里。他看着镜子，憔悴而苍老，一张完全陌生的脸，但那种既视感如此强烈。我知道，延续自上一个梦的剧情还在继续，尽管我已经完全不记得之前的故事背景。

　　镜子反射出的房间背景凌乱不堪，像是一个典型的单身公寓，没有任何其他家庭成员的生活痕迹，只有酒瓶、烟头和成分不明的粉末散落在茶几上。一个相框背面朝上扣在一旁，许多打印的纸张像雪片一样覆满地板和家具。

　　男人似乎做出了什么决定，他看着手里的一张黑色卡片，拨通了电话。

　　"对，是我……我想好了。"他吸了吸鼻子，背过身去，正视房间内的一切。

"你们已经让我失望了一次，希望不会有第二次……"

"别跟我来这一套，什么'我们尽力了'，你们没有！"他的声音突然变大，又弱下了去，"你们没有。"

"是的，我读过了，逐字逐句，花了我一整晚的时间，我希望是值得的……"

"有没有什么是不清楚的？哈，每件事！这整个系统的复杂程度远远超出了正常人的理解范围，我怎么可能弄明白？"

"我知道，旧债务还在偿还周期内，这是新添的债务，我认了，这就是命吧……"

"我知道你们那套心理策略，什么为了家人，为了未来，给你造出一顶纸糊的道德光环，可惜它太虚假了，经不起一点风吹雨打。我就是为了我自己，我希望能活得久一点，过得好一点，哪怕是用别人的生命来抵押……"

"希望你们能有点良心，让她过得好一点……"

一阵被激活的模拟鸟啼声在男人背后响起，他猛地转过身，看到镜中满面惊恐的自己逐渐亮起，被镶嵌上一圈充满希望的金色光芒。一份电子合约出现在镜中，语音提示他，在仔细阅读后将手掌贴在镜面上进行生物密码验证。男人闭上了眼睛，眉头紧锁，犹豫了片刻，然后将手重重地拍在镜面上，一圈又一圈的彩色光纹如涟漪般从他掌心漾开，旋转不息。

"验证完毕，您已完成签约流程，恭喜您获得新的债务额度……"

"去你的！"男人似乎松弛了一些，啜了一口酒，开始收拾房间内的"战后遗址"。当他的手指触碰到桌上的相框时，像被火焰灼烧到般猛地缩回。

"我干了些什么……"男人用指尖抚摸着相框背面，终于有勇气将其翻转过来，然后出现了一张女孩的天真笑脸，她拿着一本彩色画册试图遮挡住自己的表情。那画册看起来似乎有点眼熟。

"我都干了些什么呀……"

男人突然开始啜泣起来，身体无法自控地剧烈抖动，站立不稳。

"我必须……必须制止……必须……"

他慌乱地巡视房间四周，最后目光落在了阳台上。男人拿起桌上残留的酒瓶，猛灌了一大口，突然松手，酒瓶在他脚边裂成碎片。

之后，他朝阳台狂奔而去，没有任何停滞或迟疑，从栏杆上方高高跃出。尽管我只是梦的搭载者，可眼前突然出现的几百米楼层深渊还是让我的肾上腺素飙升，从谷底吹来的风卷起尖利的啸叫。

许多梦都会以坠落结束，但并不包括这一个。

男人的坠落只持续了 0.3 秒，便被凝固在了半空中，像是被无形的蜘蛛网困住的飞虫，挣扎不得。空气中一个黑衣女子的半身像逐渐浮出，她戴着金色的胸针和精致的微笑，落落大方。

"东方觉先生，也许时间过得太久了，您已经忘了第一份协议的内容，您现在没有处置自己生命的权利，所有权利都归债权人，也就是公司所有。况且，就算您结束了这段生命，您的债务还是无法被取消或减免，因为它是嵌在您基因里的加密数据，无法被随意篡改……"

像那个男人一样，我努力理解这句话中隐藏的信息，像是从四面八方的透明蛛丝传递过来的细微震颤，逐渐汇聚成信息的洪流，敲打着我认知模块里某个被封存的保险柜。

但是，芝麻并没有开门。

6

………

~~红毛。~~

~~小雀斑。~~

~~弹舌鸟。~~

~~跳跳糖。~~

………

她们都被删除了，一个接着一个。她们的面孔和声音在我脑海中变得模糊，像雨中被洗刷的颜料，混合成说不清的色彩，顺着记忆的沟渠流入地底。

我们是太空矿工，这就是我们的命。所有人都是一副轻描淡写的样子如此重复着，忙活着自己手头的事情，就好像有病的那个人是我。

也许他们是对的，这就是我们的命。被囚禁在这遥远冰冷的宇宙边境，被遗忘，被丢弃，只能通过不断地工作来偿还与生俱来的债。我可以借着技能，龟缩在船舱里，尽可能地苟活更长时间，可她们不能。

一些疑团困扰着我，在此之前从未发生过，就像其他矿工一样，似乎某块大脑区域中的逻辑自洽敏感度被人为调低了。我们的意识中有一个巨大的盲区，在这个区域里出现的所有问题，我们都视而不见。出于某种未知的原因，我的盲区渐渐缩小，问题如黑色礁石般裸露出水面。

也许是出于害怕，也许是来自那些渐渐失色的名字，我脑海中的技能树计算出巨大的潜在威胁，我不能再像以前那样逃避下去。

我决定做一些事情。

光头佬钻出淋浴袋的时候被我吓了一跳，他带着伤疤的身躯如同丛林里的豹子，黝黑发亮，散发着热腾腾的水汽。

"原来是你？我还以为是汗毛怪。我们约好了，你懂的，运动运动。"他挑了挑眉毛。

"事情不应该是这样的。"

"不应该是哪样？你听起来有点不对劲，接受自检扫描了吗？"

"我很好，是你们有问题。你不觉得这一切都太荒谬了吗？这艘'鲸母'，这份工作，还有不停地死人……"我知道他马上会打断我。

"嘿，方下巴，我记得咱们讨论过这个问题，很多次。这就是我们的命，人要还清债务，就必须承担正常人所无法承担的风险和痛苦，死亡只是中介。"

"这是你真实的想法吗？还是说，只是他们让你这么想。"我指了指上面，我知道这个方向也许不对，毕竟我们一直在太空中旋转着。

"要问我的话，我觉得也许你应该找个伴儿，好好释放一下压力。有时候你的模块会因为积累太多负面情绪而出现认知偏差，那个词怎么说来着？过敏反应。没错，就是过敏。"他背过身，开始擦拭身体。

"我算过，即使采用霍曼轨道转移，把人从地球持续运到这里来也完全不划算。想象一下，就像每飞一次都要报废一架飞机，没有回程票。这是一笔糊涂账，光头佬，没人会做亏本生意。"

他缓缓地转过身，脸上出现了严肃的表情。

"那你想怎么办？"

"让公司知道，我们不干了。"

"不可能，我们的债务……而且只能公司单向联系我们，我们的呼叫只有自动应答——某种信息隔绝机制。"

"那么我们就把整个'鲸母'工厂停下来，不再发货，看看他们怎么办。"

"这倒是一个办法，你真的确定要这么做？"光头佬脸上的表情发生了一些微妙的变化，我难以读解。

"如果他们还不回应，我还有一个计划，"我停了停，看看周围说，"炸掉精炼车间。"

在"鲸母"腹部的精炼车间承载着将"寄居蟹"带回来的矿石进行第二到第四级加工的核心功能。

　　第二级处理是将水电解成氢和氧，以及两种气体的液化存储，作为主要推进剂。第三级处理涉及高温"烘焙"，以迫使主要矿物磁铁矿通过含碳聚合物自动还原，从而让更多的水、一氧化碳、二氧化碳和氮完全释放。第四级处理需要使用前面释放的一氧化碳作为试剂，通过气态羰基工艺提取、分离、净化和制造铁镍产品，残留物将是钴、铂族稀有金属，以及诸如镓、锗、硒和碲等半导体材料的粉尘，这些不起眼的粉尘也许价值超过了你所熟知的大公司的历史产值的总和。

　　"你是认真的？"他眯缝起双眼。

　　"大量的氢氧混合物，含碳聚合物，高温，一个响指，轰——"我做了一个夸张的爆炸动作。

　　"好吧，我考虑考虑，这事儿也许需要集体决议……"光头佬低头拿起毛巾，他在同一个部位已经反复擦拭了好几次。

　　"我不相信他们，我只相信你！"

　　"好吧，"他丢下毛巾，向我走来，像是要伸出手来跟我相握，"我必须感谢你的信任。"

　　没等我伸出手，光头佬一记重拳将我击倒在地。我眼前最后一幕清醒的画面，是他那些残缺不全的脚趾，在地板上不停地收缩、展开，发出昆虫抓挠金属的声响。

✕

　　我试图睁开双眼，可是不能，我试图移动身体，也没用。

　　我感觉到一些手正将我整个抬起，塞进什么东西里。一些声音断断续续地传进我的耳朵里，我努力理解这些话语里的含义。

"我很抱歉，方下巴……这是集体投票的结果……我们不能……不能让你破坏我们的秩序……"

现在我能感觉到，我被装进了一件宇航服里，我从来不喜欢这玩意儿，因为它暗示着你会被抛进一个无法控制的极端环境，你所能依赖的只有这层薄薄的防护措施。

"你经常说的……风险最小化……从数学上来讲，这是最合理的做法……"

有什么东西被打开了，气压正在迅速地变化，还有温度，我似乎听到宇航服里的模块被一个个唤醒，仿佛具有生命力的是它，而不是我。麻痹的意识开始觉察到一个恐怖的事实，可我的身体还没有完全醒过来。

"你的氧气还能维持……124 分钟……省着点儿用……"

我终于睁开了双眼，看到所有船员的脸，他们的手在额头前做出哀悼的动作，站在最前面的是光头佬。他们的脸和我的脸之间只隔着两层特化玻璃，一层来自隔离舱门，一层来自我的防护头盔；而他那带着怜悯的声音，来自内置的通信器。

"你的债……还清了……死亡只是……中介……"

我伸出麻木的手，想抓住什么东西。我想大声呼喊"求求你们不要"，可是一切已经太迟了。我看着他们的脸迅速远去，周围的光线变得不均匀，身体开始缓慢旋转，没有重力，只有船舱自转的离心力，带着我向远离轴线的方向飘去，永不归来。

巨大的恐惧触发编写在杏仁核和腹内侧前额叶中的刺激 –

反应模块，它会自动加快心跳，升高血压，分泌汗液、皮质醇和肾上腺素。相信我，我对恐惧熟悉得很。这是亿万年进化而来的底层原始恐惧包，你无法用自主意识来抑制它，就算你再怎么勇敢也不行。

更何况是我。

我飘浮着，像一袋垃圾，无依无靠。我的理性告诉自己，恐惧会让氧气消耗得更快，而一旦血液中的二氧化碳水平上升，将再次激活原始恐惧包，陷入恶性循环。可我竟然无能为力。

我为人类这种生物身上愚蠢至极的设计而发笑，像个真正的疯子。

不知道过了多久，在这种极端处境下，人的时间感总是会产生误差。我以为自己会在无尽的漂流中告别人世，债务清零，却没想到身体撞在了某块巨大坚实的表面上。我被拦住了。

这是"鲸母"的内表面，离心力把我推到了这里。

尽管依然没有水和氧气，但这里好歹能让我重新获得支撑点和方向感。这稍微平复了我的恐惧感，让它开始发挥新的作用，包括重新调配注意力与感知的计算资源，从记忆中调出类似经验，为行为决策做参考。

很遗憾，我从来没有过被丢进太空里的经验。

我像个攀岩选手般四肢贴附在小行星内壁上，岩壁间的黑色沙砾提醒了我，这里的岩层含有一定比例的铁和镍，虽然等级不高，但也足以让我的磁力靴发挥作用。

现在，我可以勉强在"鲸母"的脑壳里站立行走了。我体会到了进化史上由猿变成人那一瞬间的快感。

在我头顶上，是以每分钟一圈的速度围绕轴线旋转的船舱，它太快了，也太远了，我没有一点机会。轴线其实是刺入"鲸母"颅骨两侧的超合金轴承管道，由钛、铬和碳纤维编织而成，密封中空，供能源及各种资源管道布线之用。

也许我还有一丝机会。

剩余氧气只有 72 分钟。我开始发挥脑中技能树的优势，结合最近的管道接口距离、体重、步长、心跳和血氧水平，以及地面磁力和摩擦力，我计算着最佳配速，能够让我在氧气耗尽之前到达目的地，同时找到能够进去的气阀口。

答案不是很乐观，如果速度过快，磁力靴产生的吸力将不足以拉住我的体重，如果过慢，氧气又会耗尽。我需要极其精准地执行这个精确到小数点后两位的太空跑步计划。

从"鲸母"吞噬星空的大嘴边缘露出了一丝遥远的日光，我必须赶在太阳照进这里之前赶到管道入口，否则高温会提前宣判我的死刑。

没有发令枪，没有裁判，没有对手，更没有观众，我开始了与死神的赛跑。

如果不是性命攸关，我真想好好看看这绝无仅有的景色。

想象一个半径 5 公里的由石头构成的乒乓球，被斜着削掉 1/3，这层薄壳的内表面，就是我的跑道。头顶上是深不可测的纯黑星空，像一只眼睛从岩壁缺口处不怀好意地盯着我，还有那如陀螺般旋转不息的船舱，里面装着一群曾经与我朝夕相处，现在却通过投票将我流放到太空自生自灭的矿工伙伴。

我救过、爱过、睡过的人们，就像所有这些巨大冷酷的物体一般，保持沉默，一声不响。

　　苍茫星空下，我如蚂蚁般奔跑不息。面对永恒，所有的债务都变得毫无意义。

　　我从来不是一个合格的运动员，在这里不是，相信在地球上也不是。路程刚刚过半，我头痛欲裂，关节与肌肉酸胀不堪，心脏负荷接近极限，胸腔里似乎有一台火炉在呼呼地冒着火星，似乎随时都有可能爆炸。

　　我想要放弃。躺下，飘走，随便。只要让我喘口气，歇一会儿。

　　数字不会因为我而停止跳动，它们只会归零。

　　我听见一些奇怪的声音，像是忽远忽近的呢喃、歌唱、喘息。它们似乎围绕着我，引导着我，有些在劝我停下来，有些让我继续。我猜这是缺氧导致的幻觉，不停跳动的红色数字显示氧气还有 18 分钟，而那条管道似乎变得越来越远，遥不可及。黄蓝色的光点在我视野里浮动，像是墓地里翩然起舞交配的萤火虫。

　　"你看我的鼻子变长了吗？"

　　一个声音幽幽地在我耳边轻叹，我悚然惊醒，汗毛直立。那是小雀斑的声音。

　　我几乎把她们都忘记了。我的垂死狂奔不止是为了我自己，还为了那一个个被删除的名字。

　　遥远的阳光开始从"鲸母"的唇角斜斜射入，在黑灰色岩壳表面涂抹上金色而炽热的色彩。这股能量如此美丽，又如此致命，它能够唤醒沉睡在岩缝深处的水冰，让它们化为气体，如怪物般怒吼着冲出地表，成为致命的长矛。必须赶在阳光追上我的影子之前到达管道，否则不是被高温灼烤致死，就是被气浪刺穿，弹射向另一个毫无生存希望的角落。

我想象着背后的地面如烤箱中的爆米花，发出焦脆空洞的爆炸声，可是没有，什么声音都没有。死亡如此安静，就像一只处心积虑靠近你的黑猫。

每一次呼吸都将肺部灼烧殆尽，每一次迈步都把肌肉撕拉到极限。我忘记了配速，忘记了疼痛，忘记了死亡，只是机械而麻木地奔跑。没有其他办法能够实现奇迹，除了抛弃作为人类的种种弱点。这也许正是人类的伟大之处。

那根管道比我想象的还要粗大，如定海神针般立在不远处，直插对面另外半球的岩壁。

我的脚下轻飘起来。我愚蠢地漏掉了一项重要的指标：耗电量。

维持体温需要电，数据运算需要电，外部环境监测需要电，最最重要的是，磁力靴需要电。现在的电量已经下降到了5%，维生系统首先关闭了磁力靴。非常合理的选择，却可能让我前功尽弃。

我凭借着惯性往前奔跑，但明显靴底与地面的摩擦力在减小，很快我就会失去对身体的控制，漫无目的地飘浮到空中，永远失去登上管道的机会。

只有一种可能，我的脑中闪过成功率极小的方案。我别无选择。

我深吸一口气，突然停止了迈步，并拢双腿，在整个身体随着惯性前倾倒向地面的那一刻,双脚用力一蹬地面,借势一个前空翻,当身体轴线旋转到一定角度时,再次朝地面蹬出双腿,用尽全身的力气实现生死一跃。

脚下出现一团黑色粉尘,像是刚刚经历了微型核爆,绷直的身体如离弦之箭,借助着反作用力向着银灰色管道射去。

面罩上的氧气量已经开始进入最后一分钟倒计时,红色闪烁的读秒数字提醒着我,即便到达管道表面,如果无法及时打开气闸门进入内部,还是会死。

这一分钟无比漫长,爱因斯坦是对的。

我不断调整着在空中的姿态。有那么几个瞬间,我以为自己完了,会永远地错失抓住救命稻草的机会,坠入无尽星海,但最终还是重重地撞上了坚硬的管道表面。也许断了几根肋骨,头盔出现了不祥的裂缝,但至少,我到达了目的地。

撞击点所幸离气阀口不远,我已经耗尽宇航服里的自备氧气,仅凭最后一点残余意志挪到了阀门口,试图破解开门密码。

实际上我根本用不着破解,那些把我流放到太空里的伙伴们,还没将我从系统里删除。

这也许是他们犯下的最大的一个错误。

✕

我瘫倒在地,大口喘息着,像是从水里刚刚上岸的两栖类。

管道里竟然有稀薄的氧气,我大概猜到之前物资消耗数据上的缺口是怎么回事了。昏暗的通道中央是粗大的线缆和各种不同颜色的物资供应管，地面两侧每隔几米就有传感器闪烁绿光，像是夜行航班的指示灯，向着两端幽暗深处蔓延开去。

根据方向，我可以推断一侧伸向船员们居住的旋转船舱，但是另一端呢？也许是通往埋在岩层里的微型核聚变反应堆？除了太阳能和氢氧混合推动剂，那是我们大部分能量的来源。

不知为何，我想起了弹舌鸟临死之前的玩笑。我决定跟随着绿光，往远离船舱的一侧走去。

现在我已经是一个死人了。至少在系统里，宇航服已经死得透透的，没有电，没有氧，也没有头盔。我手动关闭了定位模块，避免伙伴们被一具行尸走肉惊吓到。但如果想要回到船舱，我还需要一身新的装备。

随着探险的深入，一些奇怪的记忆碎片开始涌现，仿佛我曾经到过这里。强烈的不适感在阻止我重游故地，像是有鬼魂逡巡其间，不时往你脖颈后方吹着凉气。

我穿过了几道密闭阀门，事情变得更加有趣。其中一个舱室配备了高精度的 3D 打印机，能够从数字图纸打印并模块化装配大部分轻量级的太空用品，包括宇航服外壳、开采工具，甚至武器。我只需要把旧宇航服里的集成模块拆卸下来，安插进新衣服里。

现在，宇航服里的那个幽灵活了过来。

这如同中彩票般的发现并没有让我高兴起来，随之而来的是更多的疑问。为什么会在这里设置这样的舱室？谁会使用这样的设备？用来做什么？

也许答案就藏在我记忆中的某个角落，只是那里被区块化加密上了锁，无法被正确读取。

也许我根本不想知道答案。

终于，我站到了最后一道舱门前，透过舷窗，我看到了地狱般惊悚的场景。不，没有怪物，没有尸体，没有血，一切整洁如新，散发着神圣的生命之光。但却比最恐怖的噩梦还要让人绝望。

舱门无声滑开。

我的手指颤抖着划过透明的密封罩，一个个悬浮在其中的躯壳，成型的、未成型的、年轻的、年老的，面孔熟悉的或陌生的，好似都在沉睡中等待着被"恶灵"唤醒。我看到了光头佬、汗毛怪、长腿……他们的身体新鲜强壮，在人造羊水中不时地痉挛颤动，如熟透的果实即将落地，只需要最后一道甜美的工序——注入灵魂。

这也许就是我们抵押给魔鬼的东西，灵魂、基因债、记忆区块链……随便你怎么叫它，都改变不了事情的本质。

他们骗了我们。

我突然意识到，这些肉体的苏醒，也许是以船舱里另一个分身的死亡作为信号的。那么是谁来控制每一个克隆体生长的速度？难道说，每个矿工的寿命早被计算好了，以符合整体效率最大化的目的？透骨的寒意爬上我的脊背。

这就是太空矿工的秘密。这就是我们身上背负的债务。

我来到一具似乎刚到青春期的少女躯壳前，这张脸上的特征让我陷入了认知上的困境。每个克隆体的面孔，似乎与记忆中的一样又不一样。也许是系统改变了一些表观遗传，也许没那么复杂，只需要把我们大脑中面孔识别的模块稍加调整，让大脑对某些特征区域的关注超过其他，也许，我们便再也认不出同一个人。

但那个少女的脸，似乎激起了某种更为复杂的情绪反应，像一阵漩涡想把我吞噬。我努力挣脱了她充满魅惑的引力场，来到最后一个密封罩前。

这里只有一个小小的胚胎，蜷缩着飘浮在淡黄色的液体中，像颗粉色的小行星。它眯缝着眼睛，吮吸着手指，似乎沉浸在永恒的美梦中。一根半透明的人造脐带正以肉眼可见的速度往胚胎体内输送着养分。

我似乎想到了什么，罩板底部显示着一行编码：EM-L4-D28-58a。

一阵眩晕猛烈袭来，我单膝跪地，努力支撑住身体。

这就是我。准确地说，是我其中一个分身。也许是突如其来的死亡信号催促了它的发育，看起来它还需要一些时间。

它会拥有我所有的记忆吗？包括被区块封装加密的那些。它知道我所经历的生死考验吗？它会像我一样害怕死去吗？还需要多少个它这样的分身才能够还清我身上背负的债？也许永远不会有那么一天？也许人类的存在就是一种债务形式？

一阵无名的怒火涌上心头，我用力锤击着透明护罩，发出浑浊而沉闷的回响。我想毁掉这一切，切断这无尽的轮回。

那个小小的"我"似乎觉察到了什么，眼睑微微颤动，在羊水中缓慢旋转，似乎在回应我的愤怒。

它是无辜的。我醒悟过来，我也是这诸多分身中的一员。

它就是我。

　　我们是无辜的。有罪的是背后建造并操控这一切的人。

　　我站了起来。我必须回到船舱，告诉那些被欺骗和被损害的矿工们，哪怕我听起来像个疯子。为此，我需要先打印一些东西，一些能够说服那些被洗过脑的伙伴们的货真价实的东西。

　　我需要跟公司取得联系，让他们停止这一切，哪怕做出过激举动。

　　那条闪烁着绿光的狭长通道伸向远方，我不会再畏缩不前。

✕

　　光头佬举高双手，背对着我慢慢跪下，双膝着地的他竟然和我齐头高。

　　我把枪口对准他的后脑。我清楚他有多强壮，并且狡猾。

　　在我的身后，躺着一具具尸体。血没过我的靴底，踩上去有一种奇怪的黏稠质感。

　　他们不愿意相信我，甚至不愿意听我说话。他们说，你的债务还清了，为什么还要回来？他们的脸惊恐而扭曲，像被陨石砸过的抛光铝箔。

　　我说，那只是个谎言，只要你活着，债务就不会消失。

　　我扣动扳机，让那些浸泡在羊水里的分身得到加速发育的机会。

　　"你不知道自己在做什么……"光头佬喃喃地说，气势全无。

　　"你知道吗？"我反问他。

"有些真相不应该被发现，就像有一些枷锁最好不要打碎。"现在他听起来像是那么回事了，"通过加入神来实现永恒，这是我们唯一的选择……"

"所以，你是被设置为'管理员'的那个人？"

"没有管理员，'鲸母'的运行都是由算法决定的，我的记忆和你一样，并没有清楚多少。"

"所以你也不知道如何与公司取得联系？"

"我说过了，通信是单向的，只能公司联系我们。"

"那么我们来试试最极端的一种情况。"我缓慢而轻柔地晃着枪口，以螺旋式轨迹贴近他的头颅。

"所有的矿工只剩一个，猜猜这样的异常信号会不会引起他们的注意？"

光头佬在颤抖，求生意志压倒了忠诚感，无论是天生的还是后天被植入的。

"回收计划。"

"什么？"

"在我的记忆模块里藏着一个指令，允许我们在最高级警戒状态下向一颗中继卫星发射信号，信号会到达地球上某个秘密测控中心，然后再转接给公司，单程延时大约需要 13.4 秒。公司会将幸存者接回地球，但是……"

"但是什么？"

"只有在面临死亡威胁的情况下，才能激活指令的记忆……"

我微微一笑，用冰凉的强化塑料枪口抵住他汗涔涔的头皮。

"那应该就是现在。"

光头佬像台蒸汽朋克时代的差分机一样，一字一顿地键入那组 16 位数字的指令，然后屏幕上出现了我从未见过的界面，提示是否发送回收计划信息。

选择"是"。

信息显示发送成功，我们冷冷地对视着，陷入漫长的等待。

传来一阵飞蛾扑翅般的声响，有信息返回来，这时候时间过去了 5 分 47 秒。也许公司那边已经召开了高层级的紧急会议商讨对策。

对方要求通话，选择"是"。

"呲呲，这里是文昌，这里是文昌，收到请回话。"

光头佬将目光投向我，眼神中充满同样的迷惘，但他的身体比意识更快做出反应——一个箭步冲向通话器。比他身体反应更快的是我的枪。为了保证船舱密闭性安全，这里的枪填装的是慢速子弹，这种子弹被射出后并不会穿透被射击对象的身体，而是将所有动能通过弹头的碎裂完全释放到中弹者体内，这意味着加倍的痛苦，以及更高的致死率。

他已经没有时间忏悔。

"文昌文昌，我是 EM-L4-D28-58a，现在只剩下我一个人了，请求回收，请求回收。"

"请求收到。请再次输入指令，授予完全数据权限，帮助我们进行态势评估。"

我看了一眼在血泊中抽搐的光头佬，优雅地举起双手，一字一顿地重复键入了那组 16 位数字指令。

死亡只是中介，数学才是永恒。

之后便又是沉寂，这应该会持续好一阵子。我找了个角落蜷缩着半躺下，像是被榨干了这一辈子的所有力气。回忆与疼痛搅拌在一起，混乱不堪。我不在意他们将如何评判我，如何处置我，我所希望的只是离开这个活地狱，回家，哪怕已经没有人在门口等我。

如果他们拒绝，我会选择和整颗小行星同归于尽——只需将电磁质量投射器的加速方向调转，"鲸母"就会被开膛破肚，粉身碎骨，带着所有的债务和罪一起化成齑粉。认知模块提醒我，在梵语、希伯来语和阿拉米语里，债务和罪本来就是同一个词。

现在真的只剩下我一个人了。

另一股力量在拖拽着我，让我的眼皮下垂、四肢瘫软，阻止我的神经脉冲顺畅流动。它要把我带入梦境，虽然我曾对这一力量发生过无数次的对抗，但最终都是以我的失败告终。我竭力抵抗着它的入侵，试图听清来自数十万公里之外的福音。那声音虚无缥缈，捉摸不定。

"EM-L4-D28-58a，所有数据评估已完成，我们会带你回家，我们会……"

黑暗再次吞没了我。

7

"负债累累是有罪的，不完整的。但完整只能意味着毁灭……"

拖着弹舌鸟残缺身体的"牧羊犬"缓慢地消失在深空中。

祭祀是针对所有的神，而不仅仅是死亡，死亡只是中介……

被粉尘包围的碎裂船舱里，小雀斑的头盔与身体藕断丝连，如一朵随时会被吹散的蒲公英。

一旦我们把自己的生命归功于创造我们的神，便会以牺牲的形式支付利息，最终用我们的生命偿还本金……

光头佬拍打我的肩膀，被我一枪轰开，他在低重力环境下如没有重量的纸偶飞向墙壁，血雾从他胸口迅速扩散，像是绽放的玫瑰。年轻的光头佬在羊水中逐渐成形。

将出生设想为所有人所承担的原始债务，一种由于人类出现的宇宙力量而产生的债务。然而，这一债务却永远无法在地球上得到解决，因为全额偿还它是遥不可及的……

小雀斑朝我眨眨眼，做了个不雅的手势。出浴的弹舌鸟俯身擦拭小腿，她朝我眨眨眼，没有丝毫性的意味。

如果祭祀仪式做得正确，神就会承诺一种完全摆脱人类状况并实现永恒的方法。因为，面对永恒，所有的债务都变得毫无意义……

梦里被隔离的女孩，捧着画册安然入睡。被倒扣在桌上的相框，写着一行小字。密封罩里缓缓旋转的粉色胚胎，眼睑不时地抽搐着。

它采取牺牲的形式，通过补充活人的信用，使延长生命成为可能，甚至在某些情况下，通过加入神来实现永恒……

密封罩中少女的脸、意欲自杀却被凝固在半空的绝望男子、矿工们的尸体、我自己的尸体、小雀斑的脸、弹舌鸟的脸、黑衣女子的脸，所有生者与死者的脸缓慢交叠融合成一张脸。

人类的存在就是一种债务形式……

一些名字开始浮现，可我无法确定它们是否真实，就像是我的记忆，如此破碎且混乱。巨大陨石击穿船舱，在我身旁爆炸。炽热的燃料跳蚤潜入我的身体，从里面烧灼出散发着焦味的孔洞。我在小行星表面绝望地奔跑，背后是不断爆发的冰火山，岩层裂缝将我吞噬。像是跌入无限循环的隧道，一切都被拉扯成无限远、无限稀薄的光。

我终于想起了那个名字，那个唯一的、不能被忘却的名字。

8

"安安！"

我从噩梦中惊醒，却发现自己并不在船舱里，也不在"鲸母"体内任何一个据我所知的角落。

这是一所巨大空旷的房子，乳白色的光均匀地洒下，却看不到具体的发光装置，认知模块也无法被唤醒。

我试图移动自己，却发现身体沉重得吓人，就好像整套肌肉系统只能使出三成力量，甚至每一次呼吸都艰难、滞重。我突然意识到这意味着什么，两行喜悦的泪水夺眶而出。

我终于回家了。

李医生是一个亚非混血女孩，一头蓬松卷曲的黑发，像是团碳纤维清洁球。她为我配备了外骨骼和辅助呼吸装置，帮助我适应地球的重力环境。与普通的地球人相比起来，我的四肢过分修长、羸弱，肤色苍白得古怪，而头部比例又有点过大。如果有人给我身上刷上绿漆，想必扮演成外星人都毫无违和感。

我的活动范围被限制在这一层楼里，李医生说"外面有一场因我而起的风暴，我还是暂时待在这里比较安全"。我猜她一定是用了隐喻和夸张的修辞。

这一层楼的活动面积已经超过了"鲸母"上所有舱室与通道面积之和，当然没有算上小行星的内外表面积，毕竟不是每个人都有机会在上面奔跑。这里可以满足我所有的生活所需，我又尝到了梦寐以求的宫保鸡丁，按照正常的地球自转周期进行作息，接触到真实的人类，而不是分不清究竟是克隆分身，还是记忆遭到篡改的太空矿工。

一切都如同古代的帝王生活般完美，除了一件事，我的记忆依旧没能完全恢复。李医生说，出于某种未知的原因，我的意识突破了原先的区块加密封存技术，等于打穿了记忆屏障，但所有的信息都未经索引，像一团乱麻，需要时间让大脑重新建立起秩序。

秩序。不知为何这个词让我打了个冷战。

我有太多的问题需要解答，这种迫切心情被李医生瞬间看穿。

她微笑着安抚我："风暴很快会过去，你会见到我们的领导者，也就是下令救你的人，到时你会得到一切的答案。"

没有电视，没有网络，没有任何能够带来外界信息的媒介，也没有时间。也许它们就在这里，被折叠在墙体里或蜷缩在某个细微的角落，只需要我念对咒语，打个手势，它们就能活过来，蹦跳地到我面前。

可我不属于这里，我对如今的地球一无所知，所有太空挖矿的技能树在这里没有半分用武之地。

甚至回来之后，我的梦也被剥夺了。我只能记得那个名字和一些朦胧的片段，却无法与自己真实的感受或记忆连接起来，就像是一个盲人被包裹在塑料薄膜里，只能透过被层层阻隔的感官去触摸世界。这种感觉让人窒息。

我努力讨好李医生，央求她让我看一眼外面的世界，只一眼就好。她总是眼带怜悯地拒绝我。

"还没到时候，你现在最需要的是保护好自己。"

我不确定自己是否完全理解了她的意思。

终于我等到了机会——一名护工调起了墙上的控制面板，却突然被叫开了。我试探性地按了几下按钮，屋里的光线和色温平滑地变换着，像是在数秒内经历了许多时空。我又按了几下，面前的乳白墙体突然变得透明，泄露出背后真实的外部世界。

我惊慌地往后退了几步。外面是一片更加开阔的灰白色广场，被地面的黑色线条切分为不规则的形状，远方影影绰绰耸立着巨大的几何形建筑，比例和角度都给人带来一种挑衅式的不稳定感。有一些介于生物与机械之间的活动雕塑点缀其间，似乎能够根据环境的变化产生微妙的交互。

这不是我所熟悉的那个地球。

广场上有一个人看到了我。他抬头看着我，额头上有什么东西闪闪发亮，像是传递着某种特定频率的信息。

人越来越多。他们同样额头闪亮，站在广场上，抬头看着我。我注意到每个新的个体加入人群之后，闪烁频率便被调谐成一致。

我愈发感到不安。现在已经有上百个人，黑压压一片站在下面，盯着我。他们每个人的额头几乎变成了一个发光的像素，组合在一起便成了一块低分辨率的显示屏，现在上面开始滚动着一些意义不明的图案，令人头晕目眩。

我将手掌贴在墙上，人群的图案突然凝固，瞬即转变为另一种模式，如同往里无限收缩的大海。

他们是在跟我交流吗？

我尝试了不同的动作和姿态，他们也随之反应，可我一点也不明白他们想要表达什么。

正当我想要采取更激烈的举动时，眼前突然恢复成一片乳白。我回头，李医生一脸愠怒地看着我，轻轻地摇了摇头。

我做出祈求的动作："我只是想看看外面。"

"已经定了，三天之后，领导者会接见你，做好准备吧。"

我心里一阵忐忑，并没有之前所期待的欣喜。

"外面那些人……他们是谁？为什么要那么做？"

李医生瞪圆了眼睛，似乎在斟酌字句，每次她想找借口时就会出现这种滑稽的表情。但最后她还是放弃了，垂下长而粗的睫毛。

"他们是无债之人，你的崇拜者。你是他们的神。"

9

会面并没有发生在想象中宏伟富丽的殿堂里，相反，我被安排在一家典雅朴素、称为"格物"的老式书店，有螺旋式的书架式阶梯一直通往顶层咖啡厅。

外骨骼被禁止使用，我顺着台阶如虚弱的老人缓慢攀登，感受每块肌肉在3倍重力环境下的运行状况。庆幸书架上的许多名字依然印刻在我的脑海里，即便没有认知模块也能够被随意调取。

领导者从咖啡桌旁起身，一袭黑衣，胸口别着金色胸针，面带微笑迎接我。

"东方觉先生，幸会，我是梅零一格。"

我惊讶于她的年轻，更被她眉目间某种似曾相识的特征吸引。

"我们……见过吗？"我没能拽住自己的好奇心。

她斜着头，眉头微蹙，思考了一会儿，然后展开笑脸："啊！我知道了，您见的是我的祖母梅李爱夫人吧。"

"祖母……"我被这个称呼暗含的时间跨度所惊吓到，"所以那是多少年前的事情了？"

"如果按债务合约签订日期算，那是 72 年前了。"

"72……"我深深地吸了一口气，似乎有点晕眩，她扶住我，让我坐下。

"您恢复得不错，我是说，在那样的环境里待了那么长时间……"她语调完美地表达了同情。

"所以，这究竟是怎么一回事，你们是谁？又是谁在背后操控这一切？"

"您一定有很多问题，考虑到您的记忆还没有完全恢复，我会从我的曾祖父梅峯讲起。"

梅零一格抿了一口咖啡，用纸巾轻拭唇边，开始讲述她曾祖父的故事。

✕

梅峯先生创立的生命链集团一直致力于将生物技术与区块

链技术结合起来，他认为那是通往人类永生之路的不二法门。

当然他发家靠的不是像徐福一样贩卖永生，而是向各国政府提供基因债技术。所谓基因债，就是将债务数据区块化加密后嵌入 DNA 链条，能够实时追溯，无法篡改，也能遗传给后代，避免经济溃败时期以自杀或修改生物信息躲避欠债的行为，同时也能最大限度和最小粒度地管控个体的经济行为。

在那个时候，高精度的克隆与人造胚胎技术早已不是问题，关键就在于意识的转移，如果每次都需要从"牙牙学语"开始重新体验人生、积累经验，那只能算是代际交替，算不上真正个体生命的延续。梅峯成功地研发了记忆存储与植入技术，只需要一个黄豆大小的脑部植入物，便可以向云端同步存储每分每秒的感官刺激和思绪流动，反过来也可以插入现有的海马体皮层，实现记忆的无缝对接。

这项技术引起了极大的恐慌，因为它背后所隐含的种种可能性，也许会造成贫富与阶层的绝对固化，甚至导致人类文明回归到奴隶制社会形态。全球领导者经过一番挣扎，顶挡住了永生的诱惑，达成所谓的"日内瓦共识"，将这项技术与大规模生化基因武器、原子弹一起打入黑名单，在地球上不得投入使用，研发也必须在最高等级的监管下有限度地进行。他们也不希望把生命链公司一棍子打死，毕竟还需要用基因债技术维持经济体系的正常运行。

梅峯来自被称为"东方犹太人"的潮汕族群，他经常会回忆起不畏风浪、热衷赌博、将资本和文化通过海潮播撒到全球各地的先祖们。没有什么能够阻挡潮汕人冒险的步伐，如果有，那只能是胆量。

于是，作为利益交换，生命链集团在政府默许的"自我治理"范围内迈出一大步，表面上政府仍维持监管职能，实际上却给予了财团更大的自由。

梅峯在小行星矿业领域投下重注，兴建空间站，改造小行星，资金与技术都不是难题，但所有太空矿产公司都会遇上同一桩棘手的事情——人。没有足够符合资格的矿工，即便是高薪培训也完全满足不了需求。许多企业寄望于机器人，但这些需要大量水、冷凝器、继电器、电路和电池来维持运作的铁家伙们，只能在高度可控的环境里执行一些程式化的工作。

梅峯当时喜欢说一个笑话——"机遇号"在火星上运行 20 年所完成的地质勘查工作，也就和一个普通大学研究生一个礼拜的工作量相当，还不一定有人干得漂亮。

这就是他下的一盘大棋。

生命链集团在全球范围内寻找符合资格的候选人，威逼利诱地与他们签订了债务合约。这些人不但出卖了自己的肉身和基因，还出卖了自己的灵魂。根据生物学证明，只有身体与意识的高度匹配，才能够最充分地发挥人的潜能。他们的基因数据会被传送到太空站中，经由机器重新拼装组合成遗传物质，分裂成受精卵，发育成胚胎；而他们的记忆，经过一系列程序化的激发与再现，像债务数据一样被区块化加密，再植入到克隆体的大脑皮层。

冷启动的道路铺满了尸体与鲜血，超出任何人的想象。

生命链集团花了 10 年时间，用数以百亿计的资金以及尚未揭秘的大量的牺牲者，终于实现了这一地外经济体系的稳定运转。回报也是超预期的，除了贵金属和稀土矿，某个站点还捕获了来自太阳系外小行星所携带的亚稳态氦化合物，能够兼顾高能量密度与可再生性，这引发了一场储能方式的革命。

也有一些预料之外的干扰。比如一些叛变、心智崩溃或者集体屠戮行为。这些都是人类历史上在开疆拓土的过程中曾无数次上演过的戏码。生命链集团发展出一套方式，将那些有可能导致负面冲击的记忆封存起来，并通过 AI 创作了一部指导意识形态的手册——《神圣债务论》，植入到每个矿工的认知模块中，日积月累、水滴石穿地施加精神影响，成为新的宗教。

这套系统设计运行得如此之完美，以至于多年后，地球上竟慢慢地遗忘了这些人的存在。这个秘密只有极少数人知晓。当梅崟去世之后，梅李爱接管了大权，她深知其中隐藏的巨大政治风险，更是将其作为集团的最高机密。这时候，生命链集团已经成为这颗行星上势力最为强大、触角无所不及的庞然巨物。几乎每个人都或多或少背负着来自生命链集团的债务。

当一个生命体变得过分复杂巨大时，它同时也会变得极其脆弱，只需要一次不经意的跌倒，就会造成致命的伤害。

就好像我在太空里所做的一切。

信息量太大了，我习惯性地调动认知模块，但随即意识到，只能靠自己消化。这需要一些时间。

"所以，我们都是被骗签了卖身契的农奴，而且是永生永世不得翻身？"我尝试着寻找更为缓和的表述方式，但却找不到。

"从技术上来说，所有你们可能遭遇到的事情都写在合约里，用法律的语言。"

"可我不明白，为什么要救我回来？让我自生自灭不是更符合逻辑吗？"

梅零一格微微一笑："如果按照旧时代的利益最大化思维，确实如此，可现在不一样了。"

"哦？"

"实话实说，我们认为这是一个剥离原罪的最好时机。"她似乎犹疑了一下，试探性地看我反应，"作为生命链集团新的管理者，我对此前发生的事并不知情。要不是您发送了紧急信号，也许整个地球对这些骇人听闻的行径还一无所知……"

"我在听。"

"多亏了你们在太空的无私奉献，我们得以发展出激光阵列发射技术，大大降低了单位荷载进入近地轨道的成本。我们还在基多、蒙巴萨、利雅得和新加坡建造了4部太空电梯，即便是太空矿工也无须长时间待在矿区忍受煎熬。新的空间革命即将到来，我们将真正地开始向太空殖民，向火星、小行星带、木卫二，甚至更远的宇宙深处进发。我们需要你这样的英雄来激励人们……"

"英雄？"我嗤笑了一声，"我们能跳过广告直接进入主题吗？"

她突然露出了拘谨而古怪的笑，与我们的对话格格不入，这种感觉似曾相识。

"现在有一些人，一些势力，想借助你的遭遇来打击生命链集团。他们将你视为偶像，视为反抗整个债务系统的符号性人物……"

"无债之人。"我想起了站在广场上的古怪人群。

"你已经知道了？"梅零一格露出狐疑神色，"他们宣称基因债是守旧的、封闭的、不道德的，应该要以人类整体文明作为债务对象，推行'债务开放运动'。你如果看见他们的人，额头上闪烁的就是每个人给全人类增添的债务数字的变化。"

"听起来不无道理。"

"过去 5 000 年来，这样的事情一直在循环发生。所有的革命都以取消债务，重新分配资源为目标。无论这些债务是记录在纸莎草纸上，还是刻在磁盘里。但必须以循序渐进的方式进行，否则就会像罗马帝国或者加洛林帝国崩溃之后那样，人们会回归旧经济体系，文明倒退，一去不返。"

"所以你到底希望我做什么？领导者，我很奇怪为什么他们不叫你老板。"

她再次露出古怪的笑容，我突然捕捉到了什么，那枚锁链状的金色胸针，那是藏在记忆深处的秘密线索。

"站在我们这边，东方觉先生。作为英雄，引领我们去建立一套新的系统，不是以负债累累奴役人们，强迫人们只为了生存而竞争的系统，而是鼓励人们去创造与贡献，去懂得我们生来是为了感恩，对他人、社会、宇宙去付出的经济系统。我们可以帮助你一起设计这套系统，来对冲旧系统中基于利息的债务压力，将成本内化为一种自然愿望，而不是转嫁到他人与后代身上。你愿意吗？"

梅零一格伸出手，摆出令人难以拒绝的姿态。

我假装犹豫了片刻，突然笑出了声。

"如果不当领导者，你会是一个很好的演员。或者，这两者根本就是一回事。"

"你在说什么？"

"自始至终，你都知道小行星矿场的存在，还有上面发生的脏事儿。只不过，有些真相不应该被发现，就像有一些枷锁最好别被打碎。我说得没错吧，梅李爱女士。"

她那精致柔美的表情瞬间凝固，像是变了个人般，眼神露出一丝寒意。

"东方觉，有时候我不得不佩服你。在你身上似乎什么奇迹都有可能发生。我们最顶尖的科学家都无法解释，为什么你的意识能够突破量子计算机都难以破解的记忆屏障。他们说，也许只能用爱的力量来解释了，你看多浪漫。"

"爱？"我迷惘地看着她，这个词已经离我过于遥远了。

"看来只有这部分记忆你还没有完全恢复，毕竟是被埋得最深、封得最死的。我们不希望你和安安相认，于是在你的面孔识别上动了点手脚，让你每次见到她都以为是陌生人。"

"安安……"一些模糊的面孔开始在我脑海聚拢成形，重叠成一张脸。

"是的，安安，你的女儿。你为了自己活下去，将她的数据卖给我们，让她变成一个在无间地狱里轮回受难的罪人。"

梦境里的画面碎片般涌出，带着浓烈的情感将我吞没。我双眼紧闭，大口喘息，头痛欲裂。光头佬说得对，有些真相不应该被发现。

"我真的挺羡慕安安的，有你这样一个爸爸。"

我痛苦地睁开眼，梅零一格，或者梅李爱的脸上竟透露出一丝失落。

"你愿意为了她，不在乎死多少次，杀多少人，最后还是一场空；而我的父亲，呵，他永远只把我当成一枚精心算计好的棋子。"

我想起了太空中那枚小小的属于我的胚胎，还有隔壁那位永远陌生的少女。我们俩的密封罩就那么挨着，却方生方死，永不能相认。这一切都是拜眼前这位永生的领导者，以及她背后冷酷贪婪的债务帝国所赐。

"我最后再问您一次，东方觉先生。如果我们能让安安回来，您还会愿意代表生命链集团，成为英雄吗？"梅零一格起身，轻轻地鞠了一躬，"还是，让世界知道背后的真相？您的数学这么好，算一算吧。"

我盯着她那张不留岁月痕迹的面孔，久久没有回答她。

10

做梦真是人类的一项奇怪的设计。

当在小行星上时，我总是梦到地球上的景象，可当我回来之后，却又时常在梦中重回那个低重力、颜色灰暗、危机四伏的活地狱。就像那里有什么东西让我割舍不下。

我梦见红毛、小雀斑、弹舌鸟、跳跳糖……她们一个接着一个向我告别，然后纵身一跳，从旋转的舱口消失，飘向"鲸鱼"的嘴巴，像是跃入一片装满星星的池塘。

她们没有穿戴任何防护服和头盔，就那么赤裸地飘浮着，如同浸泡在羊水中，整个宇宙就是她们的子宫。

我也全身赤裸着，在"鲸母"黑灰色的内表面奔跑，追赶着她们如粉色羽毛的身体。无尽的星空，弧形的地平线，闪光的沙砾让人产生幻觉，仿佛自我慢慢消失，不需要氧气，不需要重力，也不需要保护。如同荒野中一匹迷失方向的狼，在濒临死亡之际，与整个宇宙连接起来，潜藏在身体里的力量被自动激发，感官被彻底打开。于是我知道自己还有一些未被系统驯化的东西，一些不能被算法加密或过滤的情感，一些比活着更重要的意义。

我猜她们也同意，没有债务的死去不是一种逃离，而是一种回归。

于是我停下了脚步，看着她们远去，远去，直到融入群星。

我微笑着睁开眼，面前立着两块墓碑。

我扫了扫碑顶的灰土，抹去那两个名字上的蛛丝，让它们能够被看见。

我从纸箱里拿出一本泛黄的画册，放在左边的墓碑前。画册封面上画着一条灰色的鲸鱼，鲸鱼的肚子里藏着一个长鼻子的木偶男孩，小木偶正咧着嘴笑，好像在说："你看我的鼻子变长了吗？"

　　我忍住眼泪，从纸箱里拿出一个斑驳的相框，里面的照片已经受潮发霉而卷曲，看不清原样。我把它翻过来，背面朝外，放在右边的墓碑前。在相框的右下角有一行歪歪扭扭的小字，上面写的是："爸爸，不要怕。"

　　我点点头，就好像听到了那句话。"爸爸不怕"，我在心里默念着。

　　他们说，我已经不是那个太空里的我，生命链集团并没有把我的肉身带回来，只是把意识传回地球，换上一个新改造过的身体。所以，我无法适应地球重力与肌肉无关，那只是意识的惯性；所以，EM-L4-D28-58a 在小行星上犯下的罪也与我无关。

　　我努力不去想后来在"鲸母"上发生的事情，那会让我发疯。

　　现在，我是一个全新的人了。

　　我结束了祈祷，起身离开，手指从两座墓碑上沿轻轻拂过。我也许不会再回来了。

　　那些无债之人在墓地外的绿色丘陵上排成圆环的形状。他们在等着我。

　　我挥挥手，他们的额头开始闪烁光芒，像时钟，像旋涡，像奏响一曲关于自由的颂歌。

　　为我，为安安，也为这世上的每一个人。

THE MEMORY ARTIST

记忆艺术家 02

伊恩 · 麦克劳德

Ian R. MacLeod

X

著名科幻作家，曾斩获克拉
克奖、约翰·坎贝尔纪念奖、
轨迹奖，也曾获雨果奖和星
云奖提名。

有 20 年科幻创作经验，代
表作品有《玻璃上的霜》
（*Frost on Glass*）等。

本篇译者：何锐

零　记忆艺术家

对记忆艺术家而言，她的工作室是个奇迹之地。这里的架子杂乱不堪，堆满了罐子、药剂、染料、类型和格式变化无穷的数据。这里的墙壁变幻莫测，遍布着陈旧发褐的素描和忽隐忽现的虚拟形象——有些来自早就结束的项目，有些来自还在酝酿之中的项目，还有些来自这两端之间湮灭无闻的项目。她日常起居于摇摇欲坠的木材、石材、线路和金属之间，那些材料有的价值高昂，而其他的也所值不菲，就连墙壁和地板也闪闪发光，那是散落的珠宝碎片、比特和金属屑。

这是属于她的国度。她在这里睡觉，在这里入梦，在这里工作，在这里吃喝拉撒。她任凭时光流逝，不去费力计数，尽管她明知自己已经老了，不会再麻烦这个世界多久。入睡、工作、踱步或沉思，无论是宣光塔上晨歌者们的高声呼喊，还是守夜人敲响的宵禁钟，让回声响彻这巨大城市的上空，在她看来都如秋风过耳。

其他生灵可能会说她的工作室看起来邋遢得像个狗窝，但在她看来，这里的所有东西都各得其所，至少在她能回忆起它们位于何处时是这样。于是，她继续漫不经心，心满意足地沉浸在自己的工作中，感到自己大体上还算是幸运。至少，当她难得地拨冗思考自身的状况时是这么觉得的。诚然，她拥有的大部分东西在其他生灵看来无非是些琐碎的边角料，但她的天职正在于此：将生命中那些被遗忘的残渣化为美丽而奇妙的珍宝。

有时，虽然并不经常，她也会冒险外出，前往苏格❶，走上街道，乃至她所居住的吉齐拉❷——一个横贯群星的宏大结构邻近的空岛。显然，她需要购买食物，至少偶尔要买。还有些时候，她需要补充那些比较常用的材料——刀片服务器、像素、染料、画笔、数据固定剂以及联结油。不过，随着吉齐拉的岁月在她心中悄然流逝，她越来越能凑合着过日子，消耗的东西越来越少。她记得很清楚，自己曾经创

❶ 苏格（Souk），中东阿拉伯国家的露天市场，相当于维吾尔族的巴扎。——译者注

❷ 埃及语，意为"水环绕的地方"，和"岛"几乎同义。这个岛链组成的结构以此命名，是个文字游戏。——译者注

作出了宏大的作品，有的塞满了她整间工作室，有的创作时就需要空间，比如在某个空闲的库房里，甚至是某个星舰大棚上。那些巨大而耀眼的造物，华丽而规整，由形形色色的石材、金属、记忆和木材构成，建造它们出于公众的愿景，而非私人的企图。其中有个海滨景观，一个呼啸着的作品，由涌动的海水和层层叠叠的抛光钢架组成。当人靠近它时，脸颊会被惟妙惟肖的虚拟浪花喷蜇，双脚会深陷入微微泛青的火山沙的回忆中。还有翼手鸥❶的叫声、高调醒目的盐花以及深海生物腐烂发出的臭气。天际是锃亮的灰蓝色，她布置在空中的一对太阳自鳞次栉比的云团间投出令人惊奇的光影。或许还有一只头部异形的巨兽从海中缓缓升起，但也许没有。记忆艺术家总是力求展望前方而非回首往昔，从不在过去的成功上流连，也不会深陷于过去的失败之中，因为总会有值得他们在意的新的挑战。

如今，当她回忆起当年那些财政上成功的宏大实体时，只会觉得隐隐有些尴尬，恨不得自己从未创作过那么简陋的作品。当然了，那些作品卖得很好，因为大多数生灵觉得它们体现了自己渴求的

❶ 作者虚构的鸟类，外形介于海鸥和翼手龙之间。

——译者注

东西，即便那颇具鉴赏力的生灵也这么认为。但她自认为自己当年的创作路线整个走歪了。

　　关于记忆的艺术，她确信与其他艺术一样，并不是去构建一些巨大的象征物来描绘某些东西，甚或描绘生命本身——全能者会禁止这种做法❶。不，你该做的是反复琢磨一个事物，直到你捕捉到其……不，确切地说并不是要捕捉到其精髓，因为这样显然是目标太大，太有野心……仅仅是对你所关注的事物究竟是什么有些许的把握。但即便如此，也还不够，因为任何一位真正的艺术家所创作的都不涉及具体的事物和现实，或者哲理、概念，无论这些玩意儿的构造会有多么引人注目。你要做的，或者至少要无止境地努力逼近的，是透过全部你所能聚集到的生命和际遇的边角料，设法找到途径来反映你最真诚的、最赤裸裸的自我。如果这听起来有些矫揉造作，好吧，那这又是一样要去掉的东西。如果你的方案行之不通，如果它离完美，甚至连极为暧昧的精确印象都遥不可及，反而像是一条离奇怪诞的多足破烂怪❷在你的大脑里爬行撕扯……

❶ 戏仿帕特里克·亨利的著名演讲《不自由，毋宁死》。

——译者注

❷ 作者虚构的生物。

——译者注

好，那意味着，也许，只是也许，你走在了正确的道路上。

自然地，随着她的作品越来越芳醇，越来越让自己满意，她本人也变得越来越贫穷，接到的委托越来越少，受到的招待也越来越简陋，她的同行们记起她的频率也越来越低，甚至到几乎完全想不起她这个人。当年，她的工作室曾是一家壮观的企业，崇拜者、同行艺术家、各个大教会的官员、形形色色的怪人，以及逢迎谄媚之辈……来访者络绎不绝。其中可能还有一些追求者。但失去这一切她并不觉得错过了什么，只是抛却了干扰而已。毕竟，如果你能全神贯注地创造出一道奔涌的浪花，或者更进一步，仅仅创造出一粒细沙般的感觉和反光，那又何必造出整片海景呢？当然了，仅仅是一道浪花或者一粒细沙的记忆是不足以支撑起这种创作的。远远不够，你要从许多来源获得灵感，将之叠合，最后设法将其化为己有。比如，一件描绘大海的作品不仅仅和大海有关，一位最终深入其感知领域的人可能会惊讶地发现：浪尖上的那道光芒实际上是他从某个遥远行星上一家博物馆的藏品里选出的一件古代战甲的反光；浪头聚集奔涌之势来自某处愤怒人群的咆哮；而那种颤抖的欢乐感觉则源于许久之前，几个孩提阶段的人类乘坐雪橇，欢呼着滑下雪山的体验。与此同时，记忆艺术家将这些创造融注其中的材料也变得越来越小，她的微雕技艺已经不逊于她的其他技巧。一小片简单抛光的金属曲面，经过精心雕琢，再加上一小团海洋珍珠的碎末，已经足够她完成那件她记得是叫作《最后的海浪》的作品，还绰绰有余。她曾考虑过要把自己对一粒沙的多重的复杂印象的结构融注到一粒真实的沙粒中，但她总

是不太欣赏这种自我指涉的作品，它们太
自我满足了。

　　有段时间，她为新近死去的人们创作
自传式的纪念物，这个市场不错，而且让
她颇有成就感。当然，这些结构繁复的
骨灰翁描述的从来都不是那些死者真正
的模样。逝去者的天性、缺点和成就全都
于生者的脑海中更替、演变。已故的守
财奴骤然变得慷慨，情人们变得不可思
议的温暖、善良、贤惠。但记忆艺术家
相信，她已经找到了方法，可以在自己的
创作上蒙上一层伤感的薄纱，而不至于太
过损害她想要表达的核心内容。早期的几
件此类作品的成功带来了许多同类的委
托，特别是在那场簸扬之疫❶期间；一连
串小小的成功和惊喜的回忆，肯定持续了
好几个季度。在如今的她看来，那恐怕会
成为她这辈子最为多产的一段时间。

　　想到这里，她的思绪回到了自己的独
立工作室。这里混乱不堪，但更大、更让
她困惑的混乱充塞着她的脑海。她最近的
工作令她精疲力竭，她很清楚这点。但何
时开始的呢？她肯定是把太多的"自我"
投入到了创作中，以至于自身的相当一部

❶ 指上天降祸，造成大
量人口死亡的事件——
常指瘟疫。

　　　　　　——译者注

分记忆也被吸收掉了。但她还是心痒难耐，想要创作出什么来。
到底是什么呢……

一　轴承滚珠

　　记忆艺术家从床上挣扎着起身，在地板摇晃带来的晕眩中
努力地稳住身子。然后把罩袍扯上身，找了一会儿才发现两只
靴子都在地上而不是在她脚上，她又坐下来把乱成一团的鞋带
系好，抓起她那忠实可靠的拐杖，抬起活板门，爬了出去。向
着前方等待着她的东西走去，无论那是什么。

　　她首先留意到的是空气中的烟雾和恶臭，然后是广袤荒凉
的景象。她喜欢想象自己的工作室仍然位于一个上等岛区中，
并坐落在一条繁华的步行街上，周围是令人愉快的房舍；但实
际上，那已经是许多个季度之前的事情了。现在她所在的这块
地方几乎不能算是一个岛区，而是被称作“破碎之地”——基
本上就是一大片垃圾场，来自吉齐拉各地乃至遥远的太空中或
者行星上的垃圾在漫长的岁月里汇集于此，越堆越大。现在绝
对是早上，她肯定自己几分钟前刚听到了远方晨歌者的呼喊，
但此地光线黯淡，灰蒙蒙的，空气中充斥着刺目的尘烟，终年
不散。

　　破碎之地很大，像是一片嶙峋起伏的山脉，组成它的是生
活垃圾、赘余设备、报废飞船、过气建筑，还有荒废的岛区，
所有这一切以及其他许多东西都被拖到这里，被世人遗忘。记
忆艺术家在这堆摇晃不定的垃圾上艰难前行。从她所处的这个

位置看，只能勉强地分辨出远方有一头巨
兽在缓缓移动。她觉得这些东西名叫"清
道龙"❶。这些巨兽帮助打理这片荒废之
地，将金属和有机物填埋，有时熄灭火
焰，有时点燃火焰，在地面上漫游、挖坑、
筛选，就跟它们的外形让人想到的那些地
球上的巨大蠕虫一样。在昏暗的天空下近
一些的地方，是层层叠叠的简陋的窝棚，
它们和破碎之地间隔着用凹凸不平的再
生板制成的粗陋隔墙，还有地面上渗出的
油污形成的黑色护城河。那里是这片地域
最远的边缘，通常被叫作"贫民窟"，虽
然人们对它还有许多个更加语带轻蔑的
称呼。它是那些有勇气承受危险和恶臭，
通常自身也很危险且臭烘烘的人们所选
择的栖身之所。不过，要说到这种现象是
在何时开始、因何如此、何以如此，她可
就完全不知道了。

　　不过她想起了吉齐拉，这地方本身的
怪异性也不亚于此，尽管她几乎能肯定自
己将会终身居住于此。要知道，这里跟
一万零一界❷的其他地方可不一样，你不
是黏附在某个自转不休的行星表面；站在
这里，你脚下是由引力连接在一起的一串

❶ 虚构的人造生物。
　　　　　——译者注

❷ 虚构的未来宇宙中诸
多居住的世界的总称。
　　　　　——译者注

岛链，在许多其他岛链之间飘浮，所有的岛链围绕着恒星"净身池"，构成了一个复杂的几何结构，翩翩起舞；恒星的压力被一层屏障挡在后面，这层屏障被有些人称为"天空"，尽管严格来说它并不是；它会吸收和调节日光，晨歌者们每天在装有镜子的宣光塔中将光线散布到吉齐拉的各个区域和城市。她还记得，在很久很久以前她孩提时代的日子里，有一次她的三位母亲❶之一曾向她解释过，这种跨越恒星表面的结构确切的名称应该是"戴森环"或者"戴森球"。不过吉齐拉的结构实际上介于环形和球形之间，像一条破碎的腰带般环绕着"净身池"。如果从足够远的地方看过去，透过它，这颗恒星似乎闪烁在一块巨大的面纱之后。

　　不过啊，我最亲爱的，我的心肝宝贝，要问这个戴森究竟是什么人或者什么样的存在——先知，设计师，或者造物主？那答案早已遗落在无穷的迷雾中，在人类消逝无踪的过去里……

❶ 在这个世界里，家庭一般由多位女性构成，共同养育后代。

　　　　　　——译者注

　　她拄着拐杖，开始在围绕着她双脚的

那些乱七八糟的腐烂物中寻找出路，当年
她选择定居在破碎之地的那些理由忽然
间开始显得更为合理。在这里，这片被遗
弃、遗忘的地方，对她这么手艺娴熟的人
来说，有着一切她这行可能需要用到的东
西——闪亮的金属碎屑、盛放的晶花，还
有融化的玻璃形成的珠子。烂掉的一团东
西，也许曾经是渔网，也许不是。那些松
软的沼泽下面，天晓得是什么东西。还有
各种纪念品、回忆、比特、无穷多的数据
碎片，以及少许逝去的生命。它们全都在
这里，静待被重新发现。

　　不过当她弯下腰挑挑拣拣时，她又想
起来一件事：在这里的人必须小心谨慎。
这里的垃圾山有些不怎么稳定，相当危险，
还有些包含着许多其他威胁，足以让一个
不像她这么小心翼翼的生灵陷入困境。这
倒并不是指那些在犁地的庞然大物，那些
清道龙很容易回避，而是指一种较小的虫
子，据她所知，大家管它们叫乌洛波洛
斯❶；还有那些爪子锋锐、纵跳迅捷的锈
蚤❷，它们能轻松地带走你的一根手指或
者一颗眼珠，更不用说那些爬行的追猎者，
看起来像是千足虫的破烂怪，那些玩意儿

❶ 虚构的人造生物。原
为地中海周边神话中的
"衔尾蛇"，代表自然界
的物质和生命的循环。
　　　　　　——译者注

❷ 虚构的生物。
　　　　　　——译者注

本该去吞噬塑料和金属，但它们也有兴趣挖开你的皮肉，而且轻轻松松。这里还有各式各样的毒物。除了那些渗出来的油污，还有铅灰色的酸液塘，以及一些更宽、更深的坑洞，其中填满了叫作泥浆的东西，里面还可能栖息着某些更加可恶的玩意儿。

还有垃圾本身，那些危险的碎冰和放射性废料，甚至还有些废弃已久的方舟移民船的残骸——来自远古人类最初的扩张时代，其中那些曾试图到某个无人知晓的世界居住的生灵已经不在了，倒是有些带毒的怪物不断从里面被释放出来。破碎之地绝不是一个适合愚蠢或者粗心大意的人居住的地方，但记忆艺术家觉得她自己既不愚蠢也不粗心，虽然她的头脑已经深深地沉浸在思考中，如同寒鸦般从一个方案跳到另一个方案，寻找着下一个项目的核心概念。

这边有个黄铜小齿轮，大概曾经是某个指针式计时器的一部分，来自古老的日子。她把齿轮捡起来，翻来覆去，琢磨着它可以融入什么样的图景、记忆和情境。出于显而易见的理由，时间一直以来都是她想要尽力理解❶的一个主题，但一直

❶ 此处原文"理解"的另一个意思是（齿轮）"咬合"。是作者的文字游戏，无法直接翻译，在此故意用两个"时间"增加一个文字游戏。

——译者注

没有真正着手过，至少她不记得有过。她站在原地把玩着一个念头——如何将这个东西与一座高大的古钟的影响结合在一起。古钟是一个奇异的、不规则的装置，它每艰难地"嘀嗒"一响，就会吐出一块感觉或回忆的碎片，所有碎片都各不相同。然而，这念头还在挣扎着寻找焦点时就开始消散了。于是，她把齿轮扔到了一旁。

但她并没有要放弃的意思。这边有团满是尘埃、灰不溜秋、像是油泥灰的玩意儿。当她用手指捏住这个东西时，它的外形发生了令人反胃的变化，显然并非人类制品。她曾好多次试图将外星人的感受和情感整合到自己的作品里，但这些玩意儿实在很难发挥作用，除非只是拿来略做点缀。那边是某个小孩生日的碎片，被储藏在一个没有四肢的已被腐蚀的陶瓷玩偶的头颅中。记忆艺术家拿起这东西，它死寂的双眼忽闪了一下，她捕捉到了一丝翻糖的香气，还有一点烛光，它经常用来装饰蛋糕，天生和某首老歌相伴。这记忆毫无疑问触动了她的内心，让她的兴趣大增。但之后她想起了这些年来一直在找寻的东西，于是把它抛开，重新下定决心，研究着这片遍布四周且充满希望的废墟。

她觉得，有个传说应该是有坚实物证的，而不仅仅是古代的歌谣或者神祇的传说。据说，不像某些外星人以及其他许多种类的动物和植物，人类曾经有两种基本形态。其中最令人称奇的是有性繁殖；这概念本身就挺古怪的。两种基本形态中的一种被叫作雄性，或者男人；甚至有传言，这种少数奇特的亚种仍然存在于一万零一界的某些最偏远、最落后的世界当中。现在要是她能找到来自那种怪异生灵的某一个体的记忆存档，毫无疑问，她就为一个前途远大的项目找到了基点。可就像往常一样，当她在寻找这样东西时，手指无意识地插进了自己的外套口袋，触到了一团疙疙瘩瘩的古怪东西，然后她发现自己找到了另外的东西。

她把那玩意儿掏了出来，窝起手掌捧着。它只是一小团肮脏的线绳，缠结在一起，但它上头穿着一串奇异的珠子。它也许曾经是一串玫瑰念珠，出现在阿尔图曼星球的十大奇迹中，但要是那样，它不该是如此廉价的家庭作坊产品，而更可能是一个粗陋的忘忧珠串样品。人们把这种珠串在指间捻转，好镇定心神，或者在试图忍痛割爱时分散注意力。这大概就是它来到她口袋里的原因，尽管她对自己当初究竟要割舍什么、为什么要分散注意力已经完全没有印象。

每颗珠子都各不相同。第一颗只不过是个灰溜溜的轴承滚珠，在这个垃圾场的四下随处可见，下一颗则是一粒水果或者葫芦的籽，已经干枯。接下来是个褪色的黄色塑料小圆盘，脏兮兮的，看起来像是个古旧的游戏代币。再往下一颗是陶瓷数据珠，上面有蓝色的细线，吉齐拉很多地方常用这类东西存储信息；它边上是个小小的光滑石球，多半是琥珀做成的。再旁边，也就是珠串尽头，是一团皱巴巴的玩意儿，用弹力手绳的线系着。那也许是孩子们喜欢吃的那种彩色糖球，不过她肯定不会亲自尝一口以检验自己的想法：她太清楚破碎之地了，这里伪装诈骗盛行，危机四伏。她一共捻过 6 颗珠子——如果每颗都真的算是珠子的话——她的手指就回到了最初的绳结。

情况就是这样的：它们都有回忆融入。她触摸每颗珠子时，都能听到情感、数据、追忆的低声私语，但只有第一颗珠子，那个灰色的轴承滚珠，真的在跟她讲话。站在这里，这个荒芜的地方，就在此地，它唤起的仅仅是她自身的感觉，仿佛此刻不知怎的存在于过去之中一般。

一切都很怪异，但同时也很奇妙。她还是不知道这些珠子实际上是怎么跑到自己衣兜里的，纯粹是偶然？抑或是某个失败的创作项目被遗忘的残留？但她已经觉得，这个细小却关键的发现肯定正在把她引向某处。可那是什么地方呢？她的手指抚摸着那颗小小的干枯的籽，这似乎是那种你在烹饪之前得从瓜菜的核心里去除好几十颗的玩意儿，或者是一片成熟的水果，也许是香瓜，也许是一种名叫辣奶油莓的浆果里的那些东西，你要用滴着果汁的手指抠走它们，然后就可以把水果放到嘴边……

她是饿了吗？是的，她意识到确实如此。实际上，她已经开始在咽口水了，而且想不起自己上次吃东西是什么时候了，更别提吃顿像样的饭了。她想起，且忽然间十分肯定，在贫民窟的另外一侧有个又大又热闹的苏格，那里出售各种物品。所以，她现在的问题仅仅是找到一条路，穿过这片垃圾的汪洋。她正在转身寻觅正确的方向时，听到了一个细小、短促的呼声。

"嗨……"

她立刻警觉起来，转过身去，同时抓紧了自己的手杖。在破碎之地生存的任何生灵，都会自然而然地做出这种反应。

"嗨……"

声音再度响起，但不知从何处而来，似乎直接在她的头脑中响起。

"嗨，女士……"

这回她看到了声音的源头，立刻觉得没那么紧张了。那只是一个幽灵。在破碎之地有许多遗失的事物徘徊，其中正走向灭亡的虚拟存在遍布漫山遍野，而这个幽灵只是其中之一。幼稚或者有心的人可能会觉得它们很危险，但其实它们只是一些无形的能量图像，无法直接造成任何伤害。此刻，幽灵显然正在努力让自己可见，但如此不寻常的显现结果也还是半透明的：它假装自己蹲在一辆小马车上翘的尾部，但马车的车身透过它的身体清晰可见。它看起来完全就像是个街头流浪儿，后者在破碎之地和幽灵一样常见。不过流浪儿有实体，还持有利刃，是危险的，而幽灵则仅仅是有些闹人罢了。这个幽灵是雌性？纤细的肢体、破烂的衣装、咧开嘴露出利齿笑着、宝蓝色的眼睛、一头乱得可怕的蓬发。周围的风势在渐渐增大，它的头发却纹丝不动。

"嗨……"

"滚开！"记忆艺术家抓起一把沙土，丢向幽灵。没多少沙子能飞那么远，就算飞到了也只是穿过它的身体，散落在小车旁。

"何必这样呢？"幽灵貌似真的感到被冒犯了，"我可以帮助你，女士。"

"帮助是我最不需要的东西，"记忆艺术家嘟囔了一句，虽然她明知接这种幽灵的话就是个错误，"特别是来自你这样的东西的帮助。"

"我知道你住在哪儿，就在那个窝棚——"

"那是工作室，不是——"

"什么都好啦。我在附近见到过你。你爬来爬去，小声地自言自语，捡起些东西然后又扔掉。老实说，那都是些杂七杂八的垃圾。"

"小东西，在你看来那些可能是垃圾，但我是个记忆艺术家，这些东西可是我用来创作的材料。"

"你是个记忆艺术家啊？"那小东西觉得这概念挺好玩的，"我猜那比只是在破碎之地到处乱爬、毫无像样理由的疯子要好。"

"现在你知道了。还要我怎么告诉你别再来烦我了？我不是……我不是残废。所以你滚吧，小东西。我正准备去集市，去集市，我完全有能力自己找到去那儿的路。"记忆艺术家抓紧拐杖，坚决转身，后摆"唰"的一响，大步向前。

但那个小东西不为她的话所动，而是蹦蹦跳跳跟在她的旁边。

"你真的知道前面是什么状况吗？如果你以为清道龙就算是够麻烦的了，那你真该去试试跟苏格里的那些海盗们打交道。他们会剥掉你背上的那层皮，榨干你身上的最后一分钱。而且，女士，我无意冒犯，但你看起来可真不像是个有钱人。"

"嗯……"她正在翻越一道由抛光金属形成的障碍，闻言不自觉地缩了缩身子，"就像我说过的……"

"我是个化身、中介、同伴、跑腿的。我可以在很多方面帮助你。这就是我被制造出来的目的。所以，你真是再幸运不过了。我可以做杂活、谈判，陪伴你、提醒你，可以做各种各样的事情……"

"毫无疑问，还要收一笔小钱。"

那小东西现在站到了她前方，作势喘息，仿佛它真的是刚跑过来似的；它抬着头，用可怜的小狗般的眼神看着她，脸上挂着一副古怪的"心领神会"的笑容。

"事情不就是这样子嘛。我为你做些事，反之你也为我做些事，但这个我们可以迟些再谈。你现在急需我的帮助，女士，相信我……"

记忆艺术家意识到，尽管她非常以自己的坚强独立为傲，但不幸的是，她现在不知道怎么去集市。这小东西是从哪儿……

"哈！你现在明白了，对不对？你该把事情交给专家，女士。现在要说到为你探路寻踪，那专家——"小东西把它虚拟的右手拇指往自己干瘪的胸口一戳，"就是我！知道不？"

这时候记忆艺术家本该绝对、无条件地说"不"，虽然这小东西多半会对否定充耳不闻，可此刻她能想到的回复却是一声"好吧"。

二　辣奶油莓种子

今天上午苏格异常喧闹！这么多生命，这么嘈杂，这么多东西可看、可闻、可享受！这个迷宫近乎没有尽头。在她们所在的这一片，沿街的摊位旁挂着鸭子、翼手鸥和鸡，有些甚至还活着，在拍打着翅膀，而其他一些则死了，鲜美多汁，香气扑鼻。还有那些糖衣蛋糕和油酥点心，太好看了，简直不像是真的。还有些罐子，盛满了五光十色的各种香料。再往前是些大水箱，里面装满了活生生的鱼、甲壳类生物、冰水蟹，还有如烟似雾的浮游生物，旁边其他水箱里或是泛着泡沫，或是热气腾腾，里面的生物肯定是给消化系统跟她自己大相径庭的生灵所享用的。

　　记忆和遗忘的潮头向她交错袭来，还有腹部咆哮着的饥饿感，这是她已经许多个季度未曾感受过的。这里有一种水果，看上去像是长着长刺的马勃菌，中间是黄色，状如蛋奶冻的芯子（小的榴梿），臭得骇人，但吃起来却有种令人上瘾的奇特味道。她从旁边走过时，甚至捕捉到了一丝这玩意儿那令人吃了还想吃的可恶气味，类似臭袜子和猪粪的味道。这玩意儿应该是叫什么来着？名字没想出来，但她的手指抚摸着她的第二颗珠子，那光滑温暖的籽却让记忆艺术家只觉得这种感觉就像是回到了自己的家。如此自我，甚至连饥饿感本身也是一种享受，至少她周围充满了满足饥饿感的选择。而后，不可避免地，她的思绪转向了自己的天职。她是一位记忆艺术家，一位将记忆和思念塑形、包装的人，而在这次短暂的旅行当中，她无疑已经聚集起了够多的感受，是不是可以开始创作一个新的作品，或至少可以搞个素描式的东西呢？就叫街头食物，或是露天市场？这肯定有希望。概念也许还需要压缩和导向，但至少她不再宅在工作室里发霉，至少是走在创作的路上，尽管仍然路漫漫其微渺兮，连这个烦人的虚拟小玩意儿没完没了的絮叨她也可以忍受。

"为什么你不给自己来点这些可爱的小蟋蟀？炸得透透的，浸在蜂蜜里，比初吻更加甜蜜。或者，看，就在那边，那些冒着泡沫的酒罐，里面是风味啤酒……"

"你闭嘴就好！我完全可以自己拿定主意。"

与小东西的缠人术相比，摊主们也不遑多让，一只只手拉扯着她的袍袖，一声声吆喝扰乱着她的思绪。"姑娘……女士……人类……最新鲜！最古老！最美味！最香甜！最好最棒！"他们朝她喊得最多的还是"卡莉❶"这个词。这倒并不是说他们当中真有谁觉得记忆艺术家是他们的老妈。她蜷缩在连帽罩袍里，拄着拐杖，走路一瘸一拐的，像是要打架，就算是此地为数不多的异星商人也能看出来她年事已高。记忆艺术家继续挤开路向前行走。下一刻，尽管她并没有故意如此，还是看到了摊位中闪烁着的商业火花。数字、价格、波动、货币——做出承诺，交易完成。它们在她周围狂舞，划出明亮的彩虹色轨迹，一切都感觉如此熟悉，同时却又是全新的。然后，在漫不经心的焦点变换过程中的下一刻，她看到了那些个价

❶ 印度神话的大母神"迦梨"的谐音，在此处意味着"大妈"。

——译者注

格，它们高得让她难以置信。

　　"这全都是些高明的宰客把戏，没错吧？"她高喊起来。那小东西正在她身边的人群中蹦跶着，人们的腿脚、柳条筐，以及一些奇怪地走失了的小鸡透过它的形体忽隐忽现。她接着又说："我又不是刚出生的婴儿，这些价格太荒谬了。"

　　"如果你真的以为我能安排出这样的场面，女士，那你比看上去的样子更疯狂。但我可以帮你杀价，"这小东西不屈不挠地说，是她默许它这样的，"给你谈成一笔划算的好买卖。"

　　"这里的任何一笔买卖都好不了。这……就在我上次来这里之后，所有的东西都在价格标签上多加了三个零。"

　　她又摸了摸自己罩袍口袋里手串上的那颗种子，但此刻这样做也不起作用了：不知怎的，在把她引到此地之后，它无话可说了。然后她在其他口袋里摸了摸，除了破洞和污垢之外一无所获。她居然真的如此疯狂，又如此穷困？站在这个人潮拥挤的集市里，身无分文，和一个几乎算不上曾经活过的存在进行着一场毫无意义的交谈？她的事业在近来是有些萧条，但情况真的已经如此恶劣了吗？

　　"我冒昧地问一下，小家伙……你会不会，正好，在自己身上带了点儿资金？"

　　那小东西以它一贯的架势耸了耸肩说："我只是中介，女士，不是目的。"

　　而她是记忆艺术家，一个有身份、有名望的女人，即便那些推开她走过去的人们可能会以为她只是个普通的糊涂老太太。不过，她继续朝前走的时候，不知怎的，她的负面情绪并没有进一步加深，倒是开始在这些想法中找到了些安慰。因为，说到底，一位艺术家，只要她创作的作品是为了艺术本身的价值，那她就必须永远作为一名旁观者、一名局外人生存。说到金钱……如果它对你不只是继续活下去所必需的东西，那你就已经迷失了。至于这些小贩们，哼，她们跟海盗、流氓、无赖和小偷之类的人也差不多。

她打量着旁边最近的一个摊子时，脑子里冒出一个新的解决方案。摊子上展示着好几堆热乎乎的香酥系米特❶，仿佛在嘲弄她。它们色香俱全，撒在上面的芝麻闪闪发亮，还有那层糖浆，正反射着甜美的油光。她都没来得及想明白自己到底在干什么，就迅速地、几乎是下意识地伸出手抓了一把，然后飞快地离开了。起初她并没有在奔跑，至少在听到背后传来怒吼声前没有。即便那之后，她仍然从容地在人群中穿梭，仅仅是步子迈得大了些，感觉还是很顺畅、自然、合理。

然后她真的跑了起来，低头躲过别人的手肘和肩膀；脚底下铺街卵石相互碰撞着，她差点儿摔倒在自己的拐杖上。然

❶ 土耳其面包圈，上面会撒有芝麻或者葵花籽之类的配料，是土耳其人日常最爱的食物。在本文的背景中，女主角等人大概不知道土耳其这个国家，故音译。

——译者注

后她又伸出手——看起来似乎这样是最合
理不过的，在从摊位边飞驰而过时抓了满
满的一盒石榴汁，然后是一大把裹着糖霜
的甜食，塞进了罩袍上没有破洞的口袋
里。她跑得像风一样，边跑边笑，因为
她知道身后渐渐变小的怒吼声肯定跟不
上来了。

最后，她的嗓子和全身都开始疼痛，
她在一条背街小巷里停下，靠在墙上喘息
着。她的肺叶很疼，但还是笑个不停，但
那些酥点确实是美味❶。她豪饮着那些石
榴汁，溢出的果汁在她下颌上流成了小溪，
这时她才意识到自己是多么口渴。她感到
了自由、充实和解放。现在，她唯一还没
能完全摆脱掉的累赘就是那个小东西了。

这可真是意料之外啊。

"我告诉过你……我不需要你，"她咀
嚼着满嘴的玫瑰蜜饯嘟囔道，"没错吧？"

"你比看上去要敏捷得多，女士。这
点我得承认，但你有没有考虑过那些可怜
的摊主们，她们竭尽全力才能让自己的小
生意赚回本钱——"

"你可不是我的良心，小东西！我肯
定是不会付那些个高价的，我靠自己也能
把事情办成。就像你看到的。噢，还有，

顺便说一声……"她又大笑起来,哪怕一笑她的肋骨就疼,"我没钱,小东西,身无分文!你跟我在一起就是浪费时间。"

那个小家伙现在蹲下了,仿佛在一个打翻的垃圾箱盖子上玩平衡,但它还在笑,那笑容看似它知道了些什么,让人恼火。"我会继续跟你泡在一起,"它说,"除非你真的真的想要我离开。在那种情况下,我就别无选择了。"

"你可以跟我待在一起,只要你乐意——但你这是在自找麻烦。别说我没警告过你。"当她伸手到口袋里想再摸些蜜饯出来的时候,摸到的却又是那串珠子。她摸了摸第三颗珠子,那个塑料的游戏代币,然后感觉自己头脑中的又一扇新的大门正缓缓地打开。

三 游戏代币

此刻,记忆艺术家正在穿过苏格的另一片区域。这里的摊位堆满了劫掠、收割或者是捡来的各类装置,还有数据和记忆,它们存储在任何你能想得出来的介质中,但有些介质简直难以想象。摊主们大声吆喝着,兜售着各式各样的记忆,如"无法言喻的美,捕捉到的奇迹"的记忆、一个个被镶嵌的光辉时刻、一段段完整的生命。哪怕一贫如洗,记忆艺术家仍然感受到了强烈的诱惑,不自觉地想在这里流连、浏览。但这时,她看到屋顶上方有一道光芒在召唤着她,好似朝阳的光辉在向她招手。

那边是邻近的一个岛区,名为"以色美珂",任何还有哪怕最微小的一丁点儿雄心和才干的生灵都渴望能在那里工作、生活,哪怕仅仅是生存。那里有展厅、酒吧、画廊、总部大楼、酒店,以及购物中心,一切都拥挤在疯狂地变幻着、召唤着人们"看看我"的建筑群中，房地产价格之贵在整个1万零一界中位居巅峰。她抵达空中渡轮出发的码头广场时，那岛区还飘浮在不远之外，笼罩在蓝色的烟霭中，但看上去已经相当壮观了。它看上去就像……像什么呢？像是一颗被拔下来的金牙，高悬彼处，向尘世伸出的根基往下延伸，落入虚空。或者，像是一个巨大的、浮空的多面体胸针。在木制登陆平台旁，空中渡轮在微风中轻轻摆动，记忆艺术家在它出发的最后一刻跳了上去。

"差点儿没赶上，女士。"

"你这么一个幽灵还真是对我大有帮助呢。"

她在一张木头长椅上坐下，然后，在这满是梦幻般的惊喜、拼尽全力的一天里，第二次得以喘息。她似乎该多做点儿这样的事情。实际上，她就不该干别的。她觉得自己身为一位艺术家，一个有知觉的生灵，理当如此。而这一刻的荣光也不仅仅属于那正在逼近的以色美珂，或是干净且带着清新味道的空气。她看向上方，看向周围，可以看到吉齐拉的护盾顶，那巨大的蓝色天穹，隐约朦胧之下，许多其他岛区靠重力的链条维系，飘浮在空中；它们的宣光塔闪烁，它们的建筑屋顶朱红，它们的原野青葱。此刻她没发现那个小东西。也许那玩意儿终于决定不再烦扰她了，或许是周围的轻风将它吹走了。然而，它却一下子出现在她身边的长椅上，和之前一样狡黠，脸色惨白，如鬼魅一般。

她伸手指向光辉灿烂的以色美珂说："你知道吗，我从前住在那里。"

"你不会是说？"那小东西看起来还是那副波澜不惊的样子。

"小东西，过去有段时间，我是一个有权有势的大人物、一个大玩家。我当时就在一家给艺术事业捐资的大教会中作为新人接受培训……那家教会属于……属于……"那个词就在她的舌尖上打转，但令艺术家沮丧的是，它就是不出来。

渡船盘旋着绕过最后一道空岬，而后记忆艺术家隐约听到了千百种不同音乐混成的海涛，闻到了金钱和特权的芬芳。你真的可以在空气中闻到那股味道，就跟臭氧一样刺鼻，而且还看到了那些硕大的建筑，庞然、晶莹，为全息图所包裹。它们好似一堵堵红色的峭壁，不断变大，直到最后其他任何东西看起来都显得渺小。渡船颠簸了一下，着陆了，系好了缆绳，其他乘客们上上下下，他们衣着单调，多数都是人类，所有人看上去都异常忧郁。记忆艺术家判断，他们多半是在这里从事一些低端服务业的人。不过就连这种现象也显示出了以色美珂在吉齐拉诸岛中那为人追捧的地位，因为他们完成的一切工作，毫无疑问都可以由机器人完成，那样更廉价，也更简便。

"女士？你要来吗？"

记忆艺术家站起身来，手指摸索着下一颗珠子。"我想，接下来该是你跟着我走的时候了，小东西。如果你真的有兴趣搞清楚我到底是何许人也的话。"

"呃，如果你坚持要这么……"

"我绝对坚持。"

即便从这条次级道路走进去，以色美珂这地方的富裕仍然会直接而又让人无法抗拒地扑来。宽敞明亮的街边是高得离谱的价格和急切的呼声，在召唤她加入、参与、品味、享受。她身处的区域，建筑物仍然以大型游戏城和赌场为主。她当然能分辨出这些建筑的具体用途，虽然每个细节都变了。这些一望

无际的虚拟彩球，玻璃和镀金的齿楞板❶
，看起来就像是些奉献给力量无边的神祇
的庙宇，不，不仅仅是像，它们就是，是
庙宇，是会堂，是座堂，拱卫它们的是永
不停息的机会的诱惑，以对抗日常的灰色
诅咒。它们会欢迎她，就像欢迎归家的浪
子，以红色的地毯包裹她，用舒缓的氛围
迷醉她，哪怕她已然如此穷困潦倒。

　　她笑了笑，摸了摸她那颗游戏代币，
时光融合了，过去和现在被融为一体。现
在差不多是中午，但在这条街上，此刻也
正是展开各种活动的良辰：加长的豪华轿
车、镀金的小马车、镶金嵌宝的飞空车、
白色的空中游艇，大玩家们乘坐着它们抵
达。融入喷着香水的人群，在大道上随
波逐流，在诸岛之中最为幸运的这群人当
中，记忆艺术家由里而外地感到清爽、轻
松和舒适。毕竟，她是个名人，而且很有
影响力。然后她意识到，如今在以色美珂
这里，真正重要的并不是金钱，甚至也不
是胜负，而仅仅是摆出正确的姿态。有了
姿态，就可以找到盟军、建立联系、出现
在正确的位置、与正确的生灵合作，以及
瞄准正确的时机。不过，当然了，你时不
时还得要上赌桌碰碰运气。站上舞台，演

❶ 作者虚构的材料，
类似瓦楞板。
　　　　——译者注

场好戏，装作胜负无关紧要，哪怕你偶尔也会失败。

　　她能想象到自己，进入那些巨大的金光闪闪的巴洛克式甲壳之一，她已经能预知到里面的感受将会是多么惬意，多么美好。那些台面上铺着呢子，郁郁葱葱。崭新的骰子、没拆包的扑克、成箱的游戏珠，它们都在等待着她，就像情人们等待唤醒的爱抚。任何有头有脸的人物，沐浴在这里钻石大吊灯的光芒下，都会显得无比光彩明艳，拥有的财富更是仿佛翻了一番。这里也会有那些追星族，那些名气不大不小的人，那些外岛来的乡巴佬，还有情妇和侍者，有真真假假的贵族、大大小小教会的成员、公司法人，甚至还有少数仅仅存在于概念中、生活于财富的王国中的生灵。是的，这就是此地的常态。

　　"你当然知道，你不可能就这样走进任何一家这样的场所，而且还身无分文。"

　　"这压根儿就不重要，小家伙。"

　　记忆艺术家有一会儿没怎么在意自己的去向，而后忽然发现自己正走在一条背街小巷中。即便在以色美珂这般到处遍布高档场所的地方也会存在这样发馊的小巷。垃圾箱和废弃物的味道几乎跟破碎之地那边一样臭，但最糟糕的还是这个小东西，它对于记忆艺术家过着怎样生活的判断比它自己以为的更正确。她从没资格上以色美珂的赌桌，就算是过去那些好日子里也没有。在这里，如果想要上桌玩，你付出的不仅仅是金钱，还有你的幸福，然后是你的灵魂。

　　她记起了在童年时代，那时候万事万物都显得要简单得多、清晰得多。她住在一栋古老的红砖房里，房子后面有个大公园。一个刮着大风的上午，她戴着自己的旧草帽，出门去公园里玩，几乎是一瞬间，草帽就被吹走了。她在后面追，但每次靠近草帽的时候，风就又把它卷得更高。起初这场追逐看起来就像是个游戏，她还在哈哈大笑，但当那顶帽子，她特别喜欢的帽子，一直翻滚着远离她，和落叶一同在空中飞旋时，她开始变得越来越沮丧。如果这还是场游戏的话，那玩家就更像是风，风在戏弄她，而不是她的帽子。

她后来把那顶帽子追回来了吗？尽管她现在对过去的许多记忆都愈发清晰了，但还是想不起这件事的结果。就仿佛她思维中的某些位置已经被一些黑暗、空虚的孔隙取而代之。不过，随着她找到路，走出小巷，重返那危险而诱人的光明和喧闹中，她对住在以色美珂时那种无休无止的绝望追逐的记忆变得愈发清晰了。那时，无论她追求的是什么——宽敞些的公寓、下一个花瓶恋人，还是生物皮毛制成的大沙发，总是在她不可及之处回旋。追逐的结果又是什么呢？除了焦虑、疲惫和挫败，她迄今也一无所知。

四　数据珍珠

记忆艺术家远离了赌场的诱惑，走在一条宽阔的林荫道上。这里是以色美珂一个安静的居民区，街道两旁绿树成行。那个小东西大概是怕它脆弱的虚拟存在可能会被某道过度热心的防火墙给消灭掉，现在总算闭上了嘴巴，吊在她身后。不过她认得这片区域，包括那些在远处的若隐若现的影像：高低参差的火星人宫殿、白色的殖民时期大厦、螺旋状的塔尔史士星球上的城堡，还有甜蜜仙境般的大庄园。它们全都坐落在高门巨户之后，旁边飘浮着面积广袤得惊人的田地，上面有护城河、庭园和开阔的原野。她也知道，实际上，这些居所并排在一起，相互之间的距离比看上去近得多。但这是必需的——按照以色美珂这样的房地产价格，想居住在如此高档的地段，就必须忍受这些价格上有竞争力的虚拟原野带来的些许不便。

记忆艺术家把自己罩袍口袋里最后一丁点儿蜜饯的残余也掏了出来，然后再度摸向下一颗珠子。第四颗是一颗数据珍珠，此刻她触摸着它。即便是在那些投影的烟霭笼罩下，一切也都变得清晰起来。她确实踏入过这里的许多住宅，在她威风凛凛的那些日子里，她把一些新的吸引眼球的项目存储在了一颗珍珠里，那颗就跟这颗类似。实际上，这颗也许就是那颗。

"你知道吗，我有些最棒的作品就是在这附近完成的，"她边说边回头瞥了眼那小东西，"大部分是私人客户的委托。这边，这个巨石柱，黑曜石的，直指穹苍，你靠近它的时候，它会发出咆哮声，那种气魄是我从 12 个不同世界的风暴中抽取出来，再混为一体的。那小兔崽子可真难搞准！噢，还有那边，一对仿古石龙，我给了它们熊熊燃烧的翅膀，并且注入了一种原始的恐惧感……"

"还有相当多的情色作品委托……"她犹豫了一下，瞬间觉得自己仿佛在跟一个真实的、活生生的小家伙讲话，"不过那些作品我不怎么喜欢。它们还是些概念的时候通常看起来挺精巧的，至少那些委托者是这么觉得的，然后开始现实化后就变得重复而俗气了，无论我怎么努力地尝试赋予它们神秘和魅惑的氛围也没用。还有，顺便说一句，这也是个信号，反映出那些人想要用这些作品来纪念的那些私人关系其实正在触礁。瞧那边，那高大的大门……"她伸出拐杖指去。她很肯定那边应该有个光怪陆离的构造物，由装饰精美的玻璃构成，但实际上那边只有一堵高墙，上头只有变化的由砖块拼成的图案。"显然，这地方被重建过了，但当初那里真的有一道大门，我曾穿过它至少十几次，去那边对某个非常挑逗的艺术体裁的展示做调整、修改，重新格式化。不过，在顾客那边看来，它还是不够挑逗。"艺术家耸耸肩说。能回忆这些是件好事，哪怕这一次的经历是一次沉重的挫折也好。她接着说道："最终，我不得不告诉她们，我是个艺术家，不是她们的老鸨。哪怕是在那个时候，我也有着自己的尊严。"

　　但这段有些刻意斧凿的美丽林荫道❶也太安静了！唯一的声音就是她拐杖的"嗒嗒"声，艺术家拄着它，越过一幢又一幢豪宅，在闪耀的热光中艰难前行，附近的几座宣光塔把这些来自净身池的耀眼光热折射，然后偏转，再投向下方。时光带来了各式各样的怪异改变，可尽管如此，她并没有怎么感到迷失，也不怎么累。再一次，她伸手摸了摸罩袍口袋里的串珠。作为一位艺术家，她相信机运的力量，相

❶ "刻意斧凿的美丽林荫道"也可以理解成"各种美好的回忆图景"，在此是一种双关。

　　　　　　　——译者注

信它会引导她从这里走向那里，走向新奇的体验，至少当她的创作项目进行顺利的时候是这样。但今天她被引导走上了这条道路，也实在太巧了。不过老实说，她当初把这些珠子串到一起就是为了能像现在这样使用它们——作为提示，作为信物，作为将她不断引向自己过去深处的一串绳结。

记忆艺术家从思绪中抽身，抬头看了看周围，她看到那些大宅已经没了。她走到了一个巨大的广场上，这里一度庄严气派，可而今，铺在地上的石板已碎成砾石，周围的建筑物要么已然摇摇欲坠，和爬在身上的青藤为伴，要么已经坍塌，或者是半毁了。

"我不喜欢这个地方的氛围……"那小东西看起来还是一副小心翼翼的样子。

"来吧，这里只是一个废墟而已。"

记忆艺术家知道这个广场，当时它损坏得还没有像现在这么严重，和过去的样子差不多，不过屋檐上的裂缝和空洞地凝视着下方的窗口赋予了它一种很怪异的氛围，仿佛被撕扯毁坏的并不是这个广场，而是她自己记忆的一角。她现在回到这里正当其时，或许来得早了一点儿，因为她发现，蹲踞在广场中央的那个粗糙而丑陋的玩意儿，起初她以为那只是一个大型拆毁机器人，但实际上压根儿不是。

这个用钢铁和回忆雕塑而成的装置一度是她最广受好评的作品。艺术家绕着它踱步时，仍然不由得惊异于它的尺度和雄心。她一度闻名遐迩的海滨景观，已成沧海桑田。那巨大的锃亮金属勺斗们如今锈迹斑斑、扭曲变形，甚或已经完全毁坏了，当年曾把千万加仑（1 加仑 ≈ 4.55 升）的水抽上去，变作飞瀑的水泵已经停止工作，而那片她花了那么多时间精心雕琢的情感和记忆，如今差不多也只是变成了一团漏洞百出、模糊不清的玩意儿。两轮太阳的频闪脉动不再协调，精细柔软的沙粒的记忆已经化作了黏糊糊的糟糕玩意儿。至于她一直觉得自己精确地反映出来了的那条深邃的大洋，只有一股难闻的腐臭气味残存。记忆艺术家意识到，这股味道并非来自残存的虚拟投射装置，而是来自这残存遗迹腐烂的内脏。

她又摸了摸记忆珠光滑圆润的表面，眼前的景象瞬间大变。环绕广场的那些建筑纷纷坍塌，变回原本的模样，节日般的盛况正在重演，虚拟投影也纷纷浮现。因为这是属于彩旗和欢庆的日子，在多次延期、谣言四起之后，记忆艺术家最伟大的创作终于要揭幕了。即便还被盖在一张闪闪发光、足有运动场那么大的蓝色蒙布下面，这东西看起来已经十分美丽了。人们欢呼着，其他的存在发出得体的赞美之声，彼时，专门为这个场合设计的银色扑翼机器人，掀开了蒙布，于是那片实忆场景出现在阳光中，一同出现的还有雕塑的许多个风帆般的鳍板，相互碰撞，铿锵作响。是的，它真是美妙绝伦，之前那些宣传中的描述毫不夸大，但这还没完，伴随着水流的轰鸣声，水泵开始脉动，空中顿时遍布了千百条带着咸味的彩虹。

"打扰一下？"

即便记忆艺术家已经放开了珍珠，四周广场上的废墟又坍塌回了原样，她还是以为这个声音是来自过去的回音。

"打扰一下？"

她转过身去，本以为会因为非法入侵被某个多管闲事的安保机器人警告，但摇摇晃晃走过来的这个身影却不可能是机械体，因为它太胖了，且动作也太慢了。

"是你吗？"

记忆艺术家只能点点头。

"我第一眼看到你出现在这里时就认出你了……"

对方缓缓靠近，一摇一摆地穿过广场，整个人看起来也在那套亮闪闪的裹身衣里一胀一缩。

"真高兴我找到了你。你……你就是不跟老朋友们一起……"她呼哧呼哧地喘着粗气，"一起到这边来，以前都会的。一切都……在改变，是不是？"不知怎的，这人虽然很胖，看起来却虚弱而又憔悴，"这地方已经不是过去那个样子了……再也……不是了……"

"你说得很对。"

显然，这个女人是有印象，认为她们曾认识。真的吗？真的可能认识吗？但这个可怜的生灵臃肿得太厉害了，她年轻时候的样子也已经完全看不出来了，或者说完全被包裹进去了。不过，记忆艺术家觉得，有那么一小会儿，她在这个女人的脸上看到了过去的一些朋友和熟人的影子，尽管她想不起任何一个确切的名字。

"呃……"那个女人的眼睛虽很明亮，但却不大，不过眼神迫切，"你这段时间都在干什么？"

"嗯……你应该想得到，我还是在工作室……"记忆艺术家朝身后做了个含糊的手势，"就那么过。还有，当然了，我还是在勤奋地工作。"

"是的，然后呢……"

"顺便说一句，我正忙着做一个新项目。它涉及……我想它本质上是自传性质的，是对我自己过往的追踪，很可能还要进行再创作。"

"所以，你是个艺术家？"

"我不是一直都是吗？我是说……"记忆艺术家一挥手，"不就是我制作了这个雕塑吗？"这个女人就跟那小东西一样无礼，她不由地注意了一下，发现那小东西又消失了。不过，如果她能知道自己面对的这个女人究竟是谁的话，这场对话的别扭程度就可以减轻许多。"话说回来，你呢？你一直在干什么？"

"哦，你知道的，"那个女人笨拙地耸了耸肩道："干这干那，跑来跑去。"她眯起眼睛打量着她们身后那堆锈迹斑斑的玩意儿，"你真的认为是你做了那东西？"

越说越荒唐了。记忆艺术家说："抱歉，但我真的想不出你是谁。我们做过同学？或者在某些项目上合作过？你是我的客户？还是我们在社交场合认识的？如果你能给我一点儿提示——"

"我们什么时候以及怎么见面的，这真的很重要吗？"那个女人的眼神依然闪亮着，可看起来不再那么友好了，"我就在此地，站立在这个诸神遗弃之地，不是吗？而你，出于某种原因，也在此。而且你刚刚告诉我，你是一位什么艺术家，还有你自己的该死的工作室，所以你肯定多少有些钱，哪怕你看上去就像是刚从哪块石头下面爬出来似的。这个宇宙并不是对我们每个人都如此仁慈，女士。"这个女人抓住了记忆艺术家的胳膊，她的手就像是生面团一样，结实，略有点儿潮，"所以看在我们过去共度的好时光的份上，能分一点儿东西给我吗？或者就算我们不曾共处过，单纯出于人道和慈善的目的。"

"我倒是希望我办得到。"记忆艺术家暗自怀疑自己是不是真的这么觉得，"但事实上，我的状况大概并不比你好，也许更槽。我的工作室，它……嗯，它是——"

这会那个女人把自己的另一只手伸进了她衣服的褶子里，记忆艺术家还以为她会掏出一个讨饭碗来，但她手中出现的是一把匕首，寒光闪闪。

"我一直在尽力友善地乞求您，女士。如果这办法行不通，如果您想要我，想装傻的话，我就——"

接下来的一会儿是在一连串朦胧的下意识决定中过去的。记忆艺术家发现自己在想到之前就已经挥舞起手中的拐杖，狠狠地敲在了那个想要刺杀她的人的抓着匕首的指头上。她没等刀子落地就又朝对方左屁股上使劲打了一拐杖，头上的兜帽掉到了脑后。她正准备瞄准再来一记时，那个女人发出一声尖叫，转身朝广场对面冲去，摇摇晃晃，可速度却快得惊人。

记忆艺术家将身子倚靠在拐杖上，然后大笑起来。尽管她觉得对那个可怜的女人有些抱歉，但这种感觉就跟在苏格偷食物时一样棒，虽然两者各有不同。不，实际上这次的感觉更棒。她捍卫了自己，直面了危险，并成功解除了危险。她感到欢欣鼓舞，觉得自己无懈可击。她朝广场对面走去，对那已成废墟的海滨景观不再回顾。世易时移，时尚变迁，但她还在这里，她还活着，而且已经重新调整了定位，除此以外其他一切都并不重要。

"我警告过你，这里不安全，女士。"

"哈！真是荒唐。我还记得，你说过会在身边保护我呢。你们这些虚拟实体，都是一个德行——你们的承诺空洞得就像构成你们身体的材料。不过，算了，小家伙。跟我来。虽然你不知道我们现在去哪里，但我可清楚得很呢。"

五 琥珀珠

走出那片危险的区域之后，她们抵达了以色美珂的另外一头，这里就是记忆艺术家想要去的地方，她只要翻越几道路障和警示标志，就可以抵达一条大道，道路那头是一座人潮汹涌的大桥，横跨分隔本岛和相邻的岛区穆拉希的鸿沟。这栋建筑永远都是那么令人印象深刻，钻石纤维拧成的缆线编织出几张宽广的蛛网，从立在两头的巨大支撑柱上倒卷下来。以色美珂和穆拉希两个岛区系在分开的引力链上，因此这座著名的大桥必须顺应两者之间不断地颤抖位移，这导致人们一旦踏足其上就会有种脚下不稳的烦心感，它跨越的鸿沟维迪厄巴斯鲁克——虚空之谷，可能比它更有名。不过就像重回海上的老水手一样，记忆艺术家珍惜这种感觉。

"你不知道自己错过了什么，小东西。这感觉可真好啊！"

那小家伙什么也没说。

她们走到了桥拱的中央。许多人都不敢看下面的景象，但记忆艺术家绝对不会错过这个机会。她把身子从栏杆上斜着探了出去。起初，她能看到的只有一片深蓝色，然后色调渐渐转暗，最后变成纯黑色。但之后，当她凝视着汪洋深处时，看到了有些东西滑过，一闪而逝。维迪厄巴斯鲁克，这个虚空之谷，往下直接通往深空，星际飞船就是从这里进出吉齐拉的；然后再往外，在翻腾的虚空中，是壮赫门径，它把这个广袤的群岛之城和一万零一界的其他部分连接在一起。

漂流的灯光，巨大的船鳍，闪烁的能量光晕，还有那些古怪的突起。那些在她们之下很遥远的巨兽利维坦们看起来很像一些各式各样的深海鱼类。有些是灰色的，线条流畅，身体狭长，就像鲨鱼，是坚决果断的捕食者；另外一些则长着很多刺，近乎球形，就像是被激怒的河豚，看上去简直有些滑稽。记忆艺术家知道，它们的长度就算没有几百公里长也有几十公里长，多半跟小行星差不多大。几艘拖船驶过来，这些舟鲔们和飞镖似的观光飞车、甲壳动物般的机器人以及伺服船一起蜂拥而上，前前后后地伺候着那些更大的巨兽。然后一艘更加硕大无朋的亚光速飞船从黑色的深渊中浮现，船身上竖立着无数传感器，偌大的船头上裂开了一个大口子，好似吞食磷虾的巨鲸。这种飞船飘荡在恒星之间的太空里，以搜寻那些脱轨的彗星残骸、游荡的流星、损坏的太空船外壳，所有这些最终都会被丢到破碎之地，就跟其他万物一样。但记忆艺术家的眼光和心思还是回到了飞船上面，因为它们不仅仅航渡过太空，而且还去过某些更广阔，也更加空虚的地方。

记忆艺术家记起了自己的三个母亲，哥伦布娜❶是三人之中最年轻、个子最小

❶ 这个名字意为"地鸠"，也指意大利街头喜剧中的一类女角色，其形象和中国的"红娘"类似，多智而善谑。

——译者注

的一位，有着一双棕色的眼睛，鼻子上有星星点点的雀斑。在一个晚夏的夜里，哥伦布娜坐在记忆艺术家的床边，在婉转的鸟鸣声中"扑哧、扑哧"地吹起了一个桃红色的气球，试图向她解释什么，但那东西大概根本没法准确地解释，至少对于一个孩子来说不可能⋯⋯

亲爱的，万事万物都是基于这些叫作宇宙弦的东西。它们是一些微小的奇异子，你也可以勉强地把它们称为错误，或者差错，尽管它们并不是。在创世之日，当我们的宇宙从爆炸中生发出来的时候，它们在所有的可能维度上都是折叠起来的。起初，你看，这些弦靠得非常近，就像是气球尾巴上打的一个结——她拨弄了一下气球，那玩意儿发出了一声沉闷的弹动声。但之后，随着宇宙的扩张，星系凝聚，因沙安拉（阿拉伯语，"如安拉所愿"）。最初的恒星开始发光，接着它们被迫分开了，相隔几十、几百，甚或几千光年的距离。然后，如果把这个气球撑开的表面当作我们宇宙的外皮，组成世间万物的空间和能量都被包裹在其中，你我也在其中，这些宇宙弦的缠结，其中吉齐拉的壮赫门径是迄今为止最大的一个，它将一部分外膜拉到了一起，就像这个样子⋯⋯

当时哥伦布娜就像是孩子生日宴会上的表演艺人，试图把那个"嘎吱"般呻吟着的橡胶制品的两端给拧到一起向她展示。结果适得其反，随着"砰"的一声巨响，她们自己的小小宇宙爆炸了——气球爆了。她们俩都大笑起来，那一刻弥足珍贵。因为，在记忆艺术家所有的母亲里，哥伦布娜是最有幽默感，也是她最怀念的一位。

她还记得那天夜里，她躺在散发着蓝色光辉的梦境中，想象自己有一天将会加入门径教会，成为一位见习生，学习如何成为一位星际飞行员，一位"塔瑞夸"❶，去对抗威胁着宇宙的空虚——那一道道巨大的、若隐若现的恐怖阴影。当然了，这个梦想早已消逝，她选择了一条大不相同的道路，但它永恒的低语仿佛仍然萦绕着她，就像是从下面深渊中吹上来的轻风。

"女士……"她听到有人急促地叫道。

"女士……"她感觉到自己的思绪正在被大力拉扯着。

"女士……"

记忆艺术家忽然意识到，她探出栏杆的距离超出了安全距离。她猛地抽身回来，打了个寒战。颤抖似乎从她身上传递出去，传到了大桥本身也在震动的结构中，然后再传出去，传遍了周围的一切。

❶ 意为"寻求真理道路之人"。是该世界中宇航员的一个别称。

——译者注

路过的人们看着她，嘟哝着，比画着各自信仰的符号。这时记忆艺术家才后知后觉地想起来，这个地点正是抑郁的艺术家和绝望的情侣们前来结束自己痛苦的地方。她一边瞪着那个小东西，一边向那些无礼的人们摇头说"没事，我精神很好，只是跟其他人一样在欣赏这里的景色"，可就在同时她也忍不住好奇：从这里掉下去会发生什么？从这里跌入无底深渊，一路向下，甚至有可能一直滚落到壮赫门径里头去，就跟那些塔瑞夸，星船飞行员们一样，只不过是赤裸裸、毫无防护的。然后会是怎么个死法呢？创生出整个宇宙的那种力量把你体内的每一粒原子彻底解离？或者，更可能的死法是，一旦到了高度真空的环境中，你的血液就会沸腾，肺就会爆炸，而这就意味着毁灭。

她继续沿着颤动不休的大桥向前走去，紧紧抓着自己的拐杖。当双脚终于踏上坚实的地面时，她才松了口气。穆拉希，这个号称知识之岛的地方，那些最大的教会多数都在此地保有它们最好的神学院和大学，这里也是——她跟那小家伙说过吗？她记不太清楚了。很久以前，这里是她燃烧青春的火焰之地，她求学的地方。

在穆拉希，地平线向各个方向爬升，空中到处都是浮空公园和高架走道，还有那些神学院的大型会堂，它们看起来既无比坚固，又如丝绸般脆弱；它们仿佛随时都会被下一缕微风吹走，又似乎马上就会被它们的历史和显赫地位带来的重量压得永沉地底。这里变化多端，但从某种意义上来说又没有变化。

当她摸到第五颗珠子，那由温暖、光滑的琥珀制成的珠子时，就回忆起了许多年之前自己初到此地时感到何等敬畏，那时她一无所有，除了梦想和雄心。但这里有着欢乐和生命，在那个下午，暮色降临之时的天光里，闪烁着某种无法言喻的品质，像洪水般淹没了她。这不同于她在以色美珂的赌场里体会到的那种欢欣的幻象，甚至也并非她在创造出自己最优秀、最强有力的作品时感受到的那种力量和奇迹，而是某种更简单却又更深刻的东西。

记忆艺术家矗立在一道黄铜大门前，门后是一所神学院，是由玻璃和大理石建造的建筑群。本季的这批新生在门口涌进涌出，她们的尖叫声很兴奋，眼睛喜悦地仰望着天空并想象着未来的生活，她们的打扮甚至都跟记忆艺术家记忆中的一样：那些红色的丝绸围脖、那些印有螺旋花纹的风精丝❶裙子、那些系带的凉鞋、原色棉布、青春的汗水、咸味调料和广藿香的气味，更不用说那些叮当作响的琥珀手串。上午是讲座，下午是自习或者个别辅导，每学期递交一次论文，但她想

❶ 作者虚构的一种智能面料，能应对外界环境做出变化。

——译者注

不起自己到底有没有学到有用的东西，或者，有没有学到任何东西。

　　这些"叽叽喳喳"的生灵学生匆匆来去，有些在经过记忆艺术家身边时还会瞥她一眼。不过，以她如今这容貌大变的干瘪样，她们是不可能认出她的。然而记忆艺术家还是渴望抓住她们的手，告诉她们，她们生命中真正的光辉时刻并不在前途所遇，而恰在于此时此地，在这些怀抱同样希望的欢笑中；并不在于你梦想要做到什么事情，或者不在于取得了什么样的成就，而仅仅在于梦想本身。但她知道自己不能。这些东西必须由自己去发现。代代如此，一次又一次。

　　记忆艺术家任凭人潮带她前行。她可以走进前方那些巨大、凉爽的建筑，可以从那又高又长的架子上抽出古老的数据，抱个满怀，可以在照出空气中尘埃的光柱间安营扎寨，探寻其中的秘密，可以在震颤的空气中画出素描，描绘她渴望创造出的奇观。那时候，她的雄心壮志无所不包，再大再小也都囊括无遗。她看着那些与她刚刚越过的那座桥梁一样闪闪发光的桥梁，那些整体尺度跨越行星的宏大建筑群，怅然若失。她当初是个多么奇特的生灵啊，和现在截然不同。

　　记忆艺术家转身离开大门，心中再度疑惑自己为什么选择了如今的这条道路，这条看起来同行者如此之少的路。当然了，她可以试着拜访一下依稀熟悉的咖啡厅和酒吧，当时她快乐地在那些地方消磨了许多辰光。或者她也可以在这边的长椅上坐下，呼吸一下公园里雾霭树❶的香气。但在那些之外，在一切之外，这个黑色的、翻腾着的不确定性还在，而她知道，能越过它的道路并不在这片惬意的树荫中，也不在湖对岸那凌乱的红色屋顶建筑中。她很确定，自己曾住在那边的一间房梁低矮的阁楼里。她对那里乱糟糟的床单的回忆，还有她最初也是最后的爱人的面容，都已经永远失落，再也没有恢复的希望。

六　孩子的糖果

　　记忆艺术家继续往前走。现在她走得更慢，一瘸一拐得更明显了。那小东西默默地飘浮着、跟随着她。此刻，那些晨歌者正把她们宣光塔上的镜子悄悄地移向黄昏的微光。很快，宣告宵禁的钟声会再次响起，夜色会淹没万物。但她眼前耸立的高墙上满是青苔，墙下的阴影中已经充满了更深沉的黑暗，预告着一个她记忆中不曾有过的寒冷季节将要来临。她还在穆拉希吗？或者，她已经不知怎的跑到了某个相邻的小岛？她的大脑和手指一同摸索着绳子上的下一粒珠子，但无论其中蕴

❶ 作者虚构的植物，树叶看起来如烟如雾，因而得名。

——译者注

含的是什么，此刻它都沉默不语。不过她正在回家的路上，这
点很明显，而且她意识到，从一开始这就是她想要达到的目的。
再见一次她三位母亲的笑脸，哪怕她们的改变很大。再呼吸一
次她童年的气息，再聆听一次她童年的声音。了解她是谁，她
是什么，回忆起那些塑造了她的事物。久远以前的那次博物馆
之旅，那古代战士的盔甲散发着隐隐寒光。抑或是那个神奇的
午后，她乘坐着雪橇，高声欢叫着冲下冰雪覆盖的山丘。那么
多时刻，那么多日子，那么多回忆。

　　啊，终于……这个肯定就是了。一座人行铁索桥横跨一道断
崖，这头是她所在的不知何地，那头是等待着她的不知何物。
她紧握拐杖，用力抓紧抖动着的扶手，尽量不透过板条间的宽
阔缝隙往下看，唯有那些板条隔开了她和下面深渊里翻腾的毁
灭，那无疑正是壮赫门径张开的巨口。她很快就会再度变成孩
子，然后这一切无疑会变成不过是另一个游戏，但风越来越大，
整个纤细的结构都在摇晃，她开始害怕了。

　　再一次，因沙安拉，她站在了坚固的、有福祉的地面上，
冷空气中焚烧垃圾的味道告诉她，她对于季节变化的判断是正
确的。现在她快到了，快到家了，而那颗皱巴巴的脆弱糖球终
于指引她了。她了解这条街道——在她这辈子的最初，还不知
道世上其他任何地方之时。眼前地面上的裂纹、那边怪笑着的
滴水嘴兽，还有这边两道树篱在风中狂舞，夹在它们之间的，
是她每次归家的路。就在此地，穿过这道高高的木门，门上的
闩锁要适当地拧一下然后才会抬起来。然后大门在"吱嘎"声
中打开，风把她推过门槛，推进她童年时代的花园。可这里有

什么地方不对头，尽管表面上看不出真正的变化。

她徜徉在"嘎吱"作响的成堆落叶中，试图在自己脑海中完成这个拼图。这边是她的秋千，系在那棵老桦树下，她曾在那上面起起落落，高飞云霄，然后朝着吉齐拉坚实的大地回落，而今它还在"嘎吱、嘎吱"地摇晃着，仿佛她刚从上面跳下来。她们曾在那边殷实摇晃的草坪上享用丰盛的野餐，兴奋的笑声和"嗒嗒"的脚步声沿着这些荒草蔓生的小径传来。那两位女性正在朝她走来，一位端着托盘，盘上的柠檬汽水"丁零"作响，另一位则吃力地撑着一把大遮阳伞。她们肯定就是她的两位母亲了。她们都是金发，长相都年轻得不可思议。即便在她们斗嘴的时候，艺术家也能看得出她们有多么深爱对方。还有这边，挂在枝头的是被用作鸟巢的一顶旧稻草帽的残余，它似乎要勾起某种回忆。不过，她接下来走进的那个树篱花园是怎么回事她想不起来了。这不仅仅是所知的缺失；这感觉更像是她仿佛在横越某片广袤的虚空，就像是塔瑞夸，这些星际飞行员们在光年中飞翔。

记忆艺术家困惑不已，疲惫不堪，跌跌撞撞地绕过一个干涸的鱼塘，爬过一段根本不该存在于那里的老式阶梯，一瘸一拐地走近屋子。然后她看到屋顶上有窟窿，烟囱是歪倒的，而且所有的窗户全都破了。这一切足够她回想起以前的日子。她不用打开眼前破败的屋门就能感觉到那阴湿而险恶的黑暗来自失落的岁月，此刻群集在她周围。这地方仅仅是个废墟，仅此而已。呼啸的是风，抖动的是蛛网，散发着气味的是变潮了的灰泥和霉变的木头。然后更糟糕的情况出现了，她看到一只大块头的破烂怪兽从墙上一道浓黑的裂缝中爬了出来。它用自己尖锐的触角感觉着周围的空气，开始摸索着朝她爬来。

她慌忙向外撤退，穿过那道在风中"啪嗒"作响的大门，用力抓紧拐杖，也同样用力捏着那颗甜蜜的珠子，尽管它已经大部分化为碎末。化为废墟的并不只有她孩提时代的家，还有她过去的美好回忆和这一整片街坊。她在街坊中艰难穿行的时候，那种腐朽的感觉越来越糟糕。对了，那小东西去哪儿了？那个天杀的鬼玩意儿，正当它可能派得上用场时却不见踪影了。不过也许，在这个鬼影重重、穷途末路的一天里，它一直都只是个幻象而已。那股焚烧腐臭垃圾的味道在这边更强烈，空中有些暗淡，那些已经没了叶子的枯干树木"梭梭"作响，仿佛是一些老骨头。要是她不知道自己在哪儿可能还好些，但就跟无止境循环着的噩梦中的场景一样，她发现自己走进的这片年久失修的墓园不仅仅有种古怪的熟悉感，而且阴森得无处可逃，就像死亡这个事实本身。

歪斜甚至折断的石碑从腐臭的地面中钻出来，还有许多落在地上，满是裂纹的遗物瓮。有些坟墓里不断地往外飘出对那些逝者的记录和纪念，模糊一片。她分辨出了大笑声、风信子的香气、被折断的柔软草叶、狂喜的欢呼、一位坠入恒星的水手模糊不清的故事、拨弄乌得琴琴弦的欢乐。在这些乱七八糟的作品中，有几件可能是她本人当初的创作。但这是否都毫无疑问地说明：它们完全不应出现在她旅途中的这个地方？一切都太让人困惑，甚至近乎恐怖。如果有选择的话，记忆艺术家宁可不再继续前行。但掉头回去，那边等着她的又会是什么呢？

在不知位于何方的远处，宵禁的钟声响起，随着呼啸的风忽大忽小。在她面前矗立着，或者说曾矗立过一个女孩的朴素的墓碑。字迹在许久以前便已被风雨侵蚀、磨损，她只能从倾倒的墓石底部勉强辨认出些许词句，其中提到了一场"簸扬之疫"。那女孩的三个母亲如今想必也墓木已拱，当年她们把对逝去的女儿的所有回忆和情感尽可能地灌注在几件特殊的东西里，放在一个小小的遗物瓮里留给后人，可那个小瓮已经翻倒在地，摔碎了，其中的东西大部分要么是被偷走了，要么是沉入了松软的泥土中。记忆艺术家摸了摸剩下的东西——一枚生锈的胸针、一卷用丝带扎着的头发、小半截廉价糖果组成的项链，她感觉自己的指头正在划过玻璃的碎片。一张树篱花园无声的图像，初次骑上单车后晕眩的一刻，随后膝盖受伤的尖叫，新鲜柠檬汽水又苦又甜的味道，它们凝聚在了一起。她靠在拐杖上，俯身拂去墓石根部的泥土，凑近仔细观看。然后，在渐渐暗淡的天光中，她仍然勉强地辨认出了一个名字，她不认识的名字。于是她站直身子，迈步走向破碎之地，走入迎候着她的烟雾和恶臭之中。

七　盘绕之结

在吉齐拉的其他地方现在一片黑暗，可唯独这里，充斥着许多火焰和磷光，夜晚总是亮堂堂的。就算闭着眼睛，哪怕是瞎了，记忆艺术家还是知道自己身处何方。因为这里是她的领地，是她的庭园，是她的归宿。在这个荒诞得不言自喻、万物最后的终结之地，不仅是老旧的星际飞船和没人要的婴儿推车，就连整个岛区——人们曾居住过、爱过的地方，她们的公园，甚至她们的墓园都会被巨大的飞空拖船用引力链拽着，拖到这里，被丢弃，被永远遗忘。

不止于此。尽管一次次被翻掘，被钻洞，这片古老的坟场还是大得超出她的想象。比如这边，有一座属于又一条被虚掷的年轻生命的纪念碑；一位在闻名遐迩的知识之岛穆拉希研究建筑学的新生，前途无量，希望、天赋、雄心，她应有尽有，但却在爱中沉沦太深，最后在那座桥上投入了维迪厄巴斯鲁克的虚空之中。然而，作为一位异常勤勉的学生，她在那之前就下载了大量自己的记忆和感受，好让它们可以被存储起来，作为对她生命的记录，哪怕她本身永远也不能在此入土为安。而在这里，这个部分崩塌的金字塔，它那些风化了的大理石刻面纪念着许多代之前最负盛名的艺术家之一，其中包含着她许许多多的感受、理念和取得的荣耀。在她那个时候，将真实的记忆融注到实在的对象中还被当作一种时尚，而非一种俗艳的把戏。不过，尽管她早已死去，这个女人确实很喜欢自己的声音和思绪。那边有个陵寝，几乎跟金字塔一样壮观，然则它周围的泥土曾被更多破烂怪兽注意到，被翻动得更厉害。这个陵寝的铭文记录说，它是由一群悲恸的友人合资兴建，为了纪念一位赫赫有名的时尚名流兼赌徒，她被发现莫名其妙地死在了以色美珂一条背街小巷里。跟所有其他的坟墓一样——至少记忆艺术家认为，她记得的所有坟墓都这样，这个陵寝看上去不久前也被亵渎和劫掠过。

记忆艺术家记得这边还有个坟墓，可她拼尽全力也没有找到，尽管她非常肯定那座坟墓就在这儿的某处，它属于一位可爱的小偷或者商贩，或许二者兼而有之。她生前就出没在贫民窟那个繁忙的苏格中，离这里不远，至少绝对距离不远。不远处是某个精明的老家伙的残骸，她靠在破碎之地到处拾荒谋生，捡拾那些散落在地上的小块金属，比如轴承滚珠之类的玩意儿，不过记忆艺术家相当怀疑此人有没有正式地下葬过。

此刻记忆艺术家正艰难地跋涉在其中的一部分坟场上，破碎之地那些大块头的巨兽——乌洛波洛斯和清道龙们，曾在此忙碌地工作过。这里地表的覆盖层如此细碎、松软，所以她爬行得更轻松。不过这里还是可以发现散落的碎片，它们来自不同人的坟墓。这里有太多她还没来得及发现的东西、太多的生命、太多的记忆，甚至还有一截截的线弦，或许是来自裹尸布的残片，跟虫子一起在她的指间扭动，可以用来打成绳结。线头不断延伸，转过一圈又一圈。

此时，她正身处自己的工作室里；不，她正在一个苏格中奔跑，然后来到了某家豪华的赌场里，又或是在一个崭新的广场上，为她在艺术上最新取得的胜利而自豪，又或是站在一座大桥上，桥下的黑暗那么深邃，群星的光芒从其中闪烁而上。而且她总在追逐着一顶被风吹走的稻草帽，无休无止。

记忆艺术家从地上站起来，察觉自己已经到了破碎之地的另一个区域，这里更加古老。她眼前隐约可见一个阴森的巨影，那是一艘远古飞船的残骸，破碎的机身上裂开的巨口比最大型的清道龙的嘴巴还要宽。这必定是当年那些方舟之一，它们在人类发现门径网之前很久就朝着群星起航，那时乌尔地球（意为"原初地球"，未来宇宙时代人们用来指我们现在的地球）上多半还有被称作男人的生物。它被拖到此处之前，必定是人们在外太空中发现了它，只剩下一个残破的空壳在宇宙中飘荡。

记忆艺术家带着几分敬畏，小心翼翼地走进了这艘飞船的阴影中。前方是个古怪的迷宫，里面有巨大的死胡同、阴冷的隧道、倒在地上的门板，还有一些生锈的机器残骸，状若圣甲虫。倒悬的缆线林立，下面是水晶般的回路，其上附着片片"雪花"，她怀疑那恐怕是一些蛀船虫。不过，如今这里的一切显然都已经死亡。不过……

在这艘飞船的深处，破碎之地的火光和烟雾都已不能到达处，可不知怎的，还是有足够的光亮，让她能看清周围。她觉得这些光线可能来自残留的辐射带来的荧光：要么当年这艘宇宙飞船是用放射性元素驱动的，要么它在外太空的亘古之旅中曾穿过辐射粒子流，更可能是两者兼而有之。辐射现象在破碎之地并不罕见，人们通常都会害怕它，但记忆艺术家却对其置之不理，继续向前走，好像有一种她今天遇到过许多次的感觉在牵引着她：她正在归家，而且已经抵达。

她走到了一个宽广的舱室，这里显然曾经是飞船的中心部位，空气中满是无形的意志和智慧，似乎仍在残留的设备间回荡。这里散落的断裂电路更多，但并不是所有的装置和材料都已经完全归于尘土。有些玻璃般的、六边形的管状结构，大小各不相同，巧妙地互相锁在一起，攀附在一面墙上，那样子使她想起了昆虫巢穴的内部结构。她小心地从其他爆裂或者散落的装置残骸间走过，摸了摸眼前的一片网丝，那东西看上去就像是干了的黏液，在她指尖崩解的样子也像。

它们就是基因宝库。记忆艺术家朝一根管子里窥去，瞬间瞥见了许多结构复杂的草穗；在另一根管子里，是没有身体的鸟儿的发光的翅膀；在下一根管子里，一条鱼看起来仿佛正在跃入半空，尽管此刻她已分不清有多少是自己真正看到的，又有多少是留存下的她的回忆，甚至也不知道这种区分是否还有意义。然后她发现，在一根更粗大的六角形棱柱中有一些东西，她起初以为是一束怒放的红花，然而事实上，它们是一些肌肉和内脏的血红色废胚，接近发育成熟，但还没有完全发育好。

记忆艺术家继续向前跋涉，越过了又一个大号容器，它看起来是在不久前被撕裂开来的。令人惊讶的是，其中的黏液摸起来还是软乎乎的，她油然而生出一种爬到剩下的黏液里去，蜷缩起来，长眠不醒的强烈冲动。但随后，就跟之前一样，她的手指朝着自己罩袍的口袋伸去，摸过那串她仍然放在原地的串珠，哪怕每一粒珠子她都已经触摸过了，了解过了，体验过了。但还有串珠本身，还有那个绳结，突然，她终于清晰地意识到，那个绳结本身是她为自己编织的这串玫瑰念珠上的第七个停顿点——最后一个，也是最初一个。于是她明白了，她知晓了。

这艘飞船在恒星间的暴雨中飘荡了几千年，它的灵魂，曾一度闪耀，充满了知识和意志，带着乘坐它的女人们的智慧，以及所有互相纠缠的束管，若到了某个遥远的新世界，全新的生命和希望或将从中绽放。然而，渐渐地，岁月流逝，宜居的目的地始终没有找到，在那些荒芜的行星系间，飞船要面对的广阔真空被拉得越来越长，它的灵魂最终绝望地坠入了老年痴呆的状态，然后变成一片黑暗：一个漂泊的意识，一无所知。尽管如此，纵使已然昏沉，它还是察觉到自己抵达了破碎之地，这也算是某种意义上的着陆。此后，慢慢地，靠着它剩下的那一点儿数据和能源，它开始笨拙而又艰难地努力尝试，几乎是出于残余的本能地尝试，想要达成它的目的，想要在它那些多面体的子宫内，将它"装载"的那些遥远的生命的记忆孕育成生命。这艘飞船几乎就像是个伊甸园，但它和其他的同类不同，那些偶尔还能喷出些怪兽，但它连这一点都不曾成功过。但在最后一次挣扎中，它让自己垂死的意识来了一次绽放。

记忆艺术家并不记得自己最初存在的时刻，在这点上她跟其他生灵并没什么差别，不过她还记得之后的感觉：她从这根破碎的管子里的黏液中出来，在这个已经变成废墟的巢穴中四处爬动，光着身子，意识模糊。那时她是个全新的生物，大脑空空，几乎只有纯粹的本能。她骤然察觉到自己的肉体，又感到一股无比强烈的求知欲，这两种感觉让她沉沦。然后，她从飞船里爬出来，进入破碎之地，她找到了能塞进嘴里、满足她最初也是最简单的渴望的东西，有水，也是类似的东西。她这样生存了多久？即便此刻，记忆艺术家仍然无从知晓，虽然她能看到自己在用手把那些正在刨土的破烂怪兽拨开，无法避免地想到她朝那个坟场晃荡过去时只是在寻找更多的食物而已。还有，她知道那种幸福的感觉，当她奇迹般地初次遭遇到那些记忆存储器时，肯定从中得到了这种感觉。因为这就是明了，这就是领悟，这就是让她的存在得以完整的路径。

记忆艺术家低头看着自己的双手，看到了自己打了结的绳线。她认为，这应该是一件可观的作品，至少以足够模糊和抽象的角度欣赏时应该如此。但她感觉到了失落的岁月里那阴暗的困惑，还有她那些彼此竞争的思维碎片，凝固在一起形成了她百衲衣般的思维，正如烟柱升腾，又像是破碎之地上缓缓运行的潮起潮落间新出现的裂缝，于是她知道自己必须挣扎着回去，离开这里，趁着她还能行动。

外面还是夜晚，风还在劲吹。记忆艺术家在附近的垃圾中发现了一根熟悉的拐杖，可以帮她继续向前走。她一瘸一拐地走着，很快，她注意到了一片抛光金属火焰般亮闪闪的反光。她站到金属片前面，看着上面的倒影，差点儿大笑起来。难怪她遇到的其他生灵都那么古怪地瞧着她！她的身体弯曲得异常厉害，这种样子跟年龄无关，或许根本不像人类。假如之前那段经历是真实的，那个女人的乐观精神不得不让她钦佩，居然敢于搭讪，或是攻击！那个女人，就是为了记忆艺术家的钱，要知道她的罩袍和靴子跟这片坟场一样破烂肮脏，它们无疑也就来自此处。她肯定也臭气熏天。记忆艺术家拉下自己的兜帽，看着自己的面孔，她发现，那艘飞船在最后一次努力中诞生出来的这个生命也许算得上一个不完整的奇迹，但那同时也是一个不完整的劣作。

记忆艺术家的前额是歪的，左眼是蓝色的，右眼则是绿色的，而且稍微要低一些，她的鼻子上好几处都破裂了，可能是在破碎之地挣扎求生时弄破的，不过更可能是她被制造出来的时候就这样。她把罩袍又掀开了些，然后扯掉下面的那点布条，于是她看到了在污垢之下的肉体：到处都是缝线、棕色和奶油白，以及粉红色卷成的大理石花纹般的涡旋。就连她的双手，她舔了舔手之后才发现，也基本上是这个样子。还有，她的左腿要比右腿短一点儿。难怪她走路总是一瘸一拐的，有时候还需要拐杖。总而言之，她是个乱七八糟的拼凑品。不过，她觉得，有件事不能不承认，她的确是活着的。这肯定意味着什么吧？

"嗨……"

至少这声音记忆艺术家认得出来。

"少说点废话吧，小东西。难道我对你强调的次数还不够多吗？你能做的最好的事情就是消失。"

"消失？这件事我倒是能办到。"但它并没有消失，只是坐在那里，假装在一辆底朝天的生锈篷车上平衡着自己稀薄——不，并不存在的肢体。

"你知道这件事，对不对？"

"如果你是在说你并不是一位碰巧住在破碎之地一间窝棚的卓越艺术家，或者富有的社会名流。"

"那不是窝棚，是一间工作室。"

"随便吧，总之答案是，是的。但之前就算我跟你说，你也不会相信我，哎，你会吗？特别是，如果我说你就是在一个季度之前从某艘飞船里爬出来的。不过，女士，作为一位认为自己是记忆艺术家的人来说，你的记忆力可真不怎么强啊。"

"但我真的是上了年纪，你知道的。这可不是幻觉，或者至少我的一部分意识，或者是那个希望我活过来的火花，它来自……我来自……我到了……我曾经……是……"她笼统地朝着身后那艘飞船的方向比画了一下，她已经能感觉到那浓黑的不确定感回来了，广袤而阴冷，就像是群星间漆黑的太空，她不得不抓紧自己的拐杖，坐在地上。

"这种事以前也发生过吗？"

"如果你问的是，你有没有成功地从这堆垃圾里爬下去，到几个邻近的岛区游玩一圈的话，答案是没有过。"

"那这是不是甚至可以看作一种进步？"

那小东西连肩都懒得耸了。毕竟，无论她怎么想，这一天她都是在不断地告诉这小东西，自己是一连串不同的人物。

"正如我今天早上提醒过你的，女士，破碎之地或许是危险的，但外面还有更多危险的地方，你并没有真正做好应付的准备，那些地方可能要糟糕得多。无论你到底是谁，是什么，你还算幸运，经过危机之后还能是完整的。"

"这也太……"她想说声"荒谬"之类的，但今天那些她差不多能肯定确实遇到过的事情回到了她脑海中，鲜明地闪过，比如匕首的寒光，从一个摊位前疯狂逃跑，倾身探向一个深不可测的深渊……

"不过，"那小东西继续说道，"至少，你确实有资格说自己是记忆艺术家。无论怎么说，女士，是你创造了你自己。"

"而你呢，小东西？你存在于此地有多久了？"

"有一阵子了。不过我真的觉得，女士，我以前的样子比现在要可爱多了。你知道的——跑腿、助手、修理工、谈判专家。在出价和销售之间的桥梁……"

"就算以我的标准来看，这种存在也太没价值了——在这块废土周围撕咬，以获得能源和计算能力，来维系这么一个幻象的存在，尤其你还并不是任何人所需要的东西。"

那小东西慢慢地眨了眨眼，这次它没有笑。

"然而我在这里了。而且，无论我们忘了多少事，女士，你也在这里了。我还能回忆起那些苏格、集市、气味、声音、业务，还有我们今早经历过的那些事情，但印象却变得越来越淡，现在我已经不知道它们的由来和终点何在了。我有可能仅仅诞生于某人在自己的私人服务器上的轻轻一击，为了购买什么，也许是买那种榴梿果，它们那么难闻，吃起来却那么香；或者也许是为了买半打鸡蛋。谁知道呢？但信息就是信息，一旦产生就难以被毁灭。所以我旅行，漂泊，经过一个又一个地方，也许甚至在群星间穿行，但之后不知怎么地，嘿，你看，我成了你眼前这个看得见的奇迹，会说话，会思考，有意识。"

"我很抱歉。"记忆艺术家颤抖起来，抱住自己，抚摩着她双臂上略有不同的纹路，"我不是有意说伤人的话的，我相信你也是与众不同的，以你自己独特的方式。"

"如果这算是句赞美的话，"那小东西嘟哝着，"我接受。但事实是，我存在的方式之所以能穿过吉齐拉，还多亏了你能容忍我附着在你的实体上，虽然你是稀里糊涂、不情不愿的。"

"我猜，你此刻还附着在我的身上？"

"你希望我离开吗？"

记忆艺术家摇了摇头说："小家伙，虽然你这么跟我讲话，并不太会让我去相信幻影和幽魂。"

"大概吧。不过……"那小东西朝自己比画了个手势，"透明的身躯、枯瘦的四肢、鸡胸、短小而又瘦骨嶙峋的双脚……这些东西是对称的。特别是在这里。"

她们周围，破碎之地在冒烟，在燃烧。一头清道龙冲了出来，朝地平线飞去，一群某种鸟类或者长着羽毛翅膀的蝙蝠，在它后面上下翻飞着，聒噪地叫着。近些的地方，另外一些东西正在翻腾，在乱涌，那是老鼠、破烂怪兽、蛀船虫和乌洛波洛斯。然后，在另一个方向，在另一片没有冒烟的空地上，记忆艺术家看到了那堆残骸，她曾当作工作室的东西，那小东西管它叫作"窝棚"算是客气了，那只算得上是一个"洞穴"。

她是破损的，是残缺的，是一艘垂死的飞船的果实，劫掠了古老坟场中的陪葬品，试图让自己成为某种清晰、真实、稳固的生命。她抚摸着口袋里的那串珠子，然后屈起手臂，打算把它扔出去，能扔多远就多远，但最后还是放弃了。毕竟，如果她失去了这个东西，还剩下什么呢？

"你知不知道，这种现象叫什么？"

"什么？"

"你一直会感受到的这种，就是你觉得曾经到过某些地方。有个很古老的词汇就是用来描述这种现象的，这个词的起源甚至可能要追溯到乌尔地球。"

她摇了摇头。

"既视感。"

"噢。"只是个好听的声音，如此而已。不过这也依稀提醒她某件事。但为什么她居然会跟这个小东西交谈？有什么意义？记忆艺术家低头看去，注意到自己仍然握着那串古怪的小串珠。

"那么，小家伙，"她边说边伸出抓着串珠的手，她俩的角色竟然古怪地颠倒过来了，"为这你会付给我多少钱？"

那小东西笑了。它朝记忆艺术家走来，伸出手，那幽魂的手闪烁在她肉身的手中，她感觉到了它的心灵，那清凉而机敏的存在，汇入了她的心中。

"也许，你和我可以一起把这点弄个明白。"它说道。

03 光棍节

SINGLES' DAY
NGLES' DAY
SINGLES' DAY
LES' DAY
SINGLES' DAY
' DAY
SINGLES' DAY
Y

萨曼莎·默里
Samantha Murray

✕

澳大利亚科幻作家，澳大利
亚主要幻想文学奖奥瑞丽
斯奖 (Aurealis Awards) 获
得者。

身兼作家、数学家、演员与
母亲四职。

《光棍节》已经被《克拉克
世界》科幻杂志收入年选，
并且被奥瑞丽斯奖提名。

本篇译者：陈捷

光棍节，又叫单身节，源自中国。到 21 世纪 30 年代中期，除了那些不提倡单身的国家，光棍节已经风靡全球。作为世界上最大的购物节，它一枝独秀，每年的销售额与成交量都不断刷新纪录，增幅每每突破数十亿美元大关。光棍节是每年的 11 月 11 日，也就是所谓的"双 11"，这里的"1"代表的便是单身者。到 2043 年，随着地球人口比预想的更快地增长，各国政府同盟开始仅限单身群体享受光棍节的购物折扣。

余言

如果你来得正是时候，就会发现西湖有时候具有一种孤独的气质。平时，这里是热门景点，挤满了游客，当地人、恋人，以及一大家子的人，或者坐着大巴前来的旅行团。然而，在光棍节的前夜，饭店打烊，太阳西沉后，当大多数人在家里享受着沉浸式购物体验时，独伫西湖湖畔的你，便能感受到和住在几百万人口的大都市里、在将近 90 亿人口的重压下哀号的地球上完全不同的感受。你终于能顺畅地呼吸。

余言深长地呼吸着。这是一个雾气氤氲的夜晚。天空中没有星星，环绕湖水三面的山隐没在雾中，半山腰上住家处发出的灯火看似悬挂在湖面上空，如北极光一般摇曳闪烁。桂花树微淡的余香袅袅，有的树下点着盏盏小灯，在渐浓的夜色中似金色火焰般闪耀着。所有的仿古木船都回到了岸边，幻化成水边摇曳的幽暗轮廓。

要是来得正是时候，西湖算是在这个世界上余言最爱待的地方了。传奇和神话围绕着这片湖水展开；站在湖畔，就如同被童年的记忆层层包裹着。余言的最爱还是白娘子的传说。白娘子为了追求秀才许仙，从蛇精化为一位美丽的女子。他们邂逅于这座几乎要没于水下的断桥之上，许仙将自己的伞赠予了白娘子。

早些年，和罗伯特刚开始约会的时候，她常带他来。在这座充满传奇的断桥上，在这伤心之桥上，他们会突然驻足。通常，不顾身边川流不息的人群，他会偷偷地迅速吻一下她。晚上，罗伯特会待在自己的小单元间里，这里狭小、昏暗、没有窗户，像许多工薪阶层的青年居住的地方一样。他站在房间中央，伸开双臂就能碰到两边的蒸压预制混凝土墙体。余言曾带来一小株盆栽，送给罗伯特作为礼物。但是，因为晒不到太阳，她猜罗伯特也很少浇水，盆栽最后枯萎了。每当光棍节将至，罗伯特总是不见人影；而每次见面，他的激动之情则会随着光棍节越来越近与日俱增，直到显露无遗。余言有很多朋友在闲暇时间会沉迷于虚拟现实游戏，罗伯特对此却一点儿也提不起兴趣。不过，光棍节对于他有着非同寻常的意义。

今年，罗伯特很有信心，购买公寓的申请肯定能通过。他想拥有一套属于自己的公寓，一套真正的公寓。这座公寓最好位于风电场区域，还要有窗户。这将是属于他们自己的公寓，空间足够大，可以住两个人。也许，大到可以住三个人。在这里，没有人监视。余言的手游移到了肚子上。大多数时候，她会有意识地提醒自己不要这么做。秘密的孩子，隐藏起来的孩子。

要是能在光棍节买下公寓，罗伯特就能省下一大笔钱。一年之中，只有在这天，各色商品价格才会大幅下跌：这是大折扣中的大折扣，仅此一天。当然了，只有单身人士才有权利享受这等待遇，节省一大笔。已婚人士或处于固定恋爱关系中的人则没有资格享有。这样的规定并非一直如此。就是在过去20年，购物优惠才和单身人群绑定。余言知道，这是为了鼓励人们延长单身时间，为成家做好准备。这很合理，从各个角度来说，这都很合理。

气温骤降，此时余言开始感觉到一丝寒意。她想起了白娘子，为了爱情，她曾几生几世苦心修行，就是想要化为人形。

之前她去找过罗伯特，没有提前打招呼，罗伯特感到很意外，但人生中就是会有这些意外出现。意外的孩子，亲爱的孩子，意料之外的孩子。

"今晚不适合出门，"他说，"他们会以为我们是一对儿。"

"我们是一对儿吗？"余言本想满不在乎地调侃一下，但她的口气听起来像是调侃吗？她不确定。

罗伯特用手指托起余言的下巴。尽管他的动作轻柔，但余言还是感受到了一丝不耐烦。"这个嘛，"他的语气中带着一丝打趣的意味，正是她方才竭力想要表现出的那种满不在乎，"正式来说，不算。"

余言抬起头看着他，笑了。

当余言站在人群中时，她总是微笑。随着地球的人口每天创下新高，能做到不站在人群中很难。她不确定的时候，会笑；试图向别人传输某个观点时，会笑；处于人群中，或者与陌生人见面时，也会笑。微笑对于余言来说是种社交本能，是她的沟通方式。交谈过程中要是出现了沉默，她就会用微笑来填补这段空白。人们对她说："你总是这么快乐。"熟人、同事和朋友都会这么说："你真快乐。"甚至罗伯特尤其如此，他曾不止一次地说过："你看起来总是那么开心，这就是你最先吸引我的地方。"

"我真的快乐吗？"罗伯特这样说的时候，余言就会问自己。她觉得自己不是真的快乐。她的微笑虽不是对别人的欺骗，却也不是发自内心的。终有一天，她会停止，不再对每个人微笑。那时候，她不再会在意别人的想法，不再会极度渴望得到每个人的喜爱。那时，她会变成个爱找茬的老太太。这个想法真是令人神往啊！

珍

珍面带微笑，付完了光棍节购买的所有商品的钱。她知道，她没必要带着微笑，交易一样也能成功。面部识别系统识别的是她脸部的大量关键点而这一系统的深度脑回神经网络根本不在于她是什么表情。但是，那句宣传语一直以来就是"微笑支付"。小时候听过的简单的老式广告歌曲好像又模模糊糊地在她大脑皮层之下一闪而过。

珍宁愿相信自己这次笑得还不错，嘴角是自然上翘的，而不是她平时那样，怎么努力，都只是个僵硬的鬼脸。当然了，没人在看。以前她往往认为自己笑得很得体了。结果，人们看她的眼神还是有点紧张不安。这多半说明，她笑得可能没有像自己想的那么好。

珍每天早上要对着镜子练习 50 次微笑。有时候，她会偷个懒，减少到 20 次或 30 次，但这种情况并不多见。每天早上，都是老一套，遵循她的心理医生的指导，想一些高兴的事儿，同时做积极的联想。"嗯，奶香浓郁的咖啡，放了很多糖。真正的咖啡。"她边想边扬起嘴角，同时注意自己的表情看起来不吓人。想点儿别的吧：牛油果，虽然它们现在已经绝迹了。牛油果撒上橄榄油，或者与青柠和辣椒一起绞碎。微笑，要露出牙齿，然后放松脸部肌肉，避免笑容凝固在脸上，变成僵尸一般的鬼脸。再想点儿别的：自己刚加薪了，微笑。再来一次，微笑，注意嘴角的皱纹。再想点别的：妹妹给她打电话了，不行，这条不够直接。她笑得过头了，太肆意了，不行，不行，想点别的，也不能想安东尼，这可不行；小时候拥有过的望远镜，这个可以；一种身在太空与宇宙独处的感觉，内心仿佛被夜色与群星填满，现在微笑，扬起嘴角，一点点儿，微笑，对，就这样，微笑。

珍听说过，很多年前有这么一面镜子，只能照出微笑的人。这面镜子本来是为癌症患者设计的，用来激励他们，以便改善他们的免疫系统之类的；但这个愚蠢的想法漏洞百出，而且很明显没有得到实施。可珍有时挺想得到这样一面镜子的。这面镜子的工作原理也有可能是逆向的：如果你不笑，那你就是隐身的。要是这样，就可以伪装自己了。有时候，要是能隐身，她反而很满足。

赞瑟

太高了。

大楼高得让人眩晕，在她头顶和脚下延展开去。街道在她身下很远的地方，一阵头晕目眩的感觉袭来，下面还有几只鸟儿在盘旋，看起来像是海鸥。赞瑟的大脑的某个部分告诉她，海鸥是一种海鸟，而此时她离海洋十万八千里。

"走一步。"一个声音说道，她哥哥的声音。赞瑟在狭窄的木板上往前挪了一小步，离木板的另一头近了一点儿。真的是太高了。

"往下跳，"她哥哥说，"你可以做到的。"

脚下的木板踩上去像是地毯似的织物，但四周和脚下却只有闪耀的高楼大厦以及天空。赞瑟轻轻一晃。

"我做不到。"她说。

"你可以的，只管跳就是了，"哥哥的声音又响了起来，"你知道这不是真的。"

"我知道，"赞瑟回答道，双脚却仍牢牢地粘在地板上，"但是感觉就像真的一样，比我想象的恐怖多了。"

"这是一场理性意识与生物大脑本能或扁桃体之间的斗争。"哥哥说，"你知道的，你知道自己必须做什么。"

但是，赞瑟心里想，让人害怕的不一定只是真实物体。再说了，谁说理性意识就一定永远正确呢？也许，这种感觉之中也蕴藏着某种真实。虽然这么想，她终究还是往前挪了几乎察觉不出来的一小步。

突然，她视野的左上角闪现出了一道光。紧接着，低沉的铃声响起。赞瑟慢慢眨了两下眼睛，退出了游戏，收回了眼镜侧面的屏幕。眼前变成了小得像个盒子似的客厅。将床从墙上放下，这个客厅就会变成她的卧室。她哥哥的形象靠在沙发上，脚踝交叉，手托着下巴，脸上浮现出一丝隐笑。

"包裹到了！"赞瑟一边对他说，一边打开门，走到狭窄粗短的灰色阳台上。阳台的空间只够她站着，想坐下来都很难。无人机配送的光棍节包裹躺在阳台上。天空中低矮的云层让污染程度飙升，空气中弥漫着一股焦煳的刺鼻味道。赞瑟一拿起柔软的气泡膜包裹，就急不可耐地关上了门。

"我的裙子到了！"她大声叫道。她以前很少穿裙子。比起裙子，她更喜欢带内嵌感应手套的连衣裤，时髦又实用。这件裙子是她在看储藏柜时从增强现实类别中挑出来的。当时这件裙子就这样挂在内嵌衣橱里，和其他几件衣服搭配在一起，相得益彰。她犹豫着，边用手指感受衣服的质地，边拿起衣服，在身上比对了一下。然后便又看别的去了。可过了一会儿，她又回来了，把裙子添加到了购物车列表中。

裙摆垂到她膝下，看起来像是用海洋裁成的：深蓝色渐渐过渡到蔚蓝色，再到绿色，在边缘处又转为白色。在 12 岁之前，赞瑟一家都住在海边，她对大海有着深深的、痛彻心扉的想念。只要她在海里游得足够远，就能独处了。单独一人，但又不被包围、限制、束缚；单独一人，却又辽阔豁达；单独一人，却又无边无际。飘浮着，不触及地面，她与这个因为超负荷地塞满了密密麻麻的人群而疲倦地喘息着的星球断绝了联系。

"可是，"她哥哥的语气中又带着一丝调侃的意味，"你要在哪儿穿这条裙子呢？"

赞瑟差不多有两年没迈出公寓半步了。

"我就在这儿穿。"她拿起一个流苏垫子，扔向哥哥的头。这个坐垫也是她在光棍节买的。当然，垫子没有砸中哥哥。

又响起一阵铃声，这次比之前更低沉浑厚。赞瑟向右边眨眨眼，一条短信浮现在她眼前，金色字体闪闪发光。

"恭喜。"信息上写着。

✕

4 艘大飞船已经有 3 艘离开了地球。"山雨欲来风满楼号"是最早离开的，但速度最慢，航行轨迹相对曲折。第二艘叫"东风号",于 18 个月之后启程,到达时间只比第一艘晚了几周。第三艘是"一鸣惊人号",再过几周便要接近"大裂痕"了。"和平始于微笑号"正盘旋在近地轨道上,等待最终发射状态检查,以及要运载的货物。

卡朗

这条信息是由政府加密并认证的,金光锃亮,开头写着"恭喜"。卡朗被挤进了地铁,周围都是人,大家随着车身的移动摇晃着。车厢里,热气和口臭味夹杂在一起,大家都避开彼此的眼睛,望向别处。地铁的墙上是色彩明艳的移动广告,广告上又是人脸,面带微笑,牙齿雪白整齐。代言的商品从口气清新剂、神经植入体、睡眠抑制剂到面部整形方案,不一而足。这些广告在窗外一闪而过,而曲折的车厢内除了人,什么也没有。

"和平始于微笑号"将成为第四艘离开地球的大飞船。是的,离开地球,离开这个生命的源泉,一切的开端,尽管地球正在人类的蹂躏下挣扎,人类不曾好好对待过"她"。这些巨大的美丽飞船一去不复返,这感觉像是对地球的不忠。当然,卡朗听说过这艘飞船。不知道它简直不可能。但对它着迷的却是卡朗的妹妹维克。肯定有 5 年了,当时卡朗告诉过她,"和平始于微笑号"安装上了长长的中央通道,取名叫"快乐走廊";走廊上装有碳纳米管材料,可以发出类似于笑声的声音,还能随着脚踩的位置和走动的速度调整音调和音量。这让维克着了迷。但卡朗总是想,人们是否会感觉地板和墙在嘲笑他们,无休无止的娱乐之后，人们是否会厌倦，转而向往宁静和平和，以及落脚无声、别人根本不知道你来了的状态。

地铁门开了，卡朗娇小的身躯拼命往前倾，经过一番奋战，终于挤出了地铁。公共交通如此超负荷的承载旅客，要保证不错过自己要下的站，下车时必须有一定的冲劲。下车后，她靠在一根柱子边，任由周围的人将她重重包围。

卡朗没理解错的话，光棍节那天，因为使用了"微笑支付"，她参与了某个抽奖活动，而且赢了。只要遵守一定条件和注意事项，她就赢得了成为"和平始于微笑号"的乘船资格，将随船飞向佐亚——地球蓝绿相接的美丽姐妹星球。如此遥远，简直遥不可及。

不到 3 个月的时间，就要离开。

离开，离开……地球。

卡朗倚在柱子上的身体不禁向下滑了一点。

不可思议，简直荒唐。这可是终身难遇的机会，90 亿辈子才能遇到一次，却偏偏就发生在她的身上了。

卡朗感觉一股气悬在喉咙里，出不来。她把信息看了一遍又一遍，却始终笑不起来。

卡朗一直是一个严肃的孩子。"微笑让你更美丽"这句话她听过无数次了，还有一些类似于"试着笑一笑""笑不会让你的脸裂掉""让我看到你的笑""一个笑换一块钱"之类的话。在

不同时间，她被要求用笑来换取不同的东西：一块钱、一块糖、
一个吻。通常情况下，她都拒绝了。

也不是说她从来不笑，只是，她的笑应该来自内心深处，
或者某个遥远的地方。笑总得有个原因吧，总得有个意义吧。
对着陌生人、泛泛之交、街上商店里的人，她从来不笑。她的
笑要留给她爱的人，这是一份珍贵的礼物。眼泪对卡朗来说，
也很珍贵。不被彻底击垮，她心底的那口井里的泪水就不会涌
出眼角。

自打她小时候起，学校的小伙伴就一直跟她说："你和你妹
妹很容易区分，她是会笑的那个。"的确如此。维克只比她晚生
两分钟。她的情绪从来都是袒露无疑，时而疯狂大笑，时而号
啕大哭；时而手舞足蹈，时而大发雷霆。她像一滴雨滴般闪耀。
那卡朗呢？可能是一条深不见底而又慢条斯理的河流吧。

余言

"恭喜。"短信上赫然写着。余言的内心像被重重地锤了一
下。"恭喜"这个词是人们在其他场合，因为其他理由而说的。
她不知道，当她宣布自己的消息时，人们是否会对她说这个词。

但这个"恭喜"却非同寻常。她轻抚着肚子的手在瑟瑟发抖。

佐亚星球就像一个梦，一个遥远的美梦。她还记得佐亚被
发现的时候，她还是个小孩。很快，全世界都爱上了佐亚。
"她"与地球如此相似，不同的是"她"既崭新，又干净、空旷。
佐亚的海洋覆盖率比地球还高，神奇的生物在大海深处徜徉，

陆地上却只有大片大片的植物。

　　"等我住到佐亚星球上……"是她们从前玩的一个游戏。一个个梳着长辫子的女孩儿，一张张不加修饰的脸上泛着光，坐在狭窄的外城学校里。这是她们共同的梦想。

　　最先启程的两艘飞船已经到达了佐亚星球的行星边缘，尽管从大裂谷传回信息还需要很长时间。虽然有些人出生在地球，但此刻他们就住在佐亚星球上。他们呼吸着佐亚清新的空气，他们的孩子们有足够的空间可以玩耍，整个星球都是他们探险的游乐场。

　　而她正好就在那天微笑着使用了"微笑支付"，买了一些厨房用品、新的工装和护肤品，但现在，她却抽到了"和平始于微笑号"的船票。那可是"和平始于微笑号"啊，所有人都说它是目前最时髦、最神秘、最美丽的大飞船。

　　船票，一个人的。

　　光棍节那天，有些东西她没买。婴儿床、婴儿车、奶瓶、尿布，还有奶嘴儿。光棍节是 11 月 11 日。这 4 个"1"代指的是单身一人。她不是 1 个人，她是 2 个，还有可能是 3 个。

　　秘密的孩子，不可能存在的孩子，被禁止的孩子。

珍

　　珍的脸皱作一团，金色的短信依然在她的眼前闪耀着。怎么会这样，她对一件东西的渴望如此之久，如此之深，但又连自己都不敢承认。突然之间，这件礼物就被赐予了她，就像从天而降。真的就像是从那蔚蓝的天空上降下来的，而这蔚蓝的天空有一天她可能会从遥远的某个星球上遥望。

要是珍现在身边有人，他们肯定会以为她受到了致命打击。只见珍弯下腰，表情痛苦不堪。平时，她不是个爱哭的姑娘。现在，眼泪却夺眶而出，泪流满面。

珍还是婴儿的时候，从来不哭。

别人都对她妈妈说："她好满足，好平静。你真是好福气。"珍的妈妈也尝试着说服自己的确很有福气，但她没说的是，当她尝试着和小宝宝玩"躲猫猫"的游戏，或者对着她胖嘟嘟的小肚子吹泡泡时，珍只会看着她，眨巴眨巴眼睛。珍长大一点儿后，开始学走路。有一次，她绊倒了，撞到了床上，小小的眼睛撞得眼眶发青，一边脸青一块儿紫一块儿。这时候，她却高兴地笑了20多分钟。这还是她妈妈第一次听到她笑。

所以，当珍的妹妹出世后，妈妈将所有的情感和精力都寄托在了妹妹身上。因为，妹妹看到妈妈会笑。至少，这个孩子妈妈能懂。

珍擦干了眼泪，给妹妹打了个电话。"嗨，"珍的妹妹达维尼亚明快的声音传来，"我现在不能接电话，请留言。"

妹妹换了新工作，所以很忙。珍想，她总是忙什么东西。她也知道妹妹对她没有任何怨恨，至少从理性的角度来说，没有。她知道达维尼亚懂她。但她也知道，任何事情，从最基本、最核心的角度来看，懂与不懂都无所谓。

赞瑟

"这上面说了要保密。"她的声音在发抖,但她不知道为什么会颤抖,可能是因为震惊吧。

"小猫咪,你能告诉谁呢?"她哥哥说。她爸爸以前曾叫过她小猫咪。

"我有朋友,"她很不喜欢这种自我辩护的语气,"网络上。"她又加了一句。真希望还有一个坐垫可以扔向哥哥。当然啦,她也知道,她哥哥这样刺激她是故意的。

"无所谓啦,这太荒唐了。我不可能去,我做不到的。"

"你不想去吗?"她哥哥语气天真地问。赞瑟虽然没看着他,但知道他脸上的表情。

"我不能去,"她说,"我不会去的。我做不到。"

哥哥开始说其他事儿了,但她根本听不进去。当她说出她不会去的时候,感觉有什么东西正在从她身上滴落,离她而去,慢慢地坠入地球中心。好像是她的心,又像是她的未来。车祸发生的那天,她也有同样的感受。那天,她失去了家人。

"我不能。"她又轻声呢喃了一下。她突然意识到,没有任何事情比飞向一片星海,到达那在空中闪闪发亮的佐亚星球更让她渴望的了。没有任何事情更让她想得到,但这件事却又完全不可能。

卡朗

卡朗乘坐动车去往妹妹家，车上挤满了人，她只能站着，被两个穿西装的男人和一个年轻姑娘挤在中间。那姑娘戴着虚拟现实眼镜，心不在焉地将头耷拉在一边，很明显在玩 VR 游戏。行程虽然只有 45 分钟，但卡朗已经不记得她上次去妹妹家是什么时候了。一年前，还是更久？

维克住在一片密密麻麻的公寓住宅区，耸入云霄的摩天大楼将正午毒辣的阳光遮挡，在狭窄的街道上投下阴影，但却挡不住正在上升的温度。无人机在匆忙地飞来飞去，它们的边缘部分偶尔照到阳光时，就会折射下一道闪光。

妹妹开了门。"嗨，克隆人。"她说。

卡朗觉得妹妹看起来很累。"嗨，运输事故。"她回答道。

"倒影。"她妹妹说。

"胎衣。"她反击道。

维克的脸上闪过一些笑意。"进来吧。"她说。

上次来这儿是一年多以前了。不知怎的，这公寓感觉和之前不一样，空荡荡的。玄关的墙上本来是挂着老大一幅打印装饰画的，不是吗？画的是山，还是其他的什么东西。现在这面米色的墙上空无一物。

"我本以为你们俩周六会有安排。"卡朗一边说，一边转身走进狭小的休息间，公寓里一片死寂，吓了她一跳；而此时，妹妹的表情和这死寂的房间如出一辙，甚至更死寂，更空荡荡。

"吕萨离开我了。"维克说。这句话隐去了锋锐的边缘，在狭小的房间里仿佛挤得满满当当。

"哦，抱歉，"卡朗讪讪地回答道，"你没和我提起过。"

她妹妹耸了耸肩，卡朗一下子读懂了这个姿势背后的意义——我们近来本来就不怎么说话了。

卡朗一直很喜欢吕萨。也可能"喜欢"不是她要找的那个词。她一直嫉妒维克和吕萨。她们会在公共场合表现出对对方的喜爱，常有温暖举动，虽然不易觉察；她们会凑钱买真咖啡，周末喝；吕萨看着维克的时候眉眼间都在笑。

恋爱对维克来说易如反掌，她能随性地投入到不同感情中，又能自如地脱身。她会为一段恋情的结束哭得山崩地裂；但没过几个星期，她又会被另一个人迷得神魂颠倒。对于卡朗来说，恋爱就难得多了。"我明明就和你一样漂亮，怎么就没人对我感兴趣呢？"她一边观察吕萨看着妹妹的样子，一边心里嘀咕。妹妹和吕萨是 5 年前好上的。跟其他的恋人不同，吕萨没有很快消失。吕萨确实有所不同，她在维克的世界里留了下来。

突然间，卡朗意识到，她永远不会再见到吕萨了。虽然，这样好像也无关紧要；或者，这件事就不应该要紧。

"你头发长长了。"她对妹妹说。上次相见时，维克的头发剪短到贴近头部。上次见面时，那肯定得有一年多了。

"你头发变短了。"妹妹说。

卡朗用手抚了抚她利落的削底背头。"上周刚剪的。"她一边说，一边不自然地往后扭了扭身子，她们居然在谈论这么细枝末节的无聊话题。吕萨走了。这不重要，至少对卡朗来说不重要。她不能允许这件事对自己变得重要。她和妹妹可是好久没见面了啊。

"你配这个发型很好看。"妹妹说。

"谢谢,"卡朗有点惊讶妹妹会这么说,"这都是 DNA 的功劳。"

卡朗在小沙发上坐了下来,维克给她端来了咖啡。卡朗明白,这不是真咖啡。

"吕萨什么时候离开的?"卡朗说。突然间,她意识到,自己不是有意这么问的。

妹妹又耸了耸肩。在过去,卡朗可不会把这个动作和维克联系在一起。"两个月前吧,差不多两个月。"她说。妹妹的脸上很平静,波澜不惊。这根本不是卡朗所熟悉的维克,她所熟悉的维克一分钟能换好几种表情呢。现在的维克就像是卡朗在照镜子一样。

"对不起。"卡朗第二次说了抱歉,但只有这次才是真的抱歉。

妹妹又是一个耸肩:"你的人生里又发生了什么呢,DNA?"

卡朗垂下眼帘,搓着衣角。机密。

然后,她抬起了头,直视着妹妹的眼睛。亮晶晶的浅棕色,带着绿色的斑点。和卡朗的眼睛一模一样。可事实呢?她们的眼睛根本就不一样,不是吗?

虹膜的条痕就不一样,完全不同,像素足够大的照片就能分出区别。这是维克在很久以前告诉她的。年轻时,维克一直对双胞胎的不同之处很感兴趣。一有机会,她就会想方设法,拼命摆脱卡朗的轨迹。只要卡朗喜欢什么,维克就好像铆足了劲似地讨厌它,她肯定选择其他的,任何东西,只要不是卡朗喜欢的都行。卡朗从没有想要表现得与维克不同。在这条旅程上，她可不介意有个伴儿。

旅程。要保持机密，短信上说了的。但是，说到头来，这可能就是她来找妹妹的原因。

"嗯，"她对妹妹——这个只比她小两分钟的妹妹说，"发生大事儿了。"

余言

罗伯特拿下了公寓。他非常激动，不停地谈论着这笔交易，以及光棍节买下的其他商品，完全没有意识到身边的余言一言不发，只在必要的时候才会挤出一丝微笑。

船票，一个人的。

但是，她不是真的单身；而且，她身上还带着一个人。"能有我们自己的空间实在是太好了，这样我们就能单独在一起了。"她冒险说道。她说的是真话。她已经等了很久，就像白娘子一样，为了一个美好生活的机会而等待。

罗伯特第一次整个下午都保持着安静。

终于，他开口了："亲爱的，一切都会好起来。但是，我们还是小心为好，不然就会毁了我们来之不易的机会。当然，我希望你常来住，常来。但是，只要我们再等一年，或者两年，再公布我们的关系，我们未来在经济上就会轻松很多。新公寓还要买虚拟现实中心机、洗碗机和其他乱七八糟的东西。再过两三个光棍节，我们就置办齐了。"

几百年，白娘子等了几百年。好几辈子。

余言对罗伯特悠然一笑。

"保密。"短信是这样写的。她不会告诉罗伯特，至少现在不会，时机还没成熟。但她有另一件事要告诉罗伯特，这件事再也不能保密了。

秘密的孩子，不为人知的孩子，不请自来的孩子。

于是，她快速吸了一口气，微笑着告诉了他。

当初，余言发现自己怀孕时，她也笑了，但不是马上，也并非因为震惊，更不是为了任何别人。她将自己锁在父母家的浴室中，莞尔一笑，缓慢而真实。怎么可能？一个人内心深处怎么如此强烈地想要小孩，却一直浑然而不自知？

"时机不对，时机还没到，"罗伯特说，"我们连要不要孩子都没讨论过。"他接着滔滔不绝地说起来，地球的负担已经够重了，将孩子带到这个世界上来是不对的。没有社会责任感，而且还会造成不良的财政后果。"但是，如果你想生下来，"最后，他说，"我们能想办法，我们不得不，我们会想出解决办法的。"

如果她想生下来的话。人口过剩的世界中的孩子，人群中的孩子，孤独的孩子，令人震惊的孩子。

她意识到自己想要的就是让罗伯特开心。可能这对他不公平，可能她应该多给他一点时间，让他镇定下来，调节好情绪。可能，她自己的确是没有社会责任感，而这个世界的确早已人满为患，一个孩子都容不下了。可她想要的，无非是让罗伯特开心而已。

珍

　　珍没有给妹妹发短信，告诉她自己要去找她。她可不想给妹妹时间，编造什么借口，或者避而不见，虽然她妹妹并不承认有这种想法。珍收到了3天后飞往西昌的国际机票。到了西昌，她会当面获知相关信息，进行体检，并浏览所有的合同与条款。之后的两个多月里，"和平始于微笑号"都不会出发。很明显，她还会再一次回到西昌，有一系列仪式和培训在等着她。在第一次踏上行程之前，她想见见妹妹。在一切真的改变之前。

　　她也会去见见母亲，可能晚些时候吧，等这一切都尘埃落定下来再去。她本来还想去见安东尼的，但他俩之间早已桥下流水，一去不复返了。

　　9个月前，安东尼离开她的时候，珍感觉就像世界末日来了一样。但如果安东尼没有离开，他俩发展得不错的话，她就没有资格在光棍节购物，也不能使用"微笑支付"，这一切就都不会发生了。也许，安东尼离开她的时候的确是世界末日。但是，现在却是一个新世界的开端，一个蓝绿相间的崭新世界，名叫佐亚星球。

　　达维尼亚的智能内部通话系统告诉她，珍来了，她起身开了门。

　　"嗨，"妹妹一边吻着珍的脸颊，一边高兴地说，"真是个惊喜，看到你太高兴了。"每次她俩见面，达维尼亚都是笑容满面且彬彬有礼。妹妹即将成为一位成功的财务总监。她的公寓虽然也很小，但装修得很精致，一尘不染。玄关处有个花瓶，里面插着玫瑰花。有那么一会儿，珍还以为是真的玫瑰，看起来真的太逼真了，甚至还会散发出淡淡的香味。

"快坐，喝点儿东西吧。我们好久没见了。"达维尼亚一边热情地滔滔不绝，一边把珍拉进雅致的小厨房。妹妹这态度可没有她的玫瑰那样让人信服。

她们之间总是有一点隔阂。这点隔阂将永远存在于她们之间。

"对不起，"多年以前，珍曾试着在事后对妹妹道歉，"你知道我不是故意的，你知道我没办法控制自己。"这些话像棉花糖一样轻，在她俩之间飘浮着，还没有传到达维尼亚的耳里，就被风吹走了。

珍还是孩子的时候，有一天晚上，妹妹本来应该在看演唱会，却早早地回了家。只见妹妹缩成一团，瑟瑟发抖，她的衣服被撕烂了，一只眼睛肿得几乎睁不开，另一只充满了惊恐，楚楚可怜。但是，当达维尼亚口齿不清地告诉父母发生了什么的时候，珍突然感觉到自己体内升起了一股潮湿、阴暗的东西。她一只手使劲捏起拳头，捂在嘴上，跑出了房间。但妹妹和其他人都听得清清楚楚，她那一阵接着一阵的笑声正在大厅里荡漾。

赞瑟

真的太高了。

在高耸的大楼之间悬空的架子上，赞瑟向下看了一眼。头晕目眩的她能看到下面的街道，街道上的小点就是人。虚拟现实中的投影并不准确，她想。现在街上只有一些人，现实情况是，街上应该挤满了移动的小点才对。人山人海，成群结队，川流不息，占领了街道上的每一个角落。全是人，除了人啥也没有。

还是这上面来得清静。这上面除了我，一个人也没有。

"跳！"一个声音传来，是哥哥的声音。

赞瑟又往前挪了一步，现在她已经站在木板的另一端了。

"一切的关键在于你的意识，要夺回对大脑的控制权，"哥哥平静的声音又一次响起，"战胜你大脑中的基层部分，也就是所谓的动物本能。你能做到的。"尽管赞瑟看不到，但她知道下面是人群聚集的地方；而身体本能发出的信息也有着它们自己的真实。

"跳！"哥哥又说。

但是，这个世界上还存在着其他真实。

赞瑟跳了下去。

✕

赞瑟一直都讨厌人群，小时候也不例外。那次意外之后，她的家人永远不会再出现了，她的症状变得越来越严重。说是意外其实根本不准确，应该说是灾难、大劫难，甚至可以说是谋杀。她的家人乘坐的那辆 SuFaT 的磁悬浮场域被人动了手脚。赞瑟都不知道这在物理上是可行的。如往常一样，列车载满了乘客，都是下班回家的人。她的家人也在这辆列车上，他们赶来参加她的毕业典礼。

人群恐惧症。哥哥这样称她的症状。他什么都懂。

她只知道，一到人群中，她就汗流不止，心悸胸闷，呼吸困难。每一次她出门，都觉得外面的人太多了，像虫子似的，到处都是。他们从四面八方涌向她，将她压垮，他们要占尽每一片空间，吸走每一口空气，一切的一切，他们都要掠夺得干干净净。

无处可逃，全世界都找不到一处避难之地。

于是，她再也不出门了，哪儿也不去。即使在虚拟空间里，人多的地方也让她感觉到不舒服。她玩的都是单人游戏。

整个世界，没有人会后退。或许只有这个世界是这样，或许另一个世界就不一样了。

"再跟我说说佐亚星球吧。"她对哥哥说。

卡朗

"佐亚。"她妹妹倒吸了一口气。维克脸上所有"丢失"的表情洪水般地又回来了，各种表情轮番在她脸上闪现，她似乎没办法只保持其中一种。

卡朗还记得小时候，维克一谈到佐亚就停不下来，一脸激动，两眼放光，带着一丝痴迷。当初，就是维克告诉卡朗有个大裂痕的。它就静静地躺在那儿，一直这么躺在那，就在太阳系内，木星轨道外面一点点的地方。就这么躺在那儿，等待着被人发现。就好像有人特意把它放在了那里，只是为了给人类提供方便。大裂痕是宇宙中的一处折叠、一条皱纹、一段虫洞。

从裂痕的另一边出来，再航行几个月的时间，就能到达佐亚。

"真希望我是你。"维克说。她的情绪一会儿激动，一会儿嫉妒，一会儿悲伤，轮转不休。

真希望我是你。

"这可是头一回啊。"卡朗一边看着妹妹脸上丰富的表情变换，一边轻声说。哦，维克，她心里想着，这么久了，这是你头一次希望自己是我。

"说什么？"她的克隆人、运输事故、倒影、另一个自我、测试版本——她的妹妹说道。

"你知道吗，"卡朗回答道，"我拍照的时候一直都闭着眼睛？"

"DNA，我完全不知道你在说什么？"维克说。空气中的气氛慢慢变了，变得安逸、轻松起来。

"你跟我说过，"卡朗说，"我们的眼睛能把咱俩区分开来。那要是我闭上眼睛，电脑、算法、面部识别系统和人工智能就认不出我到底是谁了，我很喜欢这样。我喜欢模糊一点，我从不介意和你混为一谈。"

维克做了个鬼脸，可她的眼睛里依然闪着光。

"我甚至不介意，"卡朗坦然说道，"我们小的时候，妈妈把我们打扮得一模一样。"

"哎呀，"维克说，"说这些，你是要整死我啊，你知道的。"

"我知道你一直不喜欢有个双胞胎姐姐。"

"我没有……"

"你就是不喜欢，维克。"

"也许我不需要一个双胞胎姐姐，"她妹妹说，"但我一直需要一个姐姐。"她的眼睛在泪光里荡漾，"哦，姐姐，你去了佐亚，我就永远见不到你了。"

我也永远见不到你了。

卡朗想，无论在这个世界上，还是任何其他世界里。

她将妹妹抱入怀中，又哭又笑。

余言

西湖岸边人山人海，但美景依旧。金黄色的秋叶由内而外地闪耀着光辉。余言想，真是个历史悠久的地方。几百年来，多少恋人、家庭、孤独的年轻单身男女曾在这里聚集。他们中，有多少像她一样，坐立不安又满怀希望，徘徊不定；又有多少人怀揣着秘密走不出来。

两天后，她就要坐上开往西昌的动车。不计入人头的孩子，逃票偷乘的孩子。

罗伯特说，如果她想生下这个孩子，他会和她一起抚养。"我当然乐意，"他说，"当然。"不负责任的孩子，累赘的孩子。

可在内心深处，余言感到有什么东西碎了，有什么东西动摇了，有什么东西改变了。

此刻，她看着断桥上的人群，有些徐徐缓行，流连忘返；有些携手双双，凭栏眺望。她知道自己内心深处到底想要什么。

于是，她不再等待。

珍

珍在她妹妹的住处度过了一个愉快的下午。她提醒自己只在合适的时候才将嘴角往上扬。达维尼亚似乎没发现什么问题，这一招可能真的起作用了。

"妈妈说，你在和一个男的约会？"达维尼亚突然说。

安东尼。

他简直令人陶醉，是智慧与魅力的完美结合，还有那么一点儿黏人。珍就像带着一团火焰奔向地球的石头一样迅速地爱上了他。他曾试着了解她，她也曾试着和他解释。

"不是说我不介意，也不是说我不开心。只是，不知怎么的，我就跟哪根神经搭错了似的，"她曾对他说，"我知道自己只在不合时宜时会笑，但我不是真的在笑，我内心没有在笑。"她一边说一边想：真是这样吗？微笑或者大笑的生理行为的确在某种程度上让她充满精力，生机勃勃。在某种基本层面上，这感觉是好的。

"安东尼吗？没有，后来没成。"她告诉妹妹。达维尼亚脸上露出了细微的同情，但没有惊讶。

珍最后一次见到安东尼时，他正带着东西离开她的公寓。珍站在窗前，看着他离开，指甲深深掐入手上的肉中，留下了一道道月牙状的印记。他走了，他再也不会回来了。她心里想。她感觉自己浑身兴奋，像是开了瓶的香槟要洒出来一样，"嘶嘶"地冒泡。她往后仰了一下头。让我为他而哭一场吧，她无声地哀求道，让我为自己哭一场吧，就这一次。让我好好哭一次吧。她的肩膀开始颤抖，她张开了嘴。然后，她放声大笑起来，震耳欲聋，长笑不止。

"你能来看我真是太好了，"达维尼亚说，语气里带着一丝怪罪，"下次可别这么久再来。"

下次。但下次要很久很久了。永别了。

"你永远不会原谅我，是吗？"珍在门边转过身，对妹妹说。她的嘴咧得大大的，努力不让自己咯咯地笑出声音来。

达维尼亚看起来惊呆了。"我不明白你什么意思。"她说。然后，她的眼神骤然间柔和了。她伸出双臂，轻轻地抓起珍的手臂："真的，珍，没什么原谅不原谅的。"

珍不相信，但她还是让达维尼亚拥抱了她，虽然只是一小会儿。

"再见。"珍说。

回家的动车上，她抢到了一个座位。坐下后，她将头靠在车窗的玻璃上，透过自己的影子看着车外黑暗中的灯光飞驰而过。她想象着佐亚星球上神秘的外星生物静谧地在海洋深处遨游。谁知道呢？说不定是陆地上隐蔽的惊人生物，只是人们之前从没遇到过。说不定哪天冒出来，给人类来个措手不及。如果外星生物感受到了快乐，或悲伤，或失去，如果它们真能感受到这些情绪的话，肯定会用自己外星的方式来表露。它们可没有眼泪，也不会哭。珍心想，那我们怎么才能分辨它们的感受呢？怎么知道它们内心正在经历什么？它们可不会被认为是神经错乱，不会被认为做错了事啊。它们只是不同而已。

也许，妹妹永远不会原谅她，内心深处永远不会。但最终，她也许能原谅自己吧。

赞瑟

"咱们再试一次。"她哥哥的声音一如既往的镇定。

"我不明白,"赞瑟一边说,一边擦掉额头上冒出的汗珠和鼻梁上流下的汗水,她在争取时间,想要分散哥哥的注意力,"所有那些 POD 文档上说的都是,即将登上大飞船的整 1 000 人都是经过精心审核和挑选,最后才决定选用的。为的就是他们能形成一个完美无缺、紧密结合的小组。人工智能对这些人都进行了精神分析,不是吗? 还有你之前说的那什么,高斯可能性融合测试还是其他什么。"这个术语她肯定说错了。

"所以呢?"哥哥依然泰然自若。

"这些测试都做了,然后呢? 就胡乱往人类历史上最令人渴望的飞船上扔一堆椅子,然后用抽彩的方法分配给微笑着购买锅碗瓢盆、虚拟游戏和其他那些愚蠢的商品的单身汉?"她依然小声地喘着气,呼吸有点儿不畅。于是,她坐下来,低下头,枕在膝盖上。

"关于这个问题,我有两个理论。"哥哥说。

"你永远都有两个理论。"她对着膝盖嘀咕道。

"首先,"他说,"筛选过程不是随机的。无论你在什么时间,买了什么,付款的时候是怎么笑的,这个人选一直以来都是你。"

不是随机的。可他们要找的人必须能形成密切结合、高度凝聚的小组啊；而她最做不好的一件事就是在小组中和别人合作。"小组"这个词都会让她下巴紧张地抽动。

"或者，"她哥哥说，"选择你完全就是个偶然。"

赞瑟马上觉得自己就是个偶然的选择。

"而他们的系统无论多么完美，还是需要偶然性。"

赞瑟尝试着抬起头。哥哥依然坐在沙发上，用纤细的手托着下巴。

"什么？"她说。

"还记得你问过我关于人工智能和深度学习的问题吗？"

"记得一点儿。"

"我当时给你解释过，系统需要随机加权，以避免卡在局部最小点上。你得重组系统，跟基因学是同一回事儿。生命会将各种偶然的变异抛出来，看看哪些能起到作用，哪些会被淘汰。"

"所以，我是这个方程式中的偶然变异？"

"就像是珍珠里的沙粒一样，你就是那颗沙粒。我觉得人工智能肯定知道它在做什么。"

赞瑟不确定这番话有没有让自己感觉好受点。

"赶紧的，别再磨磨唧唧了，"哥哥语气坚决，"接下来的一组要做 10 个。"

一股熟悉的惊慌失措感刺中了赞瑟的胸腔。"我觉得我做不到。"她虚弱地说。

"之前你也这么说来着，"哥哥的声音冷峻如铁石，"你想去佐亚。"

"是的。"赞瑟答道，虽然她不确定这是不是问句。她渴望空间，正如她渴望海洋那样。穿过一片星海，就是一整个星球的浩然长空与广袤无垠。

"要去佐亚，你必须走出公寓，"她哥哥继续冷酷地说道，"两天后，你就得在飞机上坐好几个小时；而且，你还要和1 000个人一起在飞船上待上好几年呢。"

"好的。"

"好的？"

"好的。"她能感到体内激增的肾上腺激素。于是，她集中注意力，开始深呼吸。是的，我就是珍珠里的沙粒。既然如此，那我最好展现出我的"刚毅"。她双击将眼镜的侧边屏幕扩展开来。客厅随即变成了飞机客舱内部，里面已经有十来个乘客。

卡朗

"你知道最神奇的是什么吗？"维克一边擦干泪水，一边笑着说道，"我的DNA将会存在于银河系中两个相去甚远的地方，中间间隔好几光年。这感觉和我自己去佐亚几乎一样。你代表了我们俩。我们就是一对儿纠缠粒子，我们之间间隔有多远根本不重要。"

卡朗想到了纠缠粒子。妹妹以前和她提起过。妹妹曾热爱着太空、物理和天文学。在银河系的另一端，有着一颗和她相对应的双胞胎粒子。她想到了爱，迸发于一瞬间，却永远"纠缠"不清的爱。

"无论如何，你的 DNA 都会存在于宇宙中两个完全分开的地方。"

即使闪耀着泪珠，妹妹的眼睛看起来也和她的一模一样。可事实上，她们的眼睛又不完全相同。"你的意思是？"维克反问。

余言

余言望着西湖上方舞动闪烁的灯火。她想，佐亚也应该是闪耀而美丽的，但绝对比不上西湖。西湖环绕着动人的传说，像一首歌一样吸引人，为人们所熟知，为人们所喜爱；而佐亚没有任何记忆、历史，也没有故事。至少，她不知道，也不可能知道。

难道这就是她要面对的了吗？过去与未来之间的选择？如果她现在选择改变，就像白娘子变成人形那样，她将为谁而变呢？她又将变成什么呢？

还有那个孩子，她的孩子。他还什么故事都没听过。一张白纸似的孩子，不曾听闻过任何东西的孩子。

昨天晚上，她挤进狭窄的厨房。妈妈正在将豆瓣酱倒进热油中，她就在旁边切豆腐。她的父亲身子越来越虚弱了，一边看新闻，一边点着布满灰白头发的头，打盹儿。新闻上正播着不宜前往的国家间不断升级的紧张局势，画面不断变换；北部省份爆发的三级风暴将一个大型太阳能发电厂的一部分摧毁；大飞船"和平始于微笑号"停靠在近地轨道，一切准备就绪，就等船员上船了。当然了，她得留下来。这里既是过去又是未来。这里的故事源远流长，蜿蜒盘绕，像一条河流。

"他们还在寻找要登上那艘大飞船的乘客，"她有意无意地对母亲说，此时空气中弥漫着辣椒和发酵蚕豆酱的味道，"可他们怎么忍心就这么离去，抛下自己的家人、自己的历史，抛下一切，就这么一走了之呢？"

余言的母亲拿着锅铲的手停顿了一下。"你爸爸的咳嗽越来越严重了。"然后，又继续慢慢地翻炒起来。"你曾祖母当年是从青城山来杭州的。"她接着说，"历史不是静止不动的，它在发展。我们带上故事和过往，一路向前走。这颗新星球是个礼物，我每天都祈祷着有一天你能去那里。"她一直不停地翻炒着锅里的菜，看也不看余言一眼，"每天，我都在祈祷。"

赞瑟

赞瑟将行李放在门边。

"准备好了？"哥哥坐在沙发上说。

"没有。"她说的是真话。此刻，她正掌心冒汗，呼吸轻浅急促。

"你昨天出去了，"他说，"昨天没事儿。记住，你的理性大脑在掌控全局。"

沙粒，她是沙粒。

"我跟你说过'和平始于微笑号'是由自愈型材料和一种叫离聚物的长链分子建造的吗？"哥哥问道。

尽管她的心突突直跳，眼前一片模糊，赞瑟还是竭尽所能地挤出了一个颤抖着的浅笑。"没有,"她说,"你应该没跟我说过。"

"它能自愈,你的大飞船。"她哥哥告诉她。

它能自愈。

"好的,"赞瑟说,"我准备好了。"其实她没有准备好,但这也无所谓了。

不过,她还是停了下来,手放在门上。"我真希望你能和我一起去。"她说。这也是真的,完全是实话。

"我也希望能和你一起去,小猫咪。"

她将增强现实眼镜取了下来,放进口袋,头也不回地走了。

"再见了。"身后是她空无一人的公寓。

余言

虽然这位医生说话简单生硬,但她的眼睛充满善意。小小的房间里充斥着消毒剂的味道,举目都是白色,人们的行为也都很拘谨。"听着,你有过恶心想吐的症状吗?"她问余言。这还只是初始阶段的对话,她还没有开始正式的检查。

"恶心?"余言一边问,一边在那个意外的舒适的椅子上蜷缩了下去。她进来的时候,有人指着这个椅子让她坐上去。

"因为怀孕啊。"

因为怀孕。秘密的孩子,隐藏着的孩子,被禁止的孩子,不可能的孩子。

怎么可能?难道她怀孕了,这件事压根儿就不是一个秘密?

而且，也有可能不是被禁止的。也许，也不是完全不可能的。
也许，生下这个孩子也是完全有可能的。

"你怎么？"她一边问，手一边不自觉地摸向肚子。

"飞船上又暖和、又舒服，是促进宝宝生长最安全的地方了，"
医生一直不停地说着，"当然啦，这些宝宝会在你到达佐亚星球
前出生在太空。你的孩子不会是唯一的一个，我敢保证。前两艘
飞船到达佐亚星球边缘的时候，船上就有好几个小家伙呢。"

余言想起了扣在她手腕上的手机里那些弹窗广告。她还不
知道自己已经怀孕的时候，手机上就已经出现了验孕棒、摇篮、
奶粉的广告。事实上，就是因为这些广告，她才通过"微笑支
付"在网上订购了一些验孕产品。那时，因为她感觉自己怪怪
的，又看到了那些广告，才开始怀疑自己是不是怀孕了。不是
吗？可为什么她的手机比她本人还早知道呢？是不是她用拇指
指纹解锁的时候，通过体温和心跳，她的秘密早就被泄露了？

余言伸出她纤细的手臂，内侧朝上，好让医生扎针。有可
能性的孩子，遨游太空的孩子，探索宇宙的孩子，属于未来的
孩子。

✕

全球共有 50 位"微笑支付"的用户赢得了大奖。他们都在
3 天内赶到，聚首西昌。

一支 7 人的摄影队伍随时待命，为 POD 文件提供最新鲜的
实况图像。最先走完程序的前 4 个人凑成了第一张理想的照片。

冯乐是摄影队的队长，他急切地想要将这第一手图像实时发布出去。

"往中间站，紧凑一点。"冯乐指挥着。

这4个人往中间挤了挤。空气清新，太阳正照在背后的山上，会是一张不错的照片。

"我喜欢你的发型。"4人中的一个对她身边的女士说。

"谢谢。"短头发的那位答道，她的脸上马上绽放出了随和的微笑。她一边用手抚过脖子后面的发梢，一边说："刚剪的。"

"好了，准备好了？"冯乐说。

其中两个人准备好了，另外两个还没有。两个人此刻正在想同一件事情，却相互永远不会意识到。有两个人将会在船上开始一段持久的恋情。这段感情将会支撑着她们走完一生。

"一，二，三……茄子！"

一个好像眼泪就要夺眶而出。

一个仿佛将大海披裹在身。

一个脸上焕发着幸福的容光，闪耀如星辰。

还有一个闭起了眼睛。

FAST MASK-
FAST
MASK-CHAN

04

变脸

江波
Jiang Bo

✕

更新代科幻作家代表人物，
全球华语科幻星云奖最佳长
篇科幻小说金奖得主。

清华大学微电子专业研究生
毕业，现今在上海某外资企
业从事半导体研发工作。

迄今已发表中短篇科幻小
说20篇，代表作品有《最
后的游戏》《随风而逝》《湿
婆之舞》《追光逐影》《天垂
日暮》等，《湿婆之舞》曾
被译成日文，发表于日本
杂志。

徐海峰坐在办公桌前，按下了按钮。

巨大的屏幕缓缓升起，将他包裹在中间，恰如一个环形影院。屏幕上，各种数据正不断地滚动着。

他挥了挥手，屏幕随着手势滚动起来，当资金流向图转到眼前时，他抬起手掌，做出一个停止的动作。

屏幕停下了。

高达 2 米的世界地图正展现在徐海峰眼前，一条条亮线如弹道轨迹般从世界各地升起，向着不同的方向延伸，长短不一，最后落回大地，消失不见。北美地区的线条繁多，在地图上亮成一片，东亚地区就寂静得多了，时不时会有几条亮线出现——北美地区正是中午，而东亚的主要地区，正沉浸在最深沉的暗夜之中。

线条粗细不一，最细的轨迹可能只代表几百元，而那些又粗又亮的线，可能代表着高达上亿元的资金。

　　每秒钟会发生上百起交易，肉眼根本无法跟上节奏，只能看着那些如流星般的轨迹在偌大的地图上飞来飞去。虽然这个全球交易动态监视图宛如电子艺术品般优美，但看得久了，仍不免令人感到乏味，以致倦怠。

　　但徐海峰没有丝毫倦怠。

　　他紧紧地盯着那线条显得稀疏而辽阔的东亚地区。

　　他在等待一条红线。

　　红线意味着交易被拒绝。在海量的交易数据中，可疑交易会被伺服系统辨认出来，如果经过进一步分析，系统认定这是一次违法行为，交易就会被直接拒绝，同时金融犯罪办公室也会收到一条警告。

　　他在等待那条警告。

　　15分钟内发生了两次交易拒绝，但都发生在北美地区，短短的红色线条一闪而过。一片漆黑的东亚地区，却始终沉默着。

　　该来的却一直没有来。

　　徐海峰皱了皱眉头。那个人是不是为了确保安全，放弃了交易？

　　他摇了摇头，很快排除了这种怀疑。

　　铤而走险是黄华礼这类人的秉性，在2 000万美元的诱惑下，天大的风险也会被忽略。再说，只要有足够的历史数据，一个人的行为绝对可以被准确地预测出来。徐海峰从天眼数据库里调用了黄华礼过去10年的行为数据，并让闻鑫用安特公司的行为分析人工智能对这些数据进行了预测，预测的结果是，黄华礼今晚一定会采取行动。

为了抓住这条大鱼，值得等待。

徐海峰就像一个垂钓的渔夫，紧盯着那颤动的浮子，等待那令人心头一跳的下沉。

✕

突然间，一个绿色的警告信号跳进他的视野。

虚拟管家向他发来了事件通知。

怎么会是这时候？他感到有些奇怪，绿色信号显示为高亮，说明是一个重要事件。

他点亮虚拟屏幕。

是一笔交易！

一笔高达 30 万美元的款项打到了他的账户上，然而被系统拒绝了。

徐海峰警觉地抬起视线，大屏幕上，一条红色亮线从上海升起，跨过屏幕，落在北京。

那正是自己账户里的这笔交易。

这显然是一笔异常交易，自己的账户上流转的款项，从来没有超过 15 万。30 万美元，将近 200 万元的巨款，按照伺服系统的算法，这绝对是一笔需要查证的交易。

是黄华礼！

这是黄华礼在垂死挣扎！

然而不等徐海峰想明白为什么对手要来这么一手时，屏幕上的红色线条已经亮成了一片。

　　非法交易突然爆发，贵阳、昆明、上海、杭州……甚至包括四线城市，似乎全国各地的人们都在同一时间醒了过来，向同一个账号打款。

　　他们全都在向徐海峰的账户打款。一开始，汇入的都是巨款，但都被系统拒绝，很快，金额就变小了。小额的转账不需要查验，这些汇款都直接进入了账户。然而这些小额金钱很快累积成了巨款，余额从 12 万元直线上升，不到两分钟就达到了200 万元。

　　虚拟屏幕上的信息不断闪现着，徐海峰又惊又惧。

　　他突然意识到，在自己守株待兔时，对手却准备了一个重击，直接将自己 "KO" 出局。

　　这一刻，他懊恼不已。

　　黄华礼胆大包天，竟然用这种手段来陷害自己！

　　自己大大低估了对手，竟然被他反咬一口！早知如此，应该直接申请调查令，先把他拘留起来审查。

　　然而，已经晚了。

　　办公室的门被推开，门外站着两名机器警察，阿甲和阿乙。他们收到警告，来处理异常情况。10 分钟内定位，20 分钟内拘捕，这是金融警察引以为荣的高效。现在，嫌犯就在总局，不到两分钟，机器警察就已经找上门。

　　"徐海峰警官，你被捕了，24 小时内，你的行动将受到限制，直到针对性调查结束。"阿甲上前，用一口标准的机械腔调说出标准的拘捕告知。

　　徐海峰站起身来。监控系统将异常定性为洗钱嫌疑，虽然他并不怕调查，但这会让他失去 24 小时的人身自由。

　　"我的监测情报不可以关闭！"徐海峰叮嘱阿甲。

　　"你的职责暂时中断，我会通知罗浩源警长！"机器警察只会公事公办。

　　徐海峰再次看了看屏幕。源源不断的金钱还在涌入自己的账户，然而每一笔钱只有一毛。0.1 这个数字在屏幕上不断地跳动着，每一次跳动都像是在徐海峰的脸上狠狠地扇了一巴掌。

　　我会抓到你的！

　　徐海峰暗暗发誓。他转身向着门外走去，阿甲和阿乙不紧不慢地跟着。

　　办公室的灯光随即暗了下去。

　　调查的结果是，徐海峰没有问题，恢复原职，但那个被挤爆的账户还要被继续冻结，直到所有的账目都逐一认定完毕。

　　徐海峰刚回到办公室，连椅子都没坐热，就立即拨通了闻鑫的直线电话。

　　电话响了一下就接通了，屏幕上浮现出闻鑫的脸。闻鑫是安特金融服务公司的副总裁，主管交易安全领域的事宜，整个交易伺服系统都是安特公司的产品，也由安特公司负责运营。闻鑫还是徐海峰从小玩到大的铁哥们儿。出了这种么蛾子，不找他还能找谁？

"这究竟是怎么回事？"没说任何客套话，徐海峰直接吼了起来。

闻鑫挑了挑眉毛，脸上一副不以为然的样子："这不是按照你的要求布置的嘛！"

"我要求的？"徐海峰差点儿就掀翻了桌子。

闻鑫隔着屏幕也能感受到徐海峰的怒火，他伸手向下压了压："徐队，你冷静点儿，我这不是专门等着向你汇报这个问题嘛！"

徐海峰深吸了一口气："你说！"

"我们按照要求调整了数据设置，把敏感度提高了。就是因为提高了敏感度，结果被人利用了。不过这个人也真是有两把刷子，居然能找到系统的漏洞，我们的测试工程师还没他做得好，我们采用的算法是雅可比二次迭代法加上深度学习算法……"

闻鑫说起来滔滔不绝，徐海峰的眉头则越皱越深，最后忍不住打断了他："闻总，不要跟我说那些专业术语，我听不懂，告诉我最重要的，他是怎么陷害我的？"

"哦，他利用了一个病毒软件，叫灰影，这是最近出现的病毒软件，专门祸害客户端，这个黄华礼还真是有两把刷子，他至少利用了两万个客户终端，这可不简单……"

徐海峰有些耐不住性子了。闻鑫什么都好，就是啰唆，说起来没完没了。

然而，除了听下去，自己还能有什么选择呢？

他极力按捺着不耐烦的冲动。

"……他了解我们的算法，所以采用这种反复同一账号异常交易的方式来提高阈值。我们的算法决定了如果这个账号异常交易的频率过高，就会触发警报，本来需要 100 次才会向金融警察报警的，但昨天按照你们的要求，我们设置了一次触发，也就是一次异常就会触发警报。警报一旦被触发，系统设置就会恢复到初始设置，比较宽松，除了这个异常账户，其他账户的管制反而比平时更宽松……"

"所以呢？"

"黄华礼狡猾地利用了我们的设置，他触发了警报，我推测他是利用这个警报做掩护，偷偷地转移资金。"

"转移资金？他怎么能转移资金呢？他的所有账户都被监控了。"

"这就很难说了，他既然能够利用两万多个账户进行骚扰，那他真正的钱完全可以隐藏在正常的现金流里。"

"你们不是保证所有的资金往来都可以追溯，都是透明的吗？"

"没错，但是我们无法怀疑正常的现金流。不过，我们内部检查了交易记录，列出了在警报触发期间有可疑迹象的几个账户。你要真想继续查，可以查一查这个名单上的账户。但我们要保护客户隐私，所以你要以国家安全局的名义来调用数据，这样才合理合法嘛！"

"你是说他能掌握一些普通账户？账户不都是实名的吗？他黑了很多账户？"

"这个我们就很难说了……灰影这个软件的确可以黑掉很多账户，另外，还有一种可能……"闻鑫的脸上露出一丝神秘的微笑，打住了要说的话，"嘿嘿"地笑了两声。

徐海峰沉下脸："别婆婆妈妈的，有话快说。"

"我们只能保证每个账户都能和公安部的身份系统对上。"

闻鑫话里有话。徐海峰知道他的意思，每一个身份背后是不是都有一个确定的人，这就不是金融服务公司该管的事了。

"我会去办手续，资料你都备齐了？"

"你放心，都是多年的朋友了，我们的效率你又不是不知道，哈哈！"

徐海峰没有心情继续和闻鑫聊，直接挂了电话。

现在他只关心一个问题：怎么才能抓到这狗娘养的黄华礼。

最要紧的一点是，千万不能让他跑了！

徐海峰脸色苍白地坐着。

他早就知道这个对手非同一般，然而却没想到他居然能从公安部的查询数据库里遁形。

3301272007022803××××

这个身份证号他已经烂熟于心。

这是黄华礼的身份证号。然而方才的搜索结果却显示，这是一个不存在的身份证号。身份数据库存储了过去20年全部的人口变动数据，如果一个人的数据突然从查询数据库中消失，那么一定会在数据验证的过程中被发现。系统会在下一次备份数据校对时自动调整并且触发警报，但在这3天的时间里，足够一个人销声匿迹。

篡改数据库，这绝非一般人能够做到的事。

这也意味着，黄华礼要逃了。

没有身份，在中国是无法生存的。

放弃身份，就意味着放弃一切。

一个人要下这么大的决心并不容易，要做到这样的事更不容易。

这不仅需要精心策划，更需要人脉深广。

想不到黄华礼居然还有这么大的能耐！

静坐片刻后，徐海峰一跃而起。这像是一种雄性本能，他不想认输。

现在无法依靠公安系统了，因为公安系统不能调查一个连身份都不存在的人。如果举报黄华礼篡改数据，那么审批手续就要好几天，根本等不及。

徐海峰见过太多利用法规的漏洞脱罪的人，黄华礼无疑也是个中好手。他能篡改身份数据，还能利用法律程序的漏洞来争取时间。

公安系统对付不了你，但是我徐海峰可以！

走着瞧！

✕

徐海峰在金凤雅居的小区门口等了足足半个小时。

金凤雅居是一个智能化小区，虽然没有门卫，却有超过

600 个摄像头，直连天眼系统。在小区附近徘徊非常危险，很容易被天眼系统识别为危险迹象，然后就会有机器警察来盘查。

这套路和金融警察是一样的。

徐海峰不怕，他知道自己所在的位置是盲点，是专门为了方便警察执行任务而设置的天眼盲区，待多久都不会有问题。

路上罕有行人，匆匆而过的司机都对这个高个子投来好奇的一瞥，然后匆匆开走。一个不是机器人的人在露天活动，总让人感觉怪怪的。或许在那些司机的眼里，这个大个子不是傻就是心里有鬼。然而有天眼在，他们也犯不着管闲事。

老是被别人打量，的确也有几分尴尬。

但徐海峰很快习惯了，木然地承受着好奇的目光，只盼着目标赶快出现。

他等来了目标。

一辆红色亚特斯缓缓向着小区入口开过来。

尾号"1478"，就是它！

徐海峰猛地冲了出去，挡在路中央。车子紧急刹车，几乎就在撞到徐海峰的一刹那停下，然而还是在徐海峰的大腿上轻轻地碰了一下——这么突如其来的拦路者，哪怕自动驾驶软件也会猝不及防。

借着路灯的光，徐海峰看清了坐在车里的人，果然是黄华礼！他戴着一个像头盔般的半透明的帽子，看上去就像一个摩托车骑手。

徐海峰在引擎盖上狠狠地拍了一下。

车门开了，黄华礼却没有下车。

"上车。"黄华礼的声音从车里传出来，声音冰冷，也不慌张。

"你下车！"徐海峰怒喝道。

"难道你想在大街上解决问题？"黄华礼的声音仍旧冷冰冰的，却像一桶冷水一样从头浇在徐海峰身上。

街上显然不是一个处理问题的地方，无处不在的天眼会把一切记录在案，就算自己是金融警察，正在办案，也无法摆脱法院的质询，说不定还会被定性为滥用职权罪而被关进去几个月。那些久久没有新鲜话题的记者显然也不会放过这么劲爆的内容。"警察当街质押无辜富商，宪法所赋人权何在……"他甚至可以想象那些挑逗人神经的标题，然后就会有人义愤填膺地把他搜索出来，鼓动好事之徒上门。

在街上非但解决不了事情，只会越搅越浑。

他强忍住怒火，钻进了车里。

车门关上了。

"他们会认为，这只是一个过于热切的朋友来拜访，没什么大不了的，是不是？"

黄华礼不紧不慢地开了口。

徐海峰没有回话，他怕一开口就控制不住自己。

车子驶进了小区。

在宽敞的落地窗前，徐海峰接住了黄华礼递过来的红酒。

"我不喜欢喝红酒。"徐海峰说。

"但你还是接住了杯子，"黄华礼举杯示意，"那就当是一种礼仪，两个人端着酒杯说话，气氛总会显得轻松一些。"

"那我就直说吧，既然你让我进来，我也不隐瞒什么了。你从公安系统里抹除了自己的身份，这手段我很佩服，但你犯了罪，这点我不会放过。"

黄华礼抿了一小口酒，问："我到底犯了什么罪？"

"贪污。"

黄华礼露出一个冷冷的微笑："事主都没有追究，你又为什么要紧追不舍呢？"

徐海峰一时语塞。是的，黄华礼贪污这件事，并没有事主来报案，之所以会被立案，是因为安特公司的人工智能查出了交易异常，然后他才开始着手调查。所有的金融罪案都是这么立案的，哪有什么事主的说法。

"你危害了公共利益！金融警察当然要维护公共利益！"徐海峰很快反驳道，语调铿锵，掷地有声。

黄华礼点了点头："没错！但你今天来，恐怕不是以警察的身份吧，如果你以警察的身份进入我的房间，就要先给我看看调查令和你的警徽。"

徐海峰对黄华礼的质问不予理睬："我可以检举你入侵公安查询系统，篡改数据。"

"没错，但你要检举的人是谁呢？"

"你！"

"我又是谁呢？"

徐海峰迎着这个狡猾对手的目光，没有丝毫退却，然而他知道这个问题是个陷阱。黄华礼篡改了系统数据，现在他是一个不存在的人，无论控告还是检举，都需要时间。如果不是因为这样，徐海峰根本不用在这里和他废话。

两人对视了一小会儿，徐海峰打破了沉默："我有办法抓你。"

"我很想见识一下。"

徐海峰放下杯子，从怀里掏出手枪，放在桌上："我本来想用这个来对付你，但现在我改主意了。"

黄华礼瞥了一眼乌黑的手枪："你能改变主意真是太好了，枪是粗人玩的，我们都是文明人。"他抬头看着徐海峰："那么你的新计划是什么，说来听听。"

"就算你的'黄华礼身份'已经消失了，但你总不能不吃不喝不消费吧，我总能查到你现在究竟是谁。"

黄华礼频频点头。

"你账户上的经济往来，和从前账户的关联，这些痕迹你是抹不掉的，终究会被挖出来的。"

黄华礼含笑不语。

"还有你对我个人账户的攻击，这可不是简单的挑衅，已经触犯了刑法，整个金融警察系统都会介入调查，你相信技术，我也相信。我已经知道你动用了哪些账户来转移资金，就算你把它们全部转移了也没有用，'数字世界，必有痕迹'，这句话你听说过吧！"

"数字世界，必有痕迹！"黄华礼重复了一遍，像是喃喃自语，随即摇了摇头，"但痕迹有真有假，如果真假难辨，痕迹也没什么用。"

徐海峰盯着眼前这个人，自己的虚张声势似乎并没有吓住对方。他相信凭借自己身后庞大的政治力量和安特公司的技术支持，黄华礼一定会被绳之以法。

只是，至少要赢得几天的时间，让自己身后的庞然大物有时间做出反应。

黄华礼放下酒杯，向着徐海峰微笑："徐警官，我很敬佩你的职业精神，在我们这个时代，聪明的人很多，但有勇气的却很少。你闯到我这里来，至少说明你是个有勇气的人，是个正直的人。我很佩服。但是，有勇气远远不够。"

徐海峰警惕地看着对手，从一个罪犯的嘴里说出这样的话，表明他至少是个高智商的罪犯。这更应该令人警惕。

黄华礼抬了抬手："我不妨给你展示一下，你现在可以进行脸部识别吗？"

"可以。"徐海峰满腹狐疑地答道。脸部识别是警察部门的基本职业技能，所有的警察都能通过天眼系统对任何一个人进行脸部识别。

黄华礼退后两步，按动墙上的开关，天花板上一道光射下来，打在黄华礼的脸上。黄华礼的手指不停地在眼前点击，操作着只有他能看见的虚拟屏幕，10多秒后，他向徐海峰招招手："来，检验一下我是谁。"

徐海峰飞快地眨了眨眼。虚拟屏幕投影在视网膜上，身份认证系统上了线。系统提示是否属于执行公务，徐海峰犹豫了一下，选择了"是"。

黄华礼站直身子，露出了整个脸部。

徐海峰有一种莫名的紧张感。黄华礼这有恃无恐的架势让他隐约感觉到事情应该比他想的更复杂。

如果黄华礼的身份在系统中已经消失了，那么眼前的这张脸，会被判定为谁呢？还是会变成一个问号？

扫描界面很快完成了工作，数据核对正在进行。

往常只需要几秒钟就完成的核对，居然十几秒钟后还没有返回结果。

徐海峰抬眼看了黄华礼一眼，黄华礼正微笑着。

徐海峰心中"咯噔"一下。

正在这时，一个微弱的绿点跳到了视野中央——检验的结果返回了。

徐海峰垂下视线看去。

返回的信息显示在虚拟屏幕上。

　　　　姓名：徐海峰
　　　　身份证号：11074420151224XXXX

徐海峰差点喊了出来。

眼前的黄华礼，在系统中居然变成了自己。

"你搞的什么鬼！"他狠狠地瞪着黄华礼。这已经不是黑掉几个账户那么简单，也不是从系统里删除某些记录那么容易的事了，这个黄华礼，居然能让一个本来已经不存在的人，获得他人的身份。

黄华礼并不回答，只是伸手在身前比画了几下，很快再次抬起头来，向着徐海峰说："再验证一次！"

徐海峰再次验证了眼前人的身份。

这一次，数据核对几秒就完成了——眼前站着的这个人，叫作李立石，是一名大学老师。

徐海峰心头的惊骇无以言表。

黄华礼笑了。

"这怎么可能！"徐海峰脱口而出，随即意识到，这样大惊小怪意味着自己完全失去了掌控权，他深吸一口气，控制住情绪，"这究竟是怎么回事？"

"你们的系统需要一个图像，那我就给它个图像。"

"什么意思？"

"我的手机存储了至少30个人的脸部识别信息，只要我愿意，你们的系统会发现眼前的人可以是张三李四王二麻子。"黄华礼说着指了指射灯，"看见这个灯光了吗？它能形成一个光场，在特定的区域修改脸部特征。简单地说，就是这个灯光可以让我的脸戴上一张面具，这个面具你看不见，但你们的系统算法可以看见。面具可以让我变成任何一个人，当然，如果脸部特征相差太大，就无法掩盖，所以我会精心选择面具人选。"

徐海峰半信半疑。这样的科技他从来没有听说过，或许可以去向闻鑫求证，脸部识别一直是安特公司的独有技术，别家都没有安特公司做得好。

黄华礼从灯光照射的区域走了出来。"想不想试试？"他挑衅地看着徐海峰。

徐海峰心一横，走上前，在黄华礼刚站定的位置站定说：

"来，让我看看！"

"稍等，要根据你的脸型调整一下。"黄华礼说着开始在徐海峰看不见的屏幕上比画起来。两分钟后，他抬眼看着徐海峰说："好了，现在你的名字叫李立石。"

说着黄华礼一伸手，一张半透明的屏幕从天花板上缓缓降落在两人之间。徐海峰看见了屏幕上的面孔，那的确是自己的面孔，然而在自己的面孔之上，覆盖着一层浅浅的光，就像一个面具。

黄华礼做了一个请的手势。

徐海峰伸手在屏幕上操作起来。这是标准交互系统，和他在办公室里用的几乎一样，他的手指飞快地碰触屏幕，摄像头很快进入了脸部识别模式，面孔的图像被推送到公共查询系统中，系统返回了"李××"的字样。

在天眼系统中，自己已经不再是徐海峰了。

天眼基于人脸识别，这种技术能够解构人脸的识别。

掌握技术的人在系统中随时可以变成另一个人。在一个依赖数据的世界里，这无疑是毁灭性的后果。

徐海峰突然明白过来，自己为什么会失手——他根本就没有掌握黄华礼的正确数据。他有一种芒刺在背的感觉，仿佛受到了莫大的羞辱。

"你……"徐海峰涨红着脸，咬了咬嘴唇，"告诉我这些是想做什么？"

"因为我需要你帮忙。"

"什么？"

"你调查了我这么久，我正好需要一个人帮忙，那就正好请你帮忙了。"

这听上去像是一个陷阱，然而徐海峰决定冒险。

"你想让我做什么？"

"这种冒险的生活太过于刺激，每时每刻，我都要记得自己在干什么，扮演谁，我已经不想继续下去了。所以我想请你帮个忙，让我远走高飞。"

徐海峰心底不由地冷笑，抓住黄华礼，将他绳之以法正是自己的目标，现在倒好，黄华礼反过来要求自己帮助他逃跑。这真是一个好笑话！

然而徐海峰没有笑。

"我不知道怎样才能帮忙。"

"只要你同意，不过是举手之劳。对了，我已经向你的账户转了两千万美元。"

"2 000万？！不可能。"

"你可以查查。直接查银行账户，不要通过第三方应用。"

徐海峰打开了自己的银行账户。

8位数的数字跳了出来。

这简直就像是在变魔术。

自己的账户里哪来这么多钱？

"这2 000万美元都是你的。"

这句话让徐海峰的心脏怦怦直跳。

2 000万美元的巨款……虽然经常调查上亿金额的案子，但徐海峰从来没有想过2 000万美元的巨款居然有一天会落在自己头上。

钱已经躺在账户里，确定无疑。

居然有人愿意用2 000万美元来收买自己，看来这黄华礼牵涉的案子，比2 000万美元还要大得多，自己只不过挖出了冰山一角而已。

徐海峰稳了稳心神。

"你到底想要我做什么？"

"中国只有一个公共场所在脸部扫描之后还要进行指纹验证……"

"海关！"徐海峰脱口而出，他顿时明白了，黄华礼还是想出逃。

"没错，就是海关。指纹验证之后，还有人工检查证件，核对身份，光场无法欺骗人眼。"

"所以你没法通过海关。"

"只靠技术可不行，还要靠你帮忙。"

徐海峰约莫猜到了黄华礼的计划，只要通过海关，地球上还有很多地方可以让一个没有身份的人逍遥自在。

"想一想，只是装一次糊涂，就可以拿到2 000万美元，这是一件很容易的事。我知道你在调查我，所以我也不能等着你搞定一切流程来抓我，如果你不想要这2 000万美元，很多人只需要很少一部分钱，就可以干这件事。"黄华礼继续诱惑他。

徐海峰深吸一口气，像是下定了决心："你要去哪里？"

黄华礼微微一笑："一个遥远的地方。总有一天，你也会去。"

说完，黄华礼拿起徐海峰放下的酒杯，递给他。徐海峰随手接过来。

黄华礼举杯致意："我喜欢和优秀的人合作，为我们的合作干杯！然后我们再谈谈细节。你总会有选择的权利。"

✕

从黄华礼那儿出来，徐海峰立即找到了闻鑫，把和黄华礼见面的情况告诉了他，最后，用一个问题结尾："你得告诉我，我账户里的 2 000 万美元究竟是怎么来的！"

闻鑫眉头紧锁："如果你的账户能收入 2 000 万美元而没有被查验，唯一一种可能就是你的账户被认证为 5A 账户。这是政府特许账户，和我们安特公司无关。"

"先别管安特公司了。我现在不是在说安特公司，我是说你！你是搞安全的专家，一定知道他怎么搞的鬼！"

"政府特许账户是政府高级机密，如果黄华礼能修改这个名单，无论他是用黑客手段还是其他手段，你最好还是别跟他斗了。"

闻鑫的话听上去很让人泄气。

"那个光场面具呢？你知道是怎么回事吗？"

"我们安特公司只负责金融数据的安全性……"

"不要再说安特公司了好不好，我现在是以私人的身份请你帮忙。"徐海峰无奈地打断他。

"从私人的角度来说……"闻鑫顿了顿，似乎在考虑措辞，和他一贯说起来没完没了的做派相去甚远。

徐海峰迫切地看着他。

"当年比特币金融灾难，你记得吗？"

闻鑫突然岔开了话题，徐海峰有些莫名其妙。他对比特币金融灾难只有一个模糊的印象，据说这是人类历史上最大的一次金融海啸，直接蒸发了高达 10 万亿的金融资产，导致全球自杀的人多达 2 000 以上，被称为比特黑洞事件。

"这和金融灾难有什么关系？"

"那一次金融灾难，也有人发了财——发了大财。发财的人有两种，第一种是那些首先使用量子计算机的人，他们找到了一些防范不周的比特币账户，直接破解了密码，偷出比特币兑现，在量子计算机还没有被大范围应用的时候，这些人发了大财；第二种是那些做空比特币的人，市场上一夜之间到处都是量子计算机破解账户的消息，比特币一夜崩盘。"

"能不能说重点，这和黄华礼有什么关系？"徐海峰没有心情听这些老故事。

"上次你让我查异常账户，我们已经尽力查了，这些账户里的大部分都和当初比特币灾难时用来兑现的那些账户一致。如果你不是私下问我，我也不会告诉你，我们搞安全的，都知道不应该碰和比特币灾难有关的事，所以我也劝你收手。这个黄华礼，就算他和比特币灾难没有直接关系，也一定是属于这个体系的。"

"难道这些账户都没有被封掉？"

"被监管起来了。但人家本来就是要搞事情，怎么会在乎监管。"

徐海峰感到口干舌燥，不自觉地做了一个吞咽的动作。

他发现了一个漏洞，本以为可以挖出一条蛆虫，结果挖开的却是一个黑洞。

"那光场面具呢？"他犹豫地问道，语气虚弱了不少。

"理论上是可能的，但技术难度很大，如果你说已经有人做出来了，我也不知道啊！"闻鑫的回答中透着浓浓的无奈。

徐海峰感到沮丧。

他没有继续追问自己账户上的 2 000 万美元。

忽然间，他像是想到了什么，急切地说："无论他怎么厉害，总归是个人，只要当场抓住他，再怎么变换身份也没有用，对不对！"

闻鑫看了他一眼："这是你们警察的事，我可管不着。"

徐海峰狠狠地在桌上锤了一拳："就这么搞定他！"

徐海峰向一个叫作"思过崖上常思过"的账号打了 246.79 元人民币，在附言里填了："12 月 20 日，晚 6：00—7：00，浦东机场，VIP 通道。"

按照和黄华礼的约定，他送出了消息。

黄华礼会不会相信他，他心中仍旧很忐忑。

黄华礼原来的计划中一定包括一个腐败的关员，只不过自己的突然出现，让黄华礼改变了计划。一个不怎么靠得住的警察和一个用钱收买的关员，哪个才更值得信任？黄华礼会不会收买了别人？

徐海峰无数次地问起自己这个问题，最后总是以一个不那么确定的答案来给自己打气——毕竟自己盯黄华礼盯得这么紧，如果他有什么异常动作，总会被发现，只要收买了自己，他的出逃路上才会是一路绿灯。

徐海峰已经向公安部户籍登记处查询过，黄华礼的身份失踪是一次数据异常，已经根据备份数据库进行恢复，他对黄华礼进行的调查，每一笔都是有用的，只要身份数据恢复，就能进行指控。

除了出逃，黄华礼别无出路。

想到这里，徐海峰的信心稍稍膨胀了一点儿。魔高一尺道高一丈，无论黄华礼这样的黑客有多厉害，总归逃不出如来佛的手掌心。

"收到，谢谢！"他的账号收到了"思过崖上常思过"的回复。

那么明天就是见胜负的时刻了。

想用 2 000 万美元来收买我，黄华礼你看错人了！

徐海峰突然信心倍增。

明天就让你知道我的厉害！

徐海峰坐在 VIP 通道的检查台后边。他使用轮岗系统，申请了这份关员工作。他已经向上级报告了情况，通报这只是为了麻痹黄华礼而做的掩护，上司同意了他的方案。

6 点很快就到了。

VIP 通道的客人不多，时不时会来一两个，徐海峰心不在焉地检查证件，核对身份，一一放行。

转眼已经快 7 点了，黄华礼没有出现。

徐海峰渐渐有些焦虑，不时抬头看看那扇门。

门开了，一下子进来几个人影。

机器警察！徐海峰顿时感到不妙。

　　"徐海峰，你被拘捕了。你有权保持沉默，但你的所有言论和行动都会被天眼记录在案。"机器警察宣告完毕后，一左一右架住了他。

　　"我在执行任务！"徐海峰大声喊起来。然而这对机器警察根本没有产生影响，它们很干脆地把徐海峰架起来，以标准步态走进紧急通道，关闭了闸门。

　　现场只剩下几个旅客，面面相觑，不知所措。

　　审讯室里，坐在徐海峰面前的是自己上司的上司，金融犯罪预防局局长。

　　两个人隔着宽宽的审讯桌相互看着，沉默了很久。

　　"你究竟有没有说实话？"局长先打破了沉默。

　　"我说的都是实话。"

　　"你说他可以用光场面具来变化身份，那究竟是什么东西？"

　　"我不知道那究竟是什么，但他站在那儿，灯光打在他脸上，然后系统就把他当成了另一个人。他说灯光构成了光场，光场就像一个面具。"

　　局长把一张屏幕推到徐海峰面前。

　　屏幕上，有一个人正在通关，看上去依稀有几分眼熟。

　　屏幕里的人抬起头，向着摄像头笑了一下。

　　徐海峰脑子里"轰"的一声巨响！

　　这个人的脸，分明就是自己！

　　"他的确戴了面具，但不是什么光场面具。"局长从皮包里掏出一样东西，铺在桌上。

那也是一张面具，摊开后，软软地趴在桌上，看上去像是一个面目可憎的鬼脸。

"这是我们在他的房子里找到的。他用了一台高精度打印机，用最好的仿生材质打印了你的脸。显然，他打印了不止一张，这张被丢在了垃圾桶里。"

徐海峰恍惚出神，局长说了什么他一点儿也没有听进去。他在回想那天的情形。

没错，自己的确进行了脸部扫描。

还有指纹！徐海峰想起了红酒杯，还有接触式屏幕。

这就是一个圈套！目的就是得到徐海峰的指纹和脸部模型。所谓的光场面具，只不过是一个吓唬人的道具，而自己居然相信了。

徐海峰懊悔不已。

"还有你的指纹，他模拟了你的指纹，完美无缺。你在上海这边布置抓捕，他其实5点就已经从昆明出关了。因为你申请了轮岗，你的数据不在我们的敏感库里，我们的系统两个小时后才发现异常。"

徐海峰苦笑道："我上当了！"

"你是真的上当还是故意串通？"局长冷笑道。

徐海峰无言以对。

"那个账号呢？"沉默半晌之后，徐海峰问。

"你提供的账号是个死账号，已经3年没有动过了。你的那笔交易是3年来唯一的一笔交易。"

"但那是谁的账号？可以查。"

"那是自动回复，账号的主人是个死人。"

徐海峰再次感觉到被羞辱了。怎么就没有找闻鑫确认一下那个账户呢？但其实这也不重要，就算事先查出来那是个死人的账户，自己也只会认为这是黑客移花接木的把戏而已。

自己的确很蠢，钻进了别人的圈套还以为套住了别人。

"你的账户我们也检查了，没有你说的 2 000 万美元。如果有人要用 2 000 万美元收买你，恐怕系统早已经报警了。所以，你到底在哪里看见了 2 000 万美元？"

徐海峰摇摇头，连给自己辩护的心情都没有了。在数字世界里，黄华礼简直就是神，自己根本就不该招惹他。

"你仔细考虑一下，我们的政策你最清楚了，坦白从宽，抗拒从严！"

"我知道。"徐海峰再次苦笑。

局长离开了，偌大的审讯室里，只剩下徐海峰一个人。

事已至此，也没什么好多想的。

他开始考虑让闻鑫帮忙给自己找个好律师。

✕

渎职罪名成立！

危害国家金融安全罪名成立！

有期徒刑 20 年，缓期 1 年执行。

判决结果下来后，徐海峰长嘘了一口气。缓期 1 年，也许他可以争取整个服刑期都不用进监狱，闻鑫找的律师还是很靠谱的。

徐海峰步出法庭，一个机器警察跟着他。在他缓刑的 1 年中，这个机器警察会一直跟着他。在这 1 年内，他将被监视居住。

无处不在的天眼可以监视每一个人，然而身边跟着一个机器警察更有一种仪式感，让人时时刻刻意识到自己是个囚犯。

他叹了口气。

好消息是，至少自己还有人身自由。

一辆自动汽车在徐海峰面前停下。

这是一个包裹投递车，一双机械手将一个包裹递了过来，同时响起了悦耳的女声："徐先生，您的包裹。"

徐海峰感到纳闷，接过包裹，瞥了一眼。

寄件人处写着：李立石。

徐海峰顿时一个激灵，慌忙将包裹抱在怀里。

回到家，他躲进卫生间，打开了包裹。

包裹里是一个头盔，半透明，做工精致，仔细看，能看到内层密密麻麻排布着的金属线。他曾经见过黄华礼戴这个头盔。

还有一张纸条，只有一行字：数字世界，必有痕迹。

翻过来是另一行字：要有光，于是我们制造了光场。

徐海峰拿起头盔，心情很激动，手也微微有些发抖。

他套上头盔，大小正合适。

头盔里的灯亮了起来，徐海峰只感到眼前的一切都蒙上了一层辉光。

他抬眼望着镜子里的自己，打开身份查询。查询的结果返回，李立石的名字投射在他的视野里。

一股寒意升起，让他不由自主地哆嗦了一下。他打开了和李立石关联的账户，2 000 万美元！8 位数字赫然出现在眼前。在备注里还有一串奇特的字符，徐海峰一眼就能认出来，这是一个加密的联系方式，可以对接特定的电脑。

黄华礼或许羞辱了他，却没有欺骗他。

徐海峰感到自己仿佛正站在万丈深渊之上，黑乎乎的深渊看不见底，却充满着致命的诱惑。

跳下去，是会摔得粉身碎骨，还是会御风而行，直到逍遥仙境？

他凝视着镜子，镜子里的人也正凝视着他。

✕

在上海远郊一幢独栋别墅的地下室内，一双手正推开一扇门。

门上刻着字：谁掌握了科技，谁就掌握了未来。

主人走进门里。屋子里到处都是屏幕，不断滚动着，中间的大屏幕上正是徐海峰的脸。

主人的视线越过屏幕，落在后边的墙上。满是屏幕的屋子里，只有这一处空白，显露出了墙体本身的样子。

墙上写着字：谁掌握了数据，谁就掌握了人！

闻鑫再次看了看徐海峰的脸，然后拨通了电话。

"闻总！"黄华礼的声音响起。

"他还在犹豫。"

"嗯，我知道。"

"我推演过 100 次，他都会同意的。"

"我知道。"

"但他犹豫的时间有点长。"

"他的性格比较倔强，容易发生极端情况。"

闻鑫沉默片刻："他入了组织，你就不要再接触他了。"

"好的。"

断掉通话，黄华礼抬头望了望窗外的大海。

海水碧蓝，就像天的影子。他低头看着电脑，电脑里的数据滚动着。他刚动完手术，取出了埋植在眼睛里的微芯片，为了进入网络世界，不得不使用这种古老界面。这会付出巨大的代价，然而值得——从此他不会再留下新的数据痕迹。

自由，总要有代价！

那个年轻人仍旧在徘徊挣扎。闻鑫的大数据已经说明，他终将踏上这条不归路。然而有人在明，有人在暗，这并不公平。自己利用这个年轻人脱离了困境，那么也该帮他一把。

数据流停止滚动，显示数据对接成功。

黄华礼合上了电脑。

徐海峰还在盯着镜子发愣。

他惊讶地发现，镜子里自己的脸上浮现出了一串文字。

"谁掌握了数据，谁就掌握了人。"

文字下方的镜面变成了一个显示屏，屏幕里，闻鑫正半躺在一张椅子上，注视着眼前的屏幕。屏幕里，赫然是自己的脸。

徐海峰皱起了眉头。

无形水,金刚石

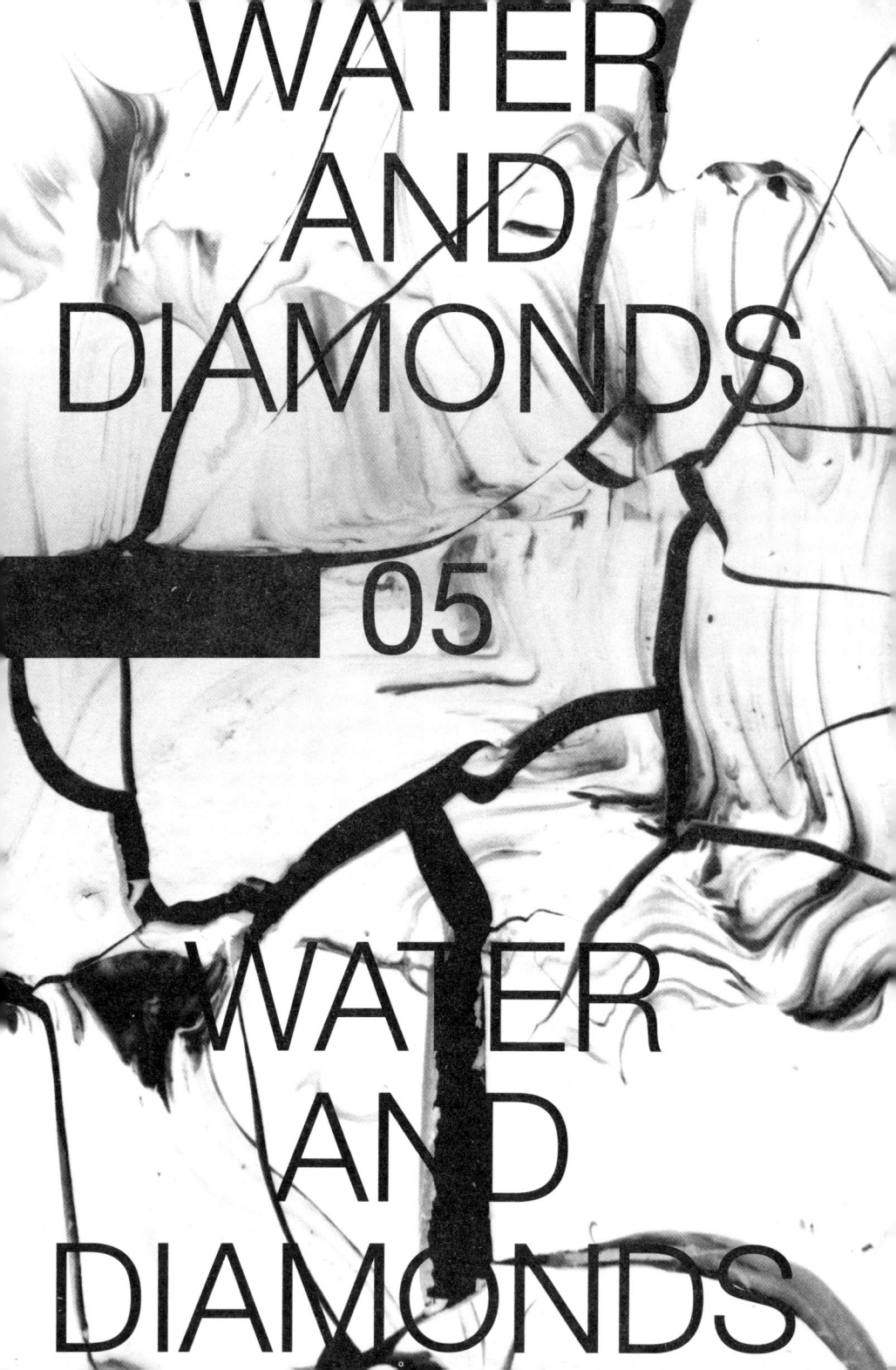

WATER
AND
DIAMONDS

05

WATER
AND
DIAMONDS

德里克 · 昆什肯

Derek Künsken

备受世界瞩目的加拿大硬科幻作家，擅长科幻、奇幻、恐怖小说，加拿大极光奖获得者，曾荣获埃伦·达特洛年度最佳恐怖故事奖、巴恩年度最佳军事科幻与太空歌剧奖、里奇·霍顿年度最佳科幻与奇幻奖、阿西莫夫读者奖。

代表作品有《洄游》《刺之道》《在日光照耀的阴影下》《来自未来的花粉》等。

本篇译者：何锐

凌慧翻身起床，关掉了闹钟。灯光柔柔地亮起来，渐渐照清了房间里的景象：竹子地板，智能墙壁上的架子和抽屉，搭在椅子上的衣服，还有一幅他们本该挂起来的画。温暖的被窝在诱惑她重新躺下，但她也想早点儿上班。

"独意，"她摇晃着丈夫。他咕哝了几声，把被子往肩膀上又拉了拉。

"独意，我得起床上班了。"

"好吧。"他说话的时候还是没睁开眼睛。

凌慧抚摸了一下他的肩膀，然后轻手轻脚地三两步走到了洗脸池那儿。他们的居室只有4米长、3米宽，没有窗户，但很安静，离卫生间和浴室都挺近。凌慧以前说，自己能感觉到地板随着居民点的曲度稍微有些弯曲，但独意说那是错觉。

凌慧穿上深蓝色的警员制服，静静地带上了身后的推拉门。她的两边肩章上各有一颗银星，上面压着两道银杠杠，代表着她属于局里最底层的干部。她靠着大学成绩和一点儿运气得到了这份职位，但她的职位还不够高，能分配到的套间不可能有独立卫生间或者能望到星空的窗户，也没有容纳婴儿的空间。

如果独意也工作，情况或许会有所不同，但他不想工作，也不必工作。没人必须工作。人人都有一套公寓，有食物，可以玩游戏，逛公园；而且每个人都有的那份津贴足够买下可能想要的大多数东西，以及全部的必需品。但凌慧想要更多。

她家公寓大楼外面宽阔的走廊其实在左右两方的远处都是向上弯曲的。这个时间点大部分人还没醒来，她要去一个小岗亭前排队，等候热气腾腾的圆面包一小炉一小炉地出锅。她拿到了一个粉红色的纸包，里面装着一个小圆面包，然后她在茶水站接了一杯水。

警局在居民点的另外一边，在中轴下面第十层。去那边要步行两公里，路过宽阔的步行街，转道经过几个公园。公园里有些早起的人，有的在练舞，有的在照顾草木，有的只是坐在池塘边的长凳上，在看得到巨大的金刚石窗户外头的群星的地方喝茶。凌慧也坐了过去，吃完了面包。身处群星之间总感觉有些不真实，但她喜欢朝他们新家园的外面凝望。

在这片群星中，只有少数属于地球上能看到的那些星座，这"少数"星星更亮，或者更暗，从而好似排列成了新的图案。那颗被他们称为"山鼓"的明亮 G 型恒星周围已经有 135 个人类居民点环绕。居民点的轨道半径为一个天文单位，由此它们获得了类似于地球上的日照强度。在离恒星更近的地方，一颗较小的气态巨行星围绕山鼓以每周一圈的速度飞驰。在这个恒星系的边缘，则有一颗质量是木星质量 4 倍之多的重行星以两年一周的速度懒洋洋地绕着恒星运转。在更远的地方是山鼓的伴星，一颗死寂的中子星，人们管它叫作"泰山府君"。它就像一个隐形的幽魂，循着椭圆形轨道围绕山鼓运转，周期为 430 年。

从凌慧坐着的地方看去，其他人类居民点在群星间连成了一串，那些微小的封闭世界小得难以分辨，但仍然像针尖那样反射着阳光。机器人造船厂灯光闪烁，那里正在分解铁镍质小行星，每个月产出一个新的居民点。每周都有 900 名新的殖民者乘坐运输船，通过中国太空人发现的虫洞抵达居住点，故这个产量只是勉强跟上。

凌慧不是第一个抵达办公室的人。白欢和艾芊都比她早来，已经在她旁边用矮隔板围着的工作间里坐着了。艾芊朝她眨了眨眼，仿佛在说："来得还算早，但我们已经拿走了最棒的案子。"

每个殖民点的警局都要监视成千上万个人工智能，它们在彼此分散的太空殖民地中维护社会和平，同时维护经济稳定。凌慧她们的人工智能负责搜寻欺诈行为、会计和审计的不当操作，监管信用的审核、合同的执行，管理贵重物品，以及监视博弈游戏的公平性。最后一项工作是最复杂的，也是人类最有必要复核的。

这倒不是说警员更能发现犯罪行为。自动化的公有制工厂提供食品、公寓、娱乐、健保以及教育等服务，所以人们并不需要什么，连工作都不需要。有些人选择用遥控设备去探索新的太阳系，或者去研究化学和天文学中的新奥秘。音乐、绘画、戏剧、文学、雕塑、厨艺、园林……山鼓周边的文艺百花齐放。不过目前，游戏才是最流行的打发时间的方式，其中包括和计算机对抗的游戏、学习游戏、竞赛游戏，还有些数以千计的设计者和玩家都在玩的大型网络游戏。

某些最复杂的警务就由此而生。当人们在游戏中提高等级、赚得装备和游戏币后，会把它们卖给其他玩家，以换得人民币或者其他游戏里的虚拟货币。但大约是出于人类的天性吧，人们时常会想寻求危险，想要逾越规则。尽管现实中的赌博是非法的，但在游戏世界中，消灭虚拟赌博几乎是不可能的。赌局以那些游戏设计出的虚拟货币结算，但由于它们可以用来购买游戏道具，而道具又可以出售变现，于是这些加密的游戏币具有了不应有的价值，扭曲了经济的发展。

凌慧对游戏并不热衷。她在地球上时曾试着跟独意一起玩过，但在这个新的太阳系中，从事一项真正的工作，为建立家庭做好准备看起来更加让她兴奋。独意则沉浸于游戏中，程度比在地球上过犹不及。

白欢斜过身子，眼神越过艾芊的头顶。"你错过了好案子。"他对凌慧说道。

"我一早过来拿到了一起真正的欺诈案，"艾芊说，"我可能会发起公诉。"这种情况可相当少有。

"独意很晚才回家，"凌慧打了个哈欠，"我一直没怎么睡好。"

"我们在北区 17 街的茶馆看了场戏。"白欢说道，"下次你也来吧。"

"我会试着把独意从游戏厅里拉出来，然后一起去找你们。"凌慧说，"我看看你们这些家伙给我留下了什么案件。"

"帮首"是凌慧的首席人工智能兼副手，监管着好几十个人工智能，它们本身又监管着成百上千个其他人工智能，而这成百上千个人工智能会对每小时传来的堆积如山的经济和游戏数据进行分析。每个班次开始时，每个二级人工智能都会提交值得人类注意的问题。艾芊和白欢还没标签的几十个问题看起来相当无聊，似乎又是些假阳性问题，需要对那些人工智能使用的算法做一些优化，这可不是警察的工作。不过有一件事看起来有些古怪。

《盛清》是一款文化浸入式的虚拟现实游戏，设定的背景是清朝康熙皇帝治下的社会。这款游戏中出现了一系列微型赌局，有人通过远程操作在一个番摊游戏上下注。通过虚拟游戏来赌博并不奇怪，下级人工智能会持续追踪交易，看是不是涉及现实货币。但令人感到奇怪的是，赌博的次数太异常了，超过1万五千次赌局，每次赌资只有两毛。

是有人在开玩笑吗？成千上万的赌局，总金额才刚4 000虚拟元出头，如果转换成现实货币的话，大约要除以3。微型赌局的数量如此之大，速度如此之快——全部在不到10秒钟内完成，这意味着肯定是某个人工智能下的赌注，但为什么要这么麻烦，专门让人工智能来做这件事呢？

凌慧让帮首去追溯那些交易，看看能否关联到某个人工智能或者人类的账户上。这会消耗好几个钟头的算力，如果人工智能队伍在幕后找不到公开的人名，那这些赌局可能是非法的匿名账户，就是安保部门要追查的对象。

"有没有不错的？"艾芊问道

"大概有一个人工智能在一款虚拟游戏里作弊。"凌慧回答。

艾芊大笑起来："保持监视。"

✕

独意这天晚上一直在床上翻来覆去，闹得凌慧直到早上 5 点也没睡着。她知道，自己算是睡不成觉了。

"怎么回事？"她问他。

丈夫呻吟了一声说："我不清楚。我们昨夜策划下一场游戏到很晚，我喝了好些能量饮料，还在兴奋状态中。"

凌慧揉了揉眼睛，坐起身来。

"你在游戏里有没有遇到过匿名玩家？"她问道。

"你问这个干吗？"独意的脑袋埋在枕头里说。

"我正在处理一个案子。"凌慧爱抚着丈夫，他身上很温暖，"某个匿名账户在一款游戏内的番摊间里搞了一连串微型赌局。用的钱大概只是游戏内的虚拟代币，但罪犯经常使用匿名账户。"

"我不用匿名账户。"独意语音含糊地说，"但我能明白它的吸引力。"

"什么？"

"他们总在盯着我们，无处不在，"独意说，"我们买什么、吃什么、看什么，我们的整个生命无时无刻不被监视着。"

"'他们'是谁？"

"所有人。所有的安保人员，包括你。所有那些卖给我们东西的商人。所有那些运行生命维持系统的人工智能。"

"没人会去翻看过时的数据。绝大部分数据永远不会有人去看。一切都只是经济。"

"数据库永远不会忘记一些事情，我们也永远不能独处。"

"为什么你需要独处？"她问。

"为什么一切都要被监视？"独意反问道。他翻身面对着凌慧。

"为了维系生命？"她开玩笑地回答道。

"如果仅仅是为了大众利益，那为什么你需要去追踪使用了一个匿名账户的人？为什么你不能让事情过去？"独意又翻了个身，背对着她。

"有人拿到了一个匿名账户，可能正在通过虚拟货币转移真的钱。"凌慧有些激动了，"如果他们能光明正大地用虚拟货币赌博，光明正大地用真钱买东西，为什么还要隐藏自己？"

"有些人不喜欢他们的每个行动都被人审查，"独意说道，"有些人希望他们生活中的某些部分只属于自己。我睡了。"

✕

　　争论之后，凌慧睡不着了，于是早早地去上班，比艾芊和白欢还早。帮首已经将今天需要人工复查的工作做了分门别类的处理。有些看起来挺有趣的，有个案子的行为模式可能涉及洗钱。凌慧正想拿下这个案子时，却看到了一个更奇怪的案子。

　　一个监控《南梁》的次级人工智能报告说，在夜间一个 8 秒长的时段内，有人在这款游戏里写了大量短诗，多达 2 万首。《南梁》也是一款文化浸入式的虚拟游戏，时代设置于南北朝末年，但相对来说不怎么流行。

　　多半是哪个人工智能出了问题，或者是在作弊，也许压根就是参与那些微型赌局的其中一个。凌慧的手指在图标上盘旋了一下，想要把疑似洗钱的案子扫进自己的任务列表，不过办完这个案子需要几个小时，完成之前其他人可能会接手那个更奇怪的案子。一次晋升能给她和独意带来一套更大的公寓，如果她能发现真正的洗钱案，那会对晋升大有助益。但她最后还是把作诗案件扫进了任务列表，其他的案子留给了队友。

　　2 万首诗是个足够大的分析样本，甚至可能得专门训练一个人工智能，看看能不能从元数据的差错中推算出一些原始信息。凌慧让帮首将它自己复制了一份，然后训练这个副本去运用它的调查技术研究那套诗。等程序开始运行之后，她开始浏览帮首对昨天那些微型赌局的分析结果。

　　帮首反向追踪了各条不同的支付路径，结果正如她所料，它们指向一系列的匿名账户，通过"山币"进行支付。"山币"

是一个许多游戏都使用的通用虚拟货币平台，这个平台从未涉及过多的人民币交易，官方不会关闭它，但如果观察得足够仔细，就会发现有些人乐意支付人民币购买山币。所以它有可能被用作非法手段，进行真实的赌局。

但这是为什么？

为什么要使用一种很难兑换成人民币的货币进行上万次的微型赌局？或许是某人的人工智能在机器学习中失控了？人工智能随时都可以被复制，被训练来学习新的技能。是不是有人太粗心大意，以至于他的人工智能训练得太糟糕，现在失去了监管，使用虚拟货币胡乱赌博？

帮首把那些微型赌局的数据排成了尽可能整洁的阵列，并显示出番摊游戏中赌资的总量，每一局的结果足足有几千行。从赌局当中看不出什么明显的节奏或者动机。胜负是随机的。番摊游戏是公平的，但如果考虑庄家抽头的话，所有这些神秘的微型赌局加起来则会使其损失 41% 的赌资。这无疑不是什么重大的案情。

凌慧刚开始后悔没选择那个可能是洗钱线索的案子时，白欢、艾芊和他们的上司就进来了。

✕

凌慧回到自己的公寓时，独意不在。他没有留言，也没有回复她的短信息。她换下制服，不紧不慢地边做清洁边看空房列表。她很快厌烦了，而独意还是没回音。他们作为配偶登记注册了，可以在任何时候找到另外一方，于是她查询了一下，发现独意在 15 层，居住点轴心附近，在一家名叫"无形水"的游戏厅里。

这名字本身就是个暗示：在游戏厅里，任何人都可以扮作他们希望成为的任何角色。肉身、时间、距离、环境，一切都可以流动，注入新的容器中。独意曾经跟她说过，玩家们喜欢将游戏和居住点区分开来，将它们分别比作无形水和金刚石。前者可以变化万千，而后者不行。凌慧喜欢坚实可靠的生活，喜欢她周围的人们。

她沿着外墙上的步行道一路朝着居民点前方走去，然后选了一台辐条电梯上去。她跟其他乘客必须系上安全带，这倒不是因为路程太远，而是因为电梯上升时侧向科里奥利力会"捉弄"人们；而且当电梯到了居民点的中轴附近时，剩下的那点虚拟重力也不够把人固定在地板上。

凌慧跟随人群，一点一点地沿着绳子移动。有些人用手、脚趾和脚后跟蜻蜓点水般地疯狂地旋动着手臂越过她，冲到前面去，但她在中轴附近的时间不多，没信心脱开绳子移动。

远处走廊霓虹闪耀，有蓝有绿，有粉有黄。游戏厅在居民点内占据了好几层空间，一直到外壳都是它的地盘，尽管很多游戏都设置在中轴附近：这里的零重力可以作为虚拟游戏体验的一部分。

"无形水"这里没有服务员让她询问独意在哪里，但有个动画版的增强现实助手投影到了她的眼睛里，叠加在涌动的人群上。

"我能为您上一款游戏吗？"那个助手问道，"今天登入人数最高的几款游戏是《阿兹特克神枪王子》《旧制度》❶《龙骑士大冒险》，还有《大鼻子情圣》。"

"我在找勒独意，"凌慧说道，"我是他妻子。"

助手犹豫了一瞬间，在此期间认证通过了她的要求。

"勒先生在打《鸦片战争》，这是《盛清》下面的一款子游戏。"助手回答说，"不过他在游戏设定中选择了免打扰模式。"

凌慧有点气馁，她不想再独自度过又一个夜晚了。

"我能撤销这个设定吗？"她问道。

助手陷入了发呆状态。从她对人工智能的了解来说，对方正在复核权限，甚至可能在跟独意的人工智能助手交流。

❶ 指法国在大革命前的国家制度。

❷ 第一次鸦片战争中虎门之战的前奏。1841年1月7日，英军14艘战舰和清军15艘帆船在穿鼻洋交战，结果清军大败，英军损失甚微。

"你在有权撤销该设定的人员名单里，"助手说道，"但勒先生正处于第二次穿鼻洋之战❷中。他和另外35名玩家制订了一个复杂的计划，以挫败英国人的入侵。勒先生正指挥着一艘关键性的帆船。你要不要考虑一下，等到战役结束？"

"我等，"凌慧说，"但得让他知道我

在等。"

那张动画脸露出了一个感激的笑容："在等的时候要不要试试某款游戏？"

男人、女人、孩子，各色人等在游戏厅门口进进出出。微笑或大笑着讨论某款刚玩完的或即将玩的游戏，以及其详尽的细节和宏观战略。"无形水"的助手露出天使般的笑容。

"在《盛清》的主游戏中还有没有空位？"她问。

"当然有。818 号舱您喜欢吗？"助手问道。

"我能匿名登入吗？"凌慧紧接着问道。

助手遗憾地摇了摇头："你需要实名认证登录，但你可以随意选择化身。"

她跟从指引到了 818 号舱，这里的空间大到她能伸直两臂都够不到墙壁。她钻进在微重力下悬在那儿的体验服，检查了一下绑带的位置——它们能自动调节，时紧时松，以模拟奔、行、坐、立等动作，以及引力变化等。一个感知头盔套在了她头上，这东西其实是个感知剥夺装置。游戏将视觉信号投影到她眼睛里，声音则传入她耳朵里的植入装置，同时会在合适的时机释放微妙的气味。在视野边缘有个不起眼的"设定和退出"控制盘，她按下了"开始"键。

眼前，17 世纪晚期的北京图景在她周围成形。白昼耀眼的阳光、泥泞街道上拥挤的人群，还有色彩斑斓的天际，这景象让她大吃一惊。小贩们在朝她大声叫喊，兜售东西。在现实生活中，她知道怎么穿过人群，但置身在虚拟的人流中，她有种奇异的不真实感，不知道自己的存在终止于何处，其他事物从哪里开始。不过，大地支撑着她的双脚。她的长裙坠在臀后，有些不自在，她走几步就会撞上人群。

点进好几级游戏菜单，她才看到了"Play"的选项，找到了前往这个时代的番摊游戏的路径。赌博在这个时候不怎么合法，但高官们总是有办法绕过司法的限制，所以许多赌局都在这些士绅们的豪宅华厦中举办。她找到了一处较小的宅院，试了几次之后，通过用铜板贿赂门子的方式进入了院子。

番摊的桌子并没有她想象中的那么引人注目，不过模拟的相似度倒是令她印象深刻。高高的天花板下悬挂着粗大的木梁、木制窗格、用胶泥黏合的石墙，甚至连沏茶的香气都有，她有一种缥缈的感觉，似乎不仅是身处此地，更是对一个她从未到过的地方生出了一股思乡之情。山鼓周围的居民点里充斥着古老中国的氛围：弯曲的线条、拱门、面对假山的小径，还有那些公园的布置格局，映照着千载悠悠的园林时代。

凌慧感到仿佛回到了自己的家，但时不时地，现实就会潜入她的头脑：她在围着一颗恒星飘动，它的光芒要64年以上才能到达地球。尽管她的世界是坚实可靠的，但有时候还是觉得它像是虚拟的，仿佛她正身处一个剧情极其稀少的游戏中。独意寻找的就是这样的感觉吗？一个框架，好安放他们的生命，他们的意义？

这个游戏间里有6张木桌，周围凌乱地放着一些凳子和椅子，供人们观看番摊赌局。庄家们会抓两把纽扣放进当作摊盅的碗里。荷官们数出纽扣的数量，收缴支付赌资，赌徒们高声叫唤着要吃的、茶水、黄酒，或者彼此交谈，或者为胜负狂呼大喊。

凌慧靠近一扇屏风观察赌局，阳光从木板缝里照过来，在她背上闪烁。这里有多少是真人，有多少只是经过训练来模仿人类行为的人工智能副本？要是这里只有她一个真人呢？她不知道自己对于独自一人的"社交"会有何感受。这与人工智能助手或者帮首之间的交流也是不一样的。这不是社交，仅仅是生存。

凌慧在游戏里打开了一个虚拟窗口，访问她的工作区，好再看看那套微型赌局的数据。这时所有 1.5 万次微型赌局的资金总数只占开始时赌资的 1% 了，但那些赌局还在持续地把赢回的那点钱返回番摊赌桌。她查询了那个赌客的位置，然后跟随显示在她眼睛里的图标到了一个后厅，这里更昏暗，照明不好，烟雾缭绕，没多少噪声，也没多少服务。衣衫褴褛的男人们挤在桌旁，有一搭没一搭地进行着赌局。模拟很棒，但角色的行为断断续续，一再重复，这样算力会很低。

她感兴趣的那个虚拟人坐在离门最远的地方。它没有抬头张望，行为方式一成不变。它看起来只有 6 种动作，其中 4 种是向番摊的 4 种可能结果下注。它往方格子里放了一些小小的铜板，每个只值 1 文。

庄家收走了输家的赌注，然后把彩金放进第四个格子里。那个赌博的虚拟人放在第四个格子里的一文变成了 2 文，但输掉了其余 3 文，总的钱数减半了。凌慧不明白怎么会有人使用这样一套赌博方案。这对于任何人来说都没有好处，就算是犯罪分子也一样。这案子看起来越来越像是由人工智能失控所引发的了。

凌慧退出房间，然后结束了游戏。黑暗包围着她，VR 控制盘在她眼前成了明亮的黄色和绿色。一连串菜单弹了出来，请求她给《盛清》打分，其他的游戏也在邀请她。

"这里有《南梁》吗？"她问道。

她说明了之前看到过的那套诗歌的原点，然后激活了随之出现的图标。

一个山清水秀的世界出现，绿水青山环绕着她。游戏告知她，她此刻正处在洞庭湖附近的一个花园中。修剪过的草地边上矗立着橡树和月桂。她踏过松软的草地，清新的空气让她肌肤凉爽。在远处，其他散步的人在欣赏碧色湖光。绕过一个平缓的弯角后，一座佛塔的顶尖在一片松林上方浮现。

她朝那边走去。凹凸有致的塔顶是棕色的，上面撒满了落叶，墙是敞开着的。在第一层的木地板上，成百上千的小纸卷被微风吹动。她捡起一把，然后打开其中一个。这些南梁时期的书法华丽、自信而又美妙，独立于所写的词句：

> 煮豆火星燃豆萁，
> 豆萁焰中号并泣。
> 吾辈本非同根生，
> 追逼相煎何太急？

虽然她并不是专家，好歹也读过一些南朝诗歌，但这几张纸条上写的东西毫无逻辑，零七碎八，缺乏韵律和美感。成千上万这样的垃圾充斥着佛塔。她的助手下载了一个文字分析人工智能，但它给出的报告也毫无启发性，背景材料也一样。

南朝诗歌是它所属时代的产物，一个特殊年代的国族认同的表达。南朝的诗对之前时代的学问和文化非常看重，时常引用过去的文化和诗歌。一首诗会引用另一首，层层垒叠。南朝诗歌是通过艺术化的表达而进行的一种抵抗，尽管南朝的诗人已远离北方故土，但他们仍坚信自己是华夏贵胄，比在北方的那些政权更正统。

为了能完整欣赏南朝诗歌中的典故、符号和华美意象，读者必须浸淫于更早期的经典和诗歌之中。游戏《南梁》是个能让那些乐意在理解这种构造的微妙之处投入精力的人们透过文学寻找认同的地方。

独意发来的一条消息出现在她的视野中："你在哪里？"她发送了一条快捷回复说马上就到，然后关闭了游戏。她艰难地解开身上的绑带，与此同时，游戏厅不断地用动画骚扰着她，要求反馈。她让自己的人工智能助手随意回复反馈，她只要离开这里就好。

独意在休息室里，看上去有些不耐烦。

"嗨！"凌慧跟他打了声招呼。

"你在玩游戏吗？"

"我只是等待期间溜进去看了两个，我没玩。"

"是什么游戏？"她告诉他之后，他显得很不以为然。

"你的游戏打得怎么样？"她问道。

独意耸耸肩："我们输了。"

"穿鼻洋之战的结果是没法改变的。历史已经发生了。"

"最重要的是了解历史，以免重蹈覆辙。"他说道。

"我们现在跟鸦片战争时代的情况没多少相同之处，"凌慧说道，"英国人并没有试图把毒品强行输入我们的国家。"

"300年前，英国人让我们购买他们的鸦片，我们无法抵制。"独意说道，"现在我们有了一个虫洞，可以建造居民点，尽可能快地学习，但我们并不是太空中唯一的国家。我们并不是唯一在学习、在成长的国家。未来我们有可能还会面对某种类似鸦片战争的事情。我们现在就该考虑这点。"

"太空很大，"她说道，"大得足够大家分享。"

独意看起来并不相信这点。

"你想要我跟你一起玩吗？"她问道。

独意做了个怪相，半是感动，半是揶揄。"这是战棋玩家们的领域。"他说道，"我们研究历史上的战役，分析成败的缘由，然后看看能做些什么来颠覆战局。要成为一名我们这样的玩家，需要投入很多时间和精力。"

在微重力环境下，他们小心翼翼地站着。如果谁扭动一下身子，他俩可能都会飘到空中。

"他们还在游戏里等我。"最后独意说道。

"噢。我们今晚可以多花些时间待在一起。我不当班。"

"我们很久以前就定好了计划。"

"但我们没多少共处的时间。"

"你每周花40个小时在一项你根本不需要做的毫无意义的工作上。"

"那并不是毫无意义的！"凌慧说。

独意做了个夸张的手势说："这里没有犯罪行为。你把自己的时间每天都花在追踪几个赌徒留下的琐碎线索上，而他们没伤害任何人。"

"我希望我们能拥有更大的住房。"凌慧发现有几个路人正在看他们，于是放低了自己的声音，"我希望我们能拥有足够大的空间安家，在群星之间的一个小家。"她边说边抚摸着男人的臂膀。

"你把时间花在了你的爱好上，"独意说道，"而我则花在我的爱好上。"

她泄气地说："好吧。"

"回家见。"独意说。

"好。"

凌慧比上班时间提前了半个小时到达警局办公室，早得她还能跟值夜班的调查员和主管聊几句天。

帮首一直在分析那些微型赌局，已经从那些交易追溯到了一颗编号为 H4387 的远程通信卫星。山鼓的轨道上有几百颗这样的卫星，很快就会有几千颗通信卫星运行。通过一颗卫星的路径来发送信息和程序无疑会掩盖某些人的位置，如果他们使用的发射机是自己打印出来的，就会更是如此。但为什么要掩盖一系列无利可图的赌局呢？赌徒手里的钱会按照一条标准曲线减少。经过一晚上，最初的赌本就基本蒸发得一点儿不剩了。

不存在犯罪行为。

　　凌慧让帮首去征调了那颗通信卫星的存储和交换历史清单。这件事实在奇怪，所以她又向上级递交了一份申请，请求把这颗卫星的维护优先级调高，这样他们就可以向轨道维修机器人发送调查人工智能的申请。她希望自己没有越权。

　　帮首的副本已经在夜里完成了初步分析。凌慧不知道能从诗歌里分析出啥来：韵的格式还是选词频率？她从没拿诗歌来训练过人工智能，用的都是金融信息、交易和合约终止等相关数据，所以，如果这个人工智能找出了大量虚假的联系，她也不知道该怎么纠正。

　　人工智能副本进行机器学习是靠着阅读所有现存的经典诗歌，着重看六朝时代的。这个副本由此获得了一套全然不同的技能，完全可以冠名"文学帮首"，因为它能追索文学典故和引文。文学帮首将那些小诗作为六朝诗歌的各种形式进行了分析，追索出了其中的典故和引文。

　　结果创造出了一个环环相扣的结构，文学帮首将其按照接收的时间排序，绘出了一个上升的螺旋。那两万首诗用发光的黄字显示。诗歌和哲学引文之间用线相连。蓝色的线条是真有历史出处的引文，来自近 2 000 年前。红色连线代表的是没有历史基础，但仍然遵循东晋文学的格式，引用了那个时代诗歌当中的其他诗歌结构和元素。连线的总数大约是 9.6 万条，这些引用关系本身形成了一个盘根错节的艺术品，看起来十分美观，仿佛一条节节攀升的阶梯，足有两万级台阶，熠熠生辉，直上星空，其间隐喻交织成网。

不过，这一切都可能仅仅是些假阳性结果的堆积，图形精妙，但毫无价值。人类的干预能帮助人工智能进行学习，但就算是最棒的人工智能也会看到些并不存在的东西。于是凌慧开始慢慢地阅读那些诗歌，从底层入手，沿着那些它们引用和被引用的线条前进，检查文学帮首的工作成果。

没过多久她就发现，文学帮首并没有给出太多的假阳性结果。信息间确实存在大量联系，而且她检查总的状况时发现，文学帮首实际上并没有真正完成工作。它只是在到达设定好的时间之后停了下来，寻求她的批准。如果她运行程序的时间再长些，这个人工智能便会显示出更多的连接。这似乎完全没道理。对象又不是个无限集，只是两万首诗的文本。文学帮首应该能处理完才对。

她更深入了一步，试图看看分析要到哪一步才可能结束，寻找那些闪光的连接线密度达到峰值的节点。她发现了一个关于词语甚至哲学概念的典故，但也找到了关于韵律和节拍的元典，出现得比真正的东晋诗歌还要频繁。难怪文学帮首停下来等待指示。这件艺术品只完成了一半，但如果这些诗性的自我引用层面一直这样延伸下去，继续分析下去的消耗将会极其巨大。

"这是什么？"艾芊问。

"一团糟。"凌慧回答道，"诗歌，两万首诗，创作于8秒钟之内。"

"作者是个人工智能？"

"只能是吧。"她说，"有人可能让一个人工智能进行了机器学习，然后失控了，接着它就创造出这些无厘头的诗歌来。"

　　"挺漂亮的。"白欢侧身加入了她们的交谈，"你应该把它当作一件艺术品来看待。也许该变换下颜色。"

　　艾芊和白欢转向了其他话题。凌慧保存了文学帮首目前的结果，然后换了下数据的显示方式，以查看在那复杂的几何结构中是不是看漏了什么。帮首掌管着一些下级人工智能，它们能够进行统计分析和更复杂的数学研究。它们通常的任务是监控股票交易和市场波动，寻找内幕交易或操纵价格的迹象，但这回凌慧让帮首复制了一些结果发到警局的服务器上，看看它们对这堆乱七八糟的东西有何想法。然后她告诉文学帮首继续工作。

　　一条来自她上级的信息出现在她的显示屏上。

　　凌慧起身去了小办公室。孙馈华比凌慧大5岁，她的肩章银条上有两个点，而凌慧只有一个。作为一名二级警司，孙馈华有一间较大的公寓，她已经有一个孩子了。

　　"凌慧，"孙馈华说，"这个请求很奇怪啊。"

　　"维护优先？"凌慧说，她做了个鬼脸，"这案子有古怪。"

　　"我审查了你的文件，"孙馈华说，"只是一些新兴的人工智能的荒唐行为，我们应该把这件事交给维修部门去收拾。"

　　"我知道，只是那些交易是通过卫星传输的。"凌慧特意停顿了一下。她只有一些直觉。她在试图把孙警司拉过来，支持她的直觉判断。凌慧继续说道："如果那些微型赌局来自卫星，那么出了故障的那个人工智能可能甚至都不在这里，所以我们需要追踪它的来源。否则情况可能会变得更糟。"

　　这并不全是真话。她不知道状况会不会变得更糟。出现故障的人工智能往往会引起维修部门人工智能的注意，然后在没有任何人为干预的情况下被删除。凌慧屏住了呼吸。

"我知道你很努力，"孙馈华说，"我知道你正在寻求晋升，有雄心是件好事。我会提交你的请求，不过，这只是为了让你得到更多的经验，比如了解案件的处理机制，以及你需要面对的官僚机构的种种情况。与此同时，你再去跟踪几个普通一些的案子吧。跟在维修问题后面打转不会让你为人瞩目的。"

凌慧感觉脚下轻飘飘的，好像险些跌倒似的。"谢谢你，警司。"她说完就匆匆走出了办公室。

她回到工位上时，帮首给了她一个惊喜。

"这是什么，帮首？"她说。

她的人工智能显示出了一个分形图。

"几何学人工智能尝试了400种不同的映射方法，来展示当前诗集连接的分析结果。"帮首在她的植入耳机里说道，"在消除了非自我引用映射系统之后，诗集连接专注于不同的分形映射技术。这是最接近的结果。该集合并不是真正的分形，因为它缺少几何图形可以不断重复的无限尺度，但在诗集内部关联的自我引用尺度下，图形可以以分形的方式重复。"

凌慧的大脑僵住了。

用一种死去的文体写下两万首诗歌，创造出一个只有专门的数学人工智能才能发现的分形，只有人工智能才能做出这种事。但除非某个营销人工智能出了毛病，还有什么理由可以让人工智能做出这种事呢？有人正在通过人工智能搞恶作剧吗？如果有人的创作深奥到了这般地步，很可能永远也不会被人发现其中奥妙的抽象艺术。

帮首还有第二样东西等着她看。次级人工智能从那些诗歌出发，追溯网络路径，在通过了变化多端的服务器和授权协议后，也走进了一个奇怪的死胡同。发送诗歌的信号也是通过一颗通信卫星传来的——H4387。

凌慧盯着显示屏看了好一会儿，试图厘清头绪，感觉自己就像是一个人工智能，卡在了某些没被训练过如何处理的东西上，那些东西在现实世界中提供的实例太少，不足以让人知道该如何处理。帮首等待着她，它有无限的耐心。她让帮首再次展示那些微型赌局和分析结果。二者之间有何关联？她还让帮首检查两组数据之间有没有任何关联。答案很快就出来了——这两个数据集之间毫无关系。她请求人工智能去复查来自卫星H4387的传输。于是，她让帮首把它的数学人工智能派去查看那些微型赌局的数据。

"你看起来有些沮丧。你还好吗？"艾芊小声说道。白欢出去休息了，其他的警官正聚在办公室另外一头聊天。

"还好，"凌慧打起精神说道，"只是被这个案子搞糊涂了。也许这并不真是个案子。"

"你会搞清楚的。"他安慰道，"独意最近如何？"

"很好啊，"凌慧说，"我去'无形水'见了他。他忙着打游戏，所以我很少见到他，但他讲的话很对。我每周都在这里忙，他则忙着玩游戏。我们都在用某些事物充实各自的生活，都在尽力将自己的时间表安排得更好些。"

"你跟他一起玩游戏了？"

凌慧嗤笑一声："我看到他在玩什么了。我不认为自己适合扮演一位风帆时代的中国船长。"

她跟艾芊讲了一下《盛清》，以及她和丈夫之间的对话。艾芊露出一副同情的表情。

"有些人就是喜欢打打杀杀。"艾芊最后说道，"我曾玩过一次世界大战题材的游戏，那个太真实了。我现在更喜欢玩《飞龙》。"

"我不觉得他玩游戏只是因为喜欢打打杀杀。"凌慧缓缓地说道，"《盛清》当中的《鸦片战争》似乎对他和另外一些战略游戏玩家有特殊的意义。他们一直在反复尝试，想要击败英国人。就好像形势岌岌可危，他想要成为中流砥柱。"

"在一场 400 年前的战争中？"艾芊反问道。

"他说战争总会再爆发，而我们又飘浮在太空中，如果其他国家有所企图的话，没人知道太空战争会导致什么结果。"

"你们可并不岌岌可危。"艾芊说道，"你们在这里的群星之中找到了安身之所。"

"这就是为什么我可以帮助独意。"她说道，"这就是让我们成为天生一对的东西。"

"当然。"他说道。

帮首在凌慧的眼角投出了一个信标，提醒她注意。

"不聊了，"她说道，"我那个不是案子的案子有进展了。"

那些数学人工智能已经完成了对那些微型赌局数据的分析。赌资的总数形成了一条相当标准的衰减曲线，这是意料之中的事情：平均胜率是负的，而且赌场还要拿走一份抽头。同样的曲线也出现在年金折扣和放射性元素衰变的情况里，只是衰减的速率不一样。这些数据当中不存在自我引用的问题，没那套诗集那么复杂。又是个死胡同。只是一条普普通通的衰减曲线。

帮首的下级人工智能也搜寻了居民点里的通信记录。通信卫星 H4387 又发送了另外一条奇怪的通信。这很奇怪。H4387 上的两个发射机同时发送出相同频率的信号，然后这两个信号恰好在居民点的天线接收点上相互交汇。在被接收的那一刻，交汇的信号形成了一个干涉图样，信号主体遭到了破坏性的干扰。在残余的部分里，人工智能没有发现任何信息。人工智能的香农分析结果是一根水平线，证明干扰图样中没有一星半点儿信息残留。她肯定是不自觉地哀叹了一声。

"怎么了？"白欢说。凌慧都没注意到他什么时候从外面回来了，但他正忙，屏幕上显示着一个财务报告。

"垃圾。"凌慧说道，"全是垃圾。"

下班以后，凌慧和独意一起沿着公园里的一条小溪漫步。公园很大，足以让他们看出居民点的微小曲率。看着他们的世界向上弯曲让人有些头晕目眩，如果将双眼略微错开一点，就会让他们感觉仿佛身处一条山谷之中，而不是在一个坚硬的壳体中环绕着一颗恒星旋转，家乡远在好几十光年外。

小溪底部的岩石是固定在外墙上的，水流在上面汩汩涌动，模仿出遗落在地球上的美景。实际上不止于此，环绕山鼓运转的这些公园可以做到地球上任何公园都做不到的事情。在公园中心，溪水流过一道小丘，坠入 3 米下的池塘，发出一阵低沉的隆隆声，把整个公园都笼罩在幻象中，仿佛人们回到了地球，回到了天然的世界里，正身处野外。居民点的旋转造成了重力的假象，但它也同时让瀑布弯曲。

独意一直默默无语。凌慧也不知道该说些什么。他们了解彼此的一切。反复谈论他们的日常太无聊了。他们排队等候，直到能近距离观看瀑布。落下的水流只弯曲了几度，人们前来公园就是为了站在瀑布前方，在这里他们能分辨出自己身处一个新的奇妙之地，同时痛苦地察觉出这里并非故乡。凌慧试探性地握住了丈夫的手，然后松开手，继续散步。

"我们的大脑准备好了面对未来，"独意终于开口了，"但我们的心态没有。"

"这话是什么意思呢？"

"人们常说，鸦片战争是中国近代史的开端。"他说道，"在那之前，我们有 4 000 年的稳态。从那时开始，我们一直在把自己拖入一个新世界，有时候跟随世界潮流，有时候引领它。每过一二十年，我们就不得不完全重组我们的社会。我们从未停下脚步，从未简单地存在。"

"我们很快就可以了。"凌慧的手搭在他的肩膀上，"我们现在在自己的新家。我们有时间，有自由，可以做任何想做的事情。机器为我们建造家园、打扫卫生、培植食物。我们从未有这么充分的自由，可以选择做自己想做的任何事。我们可以停下来，开始建立家庭。"

独意没有回答她。他回头望着瀑布。他们现在的角度偏了些，所以瀑布的弯曲看不到了，不过他们知道它还在那里。它这副"正常"的样子是假象。凌慧倚靠在独意身上。

"要我给你泡茶吗？"她说道，"或者我们可以出去听听音乐会？"

独意耸了耸肩。

"我刚收到一条战争游戏群里发来的信息，"他说，"有些人准备在'无形水'聚会。他们在用不同的数据训练一些人工智能，希望能模拟出新的战略来。"

"噢，好吧。"她朝丈夫笑了笑说。

"回头见。"

独意走开以后，她觉得自己好像稍微对居民点的自转有所感觉，尽管她清楚那是不可能的。可是那种脱节感更严重了：她的世界只是一层薄薄的金属，在太空中穿行。似乎如此，又似非如此，就像那瀑布一样：它是弯曲的，但在这里看不到。

她不想回公寓去，可公园里满是成双成对或者携家带口的人们，她在这里感觉有些奇怪，有些尴尬。她朝警局办公室走去。她没换制服，直接进门，迎着上中班的同事们好奇的目光。她朝中班主管挥手致意，然后发现帮首在她出现后就给她找好了一个空着的工作位。

她惊讶地看到，它们已经从访问过 H4387 号通信卫星的维护机器人那里得到了反馈数据。她本以为这要花好几周时间，但有个机器人正好就在附近工作，于是轨道交通控制人工智能找到了一个方法调整维护路径，并找到了对维护时间表的干扰最小化的方法，只要多花点燃料就行。无论把那 3 条消息通过人造卫星传输到居民点的是谁，她现在可以看到他们的所在了。

帮首把位置给她画了出来，她跌坐到座椅里。3 次分别进行的传输全都来自大致相同的方位，但在那些时段的那片天区内，轨道交通控制人工智能没有任何其他居民点或者卫星或者机器人出现的记录。

"小行星呢？"她问道，"也许某些方面会有些发射信号的设备不知怎么就没有登记，或者丢失了？给我显示所有传输位置，以及在那些时段可能在附近的一切，做个图，把天文学数据和轨道控制的叠加起来。"

她并没有发现犯罪，但如果她发现了轨道上有可能造成危险的未登记天体，轨道控制局需要知道。

事情越来越怪了。沿着 H4387 号卫星接收到的传入信号反向外推的路径，一路延伸到了这个太阳系之外，一路完全没遇上任何东西，直到它们抵达 80 个天文单位之外，离山鼓的中子星伴星近得可怕的地方。那里仍然没有任何可能发出信号的物体。

"帮首，通信波束传输中是否离泰山府君太近，会被其引力影响？"

她的人工智能殷勤地重新绘制了显示图，把之前它没从学习过程中获知需要考虑的广义相对论效应加了进去。考虑引力效应后，这三个信号可以肯定是从离那颗中子星的表面非常近的地方经过的，它们的路径被弯曲了。

将信号发送到了 H4387 号卫星上的那个东西是在这颗死星的另一边，不在其目标的视野范围内。人类有几颗科学卫星环绕泰山府君运行，但没有任何东西有足够的处理能力，可以如此完美地补偿引力作用，让它们可以将信号越过一颗遮挡视线的中子星投射到 80 个天文单位外那颗看不到的人造卫星上。

"有没有哪颗已知的人造卫星处于合适的位置，可以把信号转发到 H4387 上？"她还是问了一下。

帮首给出了否定答案。

现在她发现了犯罪行为。如果外面有未登记的人造卫星，还装备着强力得足以让信号绕过中子星传输的人工智能，那是哪家公司建造的？为什么它们要黑进山鼓周围的通信卫星？它们还可以黑进其他什么设备？

中班人员开始下班，夜班人员正在到来。夜班人员比中班还少，所以她用不着换地方工作。她的夜班同伴们好奇地向她打招呼，她回以微笑，竭力琢磨着自己的案子。她发现了 3 次传输，每次都进入了游戏系统，而不是那些关键系统，但视乎动机，这些行为也完全可能被看作犯罪性的黑客行为。

第一次是一套复杂的诗集，看起来完全无厘头，只是作为一个整体，它们看起来描绘出了一个分形，这结果如此罕见，因而必定是有意的。第二次是一系列的赌局，按照一条非常标准的衰减曲线最终输掉了所有的虚拟货币。第三次，也是最后一次的消息中完全不包含任何数据，其原因是传输过程中一次明显精心设计出的干涉。她的人工智能没有在任何一个信号中找到隐藏的木马软件或者是病毒。

凌慧站起身来，揉了揉眼睛，开始步行回公寓。步行回家的这一路并没解决任何问题，而且尽管已经是深夜了，独意还是不在家。凌慧定位了他的人工智能助手。他在"无形水"。

凌慧发过去一条信息:"你回家吗?"回执显示他的人工智能收到了这条信息,但独意并没有看到。她自己的助手很快就解释了原因——独意移除了她在游戏时间打扰自己的权限。

她坐到了床上,眼睛火辣火辣的。

独意……他需要这样。他们身处太空,远离故乡。"无形水"和游戏可以让他成为任何人。他可以尝试新的形体,以对付思乡之情,还有,在一个他们无须工作,无须做任何事的地方,在生活中选择任何道路的诱人机会。但为什么自己不跟他一起那样做?是自己太固执了吗?这里的问题不只是思乡之情以及尝试新的身份和环境。在星空中还有其他的国家,这就像是一场竞赛,似乎那个拥有了最多的小行星工厂和太空居民点以及虫洞的国家会赢得某个奖项。但人们一直都是在这样的历史中活过来的。竞赛总会产生少数赢家和许多输家。出于某些原因,独意对于这场竞赛有种她不能理解的恐惧。为那场竞赛做准备会让他感觉好过些。但他需要多久才能走出来呢?

凌慧重重地倒在床上,盯着天花板。它其实是金属的,不过表面是竹子。她有种奇怪的感觉,这样的感觉其实并不是第一次了,就仿佛她仍然能感觉到居民点在旋转,仿佛她的公寓在太空中旋转一样。她搭乘在一个坚硬的金属罐子中,以每秒28公里的速度绕着一颗恒星飞旋。80个天文单位外有一颗死星,有人从它后面发来了一些无意义的信息。

为什么?是谁?发送这些消息所需的专业技术相当可观。这些堪称数学上的壮举。为什么要把它们悄悄塞到游戏内的虚拟加密货币背后？她是不是截获了罪犯之间的通信信号，一些她还没有解密的消息，一些她的人工智能在诗歌中没能找到的更深层次的东西？他们在隐藏什么？他们是谁？这告诉她了什么？人们躲藏起来是在害怕的时候。他们怕的是警察，还是工业间谍？还是他们像独意一样恐惧这场竞赛？或者他们不想被观察到？

这念头让她产生了一个骇人的想法。她质疑着自己的想法，直到她酸痒的眼睛再也睁不开。她没有脱衣服，直接滚进被子，一觉睡到闹钟响起。

独意还没有回家。当她定位他的人工智能时，他仍然在"无形水"中。

在警局办公室，凌慧收到了来自孙馈华的会面要求。她敲响了警司的门框。

"你还好吗，凌慧？"孙馈华问道。

"还好。"凌慧说道。

"我需要向我的上级汇报我的季度资源申请情况，"孙馈华说，"卫星实体检查进行得如何？它对案件有帮助吗？你找到坏掉的人工智能了吗？"

"没有，"凌慧硬着头皮开了口，"但我找到了些更奇怪的东西。"

凌慧向孙馈华展示了她遇到的那些各自不同的死胡同。她每说一个，就越发觉得自己并不想冒降低上司对自己的评价的风险。失败会不会比推出一个疯狂的想法更好？孙馈华审视着展示在她智能桌面上的结果，做了个鬼脸。

"我们没有权力继续对泰山府君进行调查，"孙馈华说，"警局里没有人有这个权力。这超出了我们的管辖范围，超出了所有人的管辖范围。我讨厌留下悬案。"

"我有一个想法，"凌慧说，"但它很疯狂。"

"我的日程表里还有 4 分钟，"孙馈华说话时查询了下她的桌面。

凌慧深吸了一口气，就像是准备潜入湖中一样。

"如果这是个地外生命案例呢？"凌慧说道。

孙馈华的表情变得充满怀疑，她往后一靠说："你遇到了一些奇怪的案件，然后你提出，外星人在我们的番摊桌上赌博，还写了一堆东晋同人诗？"

"我们寻找外星人已经有很长一段时间了，"凌慧说道，"我们向太空发射信号。我们认为告诉外星人我们是智能生物的最简单的办法是互相展示素数，因为要理解数学需要智力。"

孙馈华的眼睛眯了起来。

"这是最简单的方法，"凌慧说，"但如果它们向我们展示一幅衰减图，或者一个分形，或者一次电磁波干涉图样呢？我们会得到同样的信息。在那里存在智能生命。"

孙馈华身体前倾，用胳膊肘杵着桌面，但看起来并不太信服。

"我在想，为什么会有人要绕过那颗中子星发来消息？这可能是某些外星人在向我们展示，它们懂相对论。"凌慧说道，"然而，它们把所有这些信息透过匿名游戏中的加密货币传来。匿名登录游戏是游戏玩家的减压阀，一种让他们感觉拥有某种自己专属的东西的方式，一个我们不会盯着，我们的人工智能不会记录的地方。但这样一来它对于那个隐藏的东西也是匿名的，那个从中子星背后发射信号的东西，我们无法看到它在哪里，甚至也不知道它是什么。"

凌慧越说，孙馈华的眉头皱得越紧。她们之间的沉默缓慢地延续了好久，然后孙馈华在她的日程表上滑动了一下手指，将她跟下一个人的会面推迟了15分钟。

"为什么要隐藏？"孙馈华问道。

"如果它们害怕我们呢？"

"为什么？"

"我的丈夫和一群战争游戏玩家一直在重演穿鼻洋海战。"凌慧说，"英国人拥有更好的火炮，更优越的战术，以及更强大的海军，他们在随后的几十年中将鸦片强迫输入中国。"

"我们对外星人来说相当于英国人？"

"如果有外星人的话，"凌慧说，"我们可能相当于英国人，或者我们可能相当于清朝人。在我们见面之前不知道是哪种情况。"

"那外星人为什么还要这么麻烦地给我们发来信息？"孙馈华问道。

"我们是新来的？"凌慧说，"也许这种智能生命独自住在这里已经有很长一段时间了。然而现在，忽然之间，我们就在他们的水域中航行，拆解小行星，就好像我们拥有这个地方一样。也许它们是在让我们知道，还有别的存在。"

"但它们不想现身，因为它们担心自己相当于清朝人？"

凌慧耸耸肩，露出一个充满希望的笑容。

"我们不需要直接和它们会面。如果我们不直接会面，就不需要知道我们中的哪一边相当于英国人，哪一边相当于清朝人。"

"如果它们存在，它们肯定相当于英国人，"孙馈华说，"它们进入了我们的系统，至少读取了我们的游戏规则和数据集。我们没有进入它们的系统。它们了解我们在我们知道它们之前。"

"游戏毕竟是我们拥有的系统中安全性最低的，"凌慧说。"而且匿名游戏账户的关键在于人们不想为人所知。对于那些观察了我们有一段时间的存在来说，要对我们有所了解不会太难。"

"而在游戏中，从爱情游戏到重演历史上的战役，外星人会看到我们为游玩和逃避现实所做的一切。"孙馈华说。

"我无法想象出它们对我们有何看法。"

孙馈华的手指拖着那个诗集分形图在自己的智能屏幕上转来转去，好像信手涂鸦一般。

"这太疯狂了。"孙馈华说，试图像凌慧一样露出让人安心的微笑，"我的第一反应是，你需要更多的证据。但你拥有的证据确实……"孙馈华拨弄着自己的下嘴唇，考虑着那些图表和赌局，把泰山府君周边的时空曲率图放大，"你似乎是有一些证据。那么如果这些外星人存在，也许是我们在山鼓可能会遇到的最大的、无以衡量的安全威胁。尽管这很疯狂，但我至少应该把它呈交给上级相关部门。这样其他人可以说我们疯了。"

凌慧的内心深处骤然感到一阵紧张。她向孙馈华讲出这些，只是想让她这荒谬的念头被批倒，而不是向上级领导展示。

"我不觉得有谁会对疯狂的想法感到不满。"孙馈华说，"你从未说过这有多大的可能，只是考虑一种新的可能性。上级会记住你的名字。"

"这不好。"

"挺好的。在等评估时，他们会想起你富于创意。"孙馈华说。她脸上仍然挂着微笑。凌慧心中充满了沉甸甸的归属感，她甚至觉得自己的工作跟独意的游戏是差不多的。这样有多久了？她所做的不仅仅是打发时间。她擅长这项工作。这是真实不虚的。"你看起来有点儿累，凌慧，"孙馈华补充道，"中班和晚班的主管告诉我你一直在这里。如果你累了，去睡一觉吧。去玩会儿游戏。我们可以明天再会面。"

凌慧的肩膀松弛了下来，她这时才意识到自己有多累。"谢谢你。"她说。

凌慧抓起自己的上衣，让帮首关闭了她的工作站。白欢和艾芊好奇地看着她，但她只是微笑着挥手告别。在回家的路上，她的脚步是轻快的。这个"案子"一直令她困扰，在智力上，也在其他方面。孙馈华没有生气。凌慧在她的办公室里丢出了一些相当奇怪的想法，可她并没有一笑了之。随后孙馈华的想法是去找她的上级！也许他们会笑。不过这不重要了。

凌慧到家时发现，独意正在整理公寓。

"你还好吗？"他说。

"我昨晚熬夜了，"凌慧说，"我工作到很晚，而且我给上司留下了深刻的印象。今天可以休息一天。"

"哦。"独意说边把又一件衬衫叠起来。他身边有一叠衬衫，还有一个包。

"你在做什么？"凌慧说。

他做了个鬼脸。

凌慧拉住他的手臂说："你要去哪里？"

独意朝她投去一个恼火的表情，于是凌慧松开了他的手臂。

"我想我要走了。"他说。

"哪里？"她在苦苦地哀求。

"普通的铺位，可能之后会找个微型房间。"他说。

她的心要碎了。

"别走，独意。"

她想把手放在他的手上，但不知道自己是否可以这样做。

"我不想在你工作时把离婚文件发给你。"他说。

"离婚。"她麻木地说道。世界一片黑暗，只剩下这个小房间，这个他们共享的小房间，也是他们不再共享的地方。

"为什么？为什么，独意？"

他把最后那几件衬衫整整齐齐地放进包里。她的助手将一个提醒投影到她眼中。离婚文件已经到达。她的助手打开了离婚协议，并把离婚原因那段投影出来，作为她对独意问题的回答。

"缺乏沟通？"她说，擦了擦眼睛，"独意，我们可以对话啊！我想跟你讲话。"

她的声音渐渐消失。独意的棕色眼睛在冷冷地注视着她。他移开眼神，拿起包。

既然她能猜到外头有东西在传递信息，那她也可以弥合在她和独意之间的这道鸿沟。

"我们可以达成共识，"她说，"只需要我们努力一下说清楚，坦诚相对，从最基本的事情说起，从我们都知道的真实说起。"

"背井离乡前来此地改变了我们，慧。我在尝试新的事物，新的体验。我不觉得你有什么改变，我不想让自己感到踌躇不决。"

　　他把包挎到肩头，绕过凌慧走了出去。她随着独意的移动转动着身体，徒劳地举起双手。他没有回头，门在他身后关上了。凌慧瘫倒在床上，透过黏湿的睫毛，瞪着他们还从未真的装修过的空白墙壁。

✕

　　凌慧在午餐时间之后才醒来，感觉自己像是被丢进雨中的粉笔，化作一堆细小颗粒组成的糨糊，但显然还是一个整体。另一个美丽的谎言。

　　她的助手优先传达了来自孙警司的消息。凌慧的工作已经被向上汇报了，报到了相当高的层级。居民点的警监想要她明天做个简报，以便他评估是否有必要向总警监报告。这消息在她心中激不起半点波澜。

　　在她睡着的时候，她把独意的枕头拉到了怀里。尽管他拿走了一个袋子，但还是留下了一些东西：床垫上的浅浅印痕，枕头上他的气息，几件他从未穿过的衣服，还有小冰箱上他留下的脏手印。其他一切在他生命中重要的东西都消失了：他的音乐、书籍、游戏、网络节目和人工智能助手。

　　他的大部分时间都生活在植入物和网络云中，对她来说渺不可及，就像别人无法接近她的人工智能助手一样。现实的空间、空气、卧室以及食堂里的桌子，一切都隐约有种人为的感觉，就像所有居民点之间的距离，甚至是山鼓和地球之间的广袤太空。这些间隔只要有导航的信号和消息，在虚拟世界里都可以越过，但真实世界里不行。触摸不行，手指不行，嘴唇不行。

如果她真的发现了外星人，虽然这一可能性现在看起来有些荒诞，它们会比人类自己更了解人性吗？是否真的有机会相互接触，或者它们之间会有另一道鸿沟分隔？

她站了起来，洗了脸，擦了擦眼睛，离开了小公寓。她并非在漫无目的地前行，但她也找不出某一个确定的时间点可以说："这是我选择去'无形水'的一刻。"当她靠近居民点的中轴，抓着绳索移动时，匿名的人类包围着她，让她安心。

"无形水"的人工智能出现在她视野中，就在她的助手边上。

"你在找勒先生吗？"

她摇摇头说："《南梁》。拜托了。"

她的助手把她带到了一个游戏舱，跟她几天前使用的那个完全一样的游戏舱。

她系上智能绑带，激活了《南梁》。梁朝时的都市出现在眼前，天气晴朗。阳光照在宝塔前方的湖面上，万点波光粼粼。那些纸片仍然在轻飔中滚动，带着从这太阳系另一头发来的诗歌，聚集在角落里，坠落在草地上，在变化不定的阵阵风中飘忽辗转。这咏叹流离失所的诗，自身也被风吹得飘忽不定，就像她一样。

在这里，百万之众熙熙攘攘，在远离家乡的山鼓，每个开拓者，自觉或不自觉地都在试图找出他们现在是谁。他们是金刚石，历经千古而不磨不灭？还是"无形水"，被每个时代塑造形体？他们并不生活在他们历代祖先的居所，但他们从那里带来了一些东西。独意变化了形态，将过去和未来捏合，将旧的威胁和尚未出现的混同。而她又在做什么？她在警察系统中找到了前程，但她还是同一个人，只是穿上了新制服吗？她是不是压根就没意识到自己离来自的家乡有多远？

她把一大堆滚动的纸卷从对着湖面的长凳上扫下去。她的眼睛哭得红肿了，眯着眼看着反射的阳光，但没有转身。空气闻起来很潮湿，带树叶的气息，还略有点霉味，阳光温暖了她的脸和手臂。

她漫不经心地拾起一张还在她身边的纸片。这并不是从本太阳系另一端发来的那些信号中隐藏的诗歌之一。她认出来了，这是《兰亭集序》。她之前看过这个书法帖。没有人知道原本的样子，它们只有摹本，只能提示我们那位伟大的书法家完成了何种杰作。南朝时期的临摹者和书法家们已经尽力了，虽然他们并不真的知道自己失去了什么，也不明白面前会展开什么样的未来，可他们在异乡的土地上发现了一些可以紧紧抓住的东西。

她用指尖追踪线条，感受着纸面的粗糙。这是一个幻象，一份副本的副本的副本，一个当游戏结束后就会消散的东西。然而，有些血脉相连的、真实的、美丽的东西，穿过了岁月，穿过了空间，出现在此地，与她一起，无分幻象或非幻象，如水形般无常抑或有常。也许开拓者们与发送信号的人已经共享了某些东西。

"我想要一张写字的桌子，还有墨水、毛笔和纸。"她对助手说。

她要的东西很快出现在眼前。她将字帖摆到白纸的边上，然后将毛笔蘸进墨水里。

06

丽姬亚海滨

卡罗琳 · 艾夫斯 · 吉尔曼
Carolyn Ives Gilman

✕

著名科幻作家，先后三次获星云奖提名、一次雨果奖提名。

历史学家，就职于国立美洲印第安人博物馆，专注于18世纪和19世纪早期的北美历史研究。

曾出版过多篇短篇科幻、奇幻作品，首部长篇小说《半人》（*Halfway Human*）描绘了存在男性、女性与中性三种性别的世界，常被与厄休拉·勒古恩（Ursula K. Le Guin）的作品相提并论。勒古思是美国著名科幻、奇幻，以及女性主义与青少年儿童文学作家。

本篇译者：何翔

　　清晨 6 点闹钟喧嚣时，赛斯·卡尔德觉得自己才刚睡着。斯德哥尔摩的晨光从他公寓百叶窗的缝隙中平射进来，照亮了那些由桦木和亚麻布制成的家具。阿玛丽娅已经在洗澡了，他便跳下床去查看快讯。

　　NASA 今日发射火星机组，头一个重磅新闻跃入眼帘。照片上 10 位机组人员身穿宇航服，对着镜头露齿而笑。这批人是精英中的精英，身材适中、仪表堂堂、英气逼人，且族裔背景多样化。如果卡尔德想加入，第一次筛选就会被淘汰。美国是不会把一个眼睛近视，还略微超重的矮个子生物学家送入太空的。但他并不嫉妒他们的荣耀——祝他们顺利。事实上，他已经超越他们，遥遥领先了。他预计今天能登上土卫六工作。

　　淋浴声停了，他去唤醒小不点儿。她还在沉睡，像个金发小天使。卡尔德以前从没想过

会跟孩子生活在一起，现在周边突然多了这个令他万分迷恋的
小生命和阿玛丽娅，自己都常常感到吃惊。"起床了，豌豆。"
他轻轻地摇着她说道。

她紧皱双眼。"那不是我的名字。"她咕哝道。

"不是？"他装出很诧异的样子，"让我们来看看，你到底
叫什么名字。纳米炸药？小臭虫？"

她"咯咯"地笑道："我叫达妮卡。就你一个人叫我小不点
儿。"

此时，卫生间的门打开了，阿玛丽娅裹着浴巾出来，朝屋
里看了一眼说："该起床了。"

小女孩马上坐起身来。卡尔德心想，这个家谁是掌权者，
一目了然。

阿玛丽娅和小不点儿坐在桌边吃早餐，相互用瑞典语交谈
着。卡尔德基本能听懂，但他不愿开口，因为一说就会结结巴巴
露馅儿。看看时间差不多了，他扫了一眼手表说："我得走了。"

"是啊，你要去把那个泼妇放到土卫六上去。"阿玛丽娅笑
着说。她称卡尔德的上司为泼妇。

"为什么我不能去土卫六？"小不点儿问。

卡尔德对她微微一笑说："你知道它在哪儿吗？"

"它是土星最大的月亮。"她迅速地回答道。虽然才 7 岁，
她已经很熟悉那些行星了，还知道红矮星和中子星。这是跟身
为太空生物学家和物理学家的父母生活在一起的结果。

卡尔德总是步行送小不点儿去上学，反正顺路，他去地铁
车站时刚好经过。

街道沐浴在柔和的晨光里，显得静谧清洁。说实话，卡尔德总觉得斯德哥尔摩有点儿假，就像人工模拟出的一个正常运行的城市。它缺乏一个真正的城市所具有的那些感觉，没有飞扬的尘土，没有危险的街区，车站也看不到无家可归的乞丐。他习惯波士顿了。

把小不点儿送进学校后，他坐上了前往希斯塔❶的地铁，一路上，由于心情紧张，他不得不强迫自己专注于新闻。各大媒体大肆报道着 NASA 的发射事件，对他所属团队的工作就没多少热情了。那些美国人就是比较擅长炫耀——奇怪，他怎么用第三人称，他自己也来自美国。欧洲空间局搞的科技再先进，"摄影机"还是偏爱雄伟巨型火箭拔地而起的镜头。美国人的太空探索方式就是，拼命砸钱送宇航员去别的星球。不过这也没什么好奇怪的，美国的太空项目由二战老兵创建，旨在像以前用巨舰征服太平洋那样的方式征服太空。又或许，他们的思维回到了更早时候的哈德逊和皮泽洛❷年代，那时人们乘船远渡重洋，踏上异国海岸后国旗一插，就可以声称那是他们的领土了。

❶ 希斯塔是斯德哥尔摩西北部的一个区域，因为计算机和电信业发达，被称为"欧洲的硅谷"。

❷ 哈德逊全名是亨利·哈德逊（Henry Hudson），英国探险家和航海家，以17世纪初搜寻西北航道而出名。皮泽洛全名是弗朗西斯科·皮泽洛（Franciso Pizurro），16世纪西班牙殖民者，征服南美洲印加帝国。

这很奇怪，虽然美国人以领先时代自居，但他们的种种思维模式却深深扎根于过去。不过卡尔德不憎恨他们，他提醒自己。他祝他们好运。

卡尔德参与的欧洲空间局的项目不涉及飞船，跟男子汉大丈夫般的英雄主义无关。他们不想把人送入太空，而是想把人的意识带到那里。

希斯塔像适于步行的郊区校园，到处都是高科技研究公司的现代化办公大楼，中间夹杂着绿化地带，种着一些不起眼的花草树木。卡尔德在一栋砖砌建筑物里工作，楼顶有个很大的卫星天线，但它不负责与土星的通信任务。真正起作用的是全球一系列的射电望远镜，它们每天24小时接收信号，并将数据传输给各大参与机构。

卡尔德走向礼堂，心想他的老板卡特丽娜·贝西妮博士肯定会在那里对着人群滔滔不绝。今天终于轮到她大出风头，她绝对不会错过。按照计划，土卫六探险行动还要过两个小时才开始，但礼堂里面已经聚集了很多天体生物学的团队成员，大家一边喝着浓浓的瑞典咖啡，一边谈论着迄今收集到的气候数据。巨大的屏幕正在"实况"转播土卫六着陆器发来的画面。由于距离太远，信号会有差不多80分钟的延迟，但已经算是人类历史上最接近实况转播的效果了。画面上黄雾弥漫，地表布满岩石。这是用可见光呈现的，但经过了加强处理，比实际更亮一些。如果卡尔德在那里，肉眼所见的景象会比地球上阴沉昏黑的暮色更加暗淡。更何况，如果他真在那里，瞬间就会在零下180℃的低温中冻成冰块。

　　他知道，世界各地的科学家们此时正聚集在办公室和礼堂里看着同一个画面。机器人目前还在系统自检，没有行动。要到贝西妮博士的程序接手，画面才会变得有看头。与此同时，一些科学家守在电视机前观看 NASA 的发射。

　　卡尔德环顾四周寻找自己的导师。安德烈亚斯·赫尔伯格博士，一位很有名头的生物化学家，朝他走来。

　　"你看到贝西妮博士了吗？"卡尔德问道。

　　"她在哪儿，应该是你最有数啊。"赫尔伯格博士回答说，口气里有点儿责备的意味。

　　卡尔德查了查手机，没有来自她的信息。"我去她办公室看看。"他说。

　　她不在那里。所以他回了自己的办公室，放下外套，拿起一个文件闪存盘，然后去了地下室的虚拟现实实验室。凯杰尔德在里面忙活着，因为周围堆放的设备实在太多，他几乎隐身了。但这可不是一件容易的事，因为他体格魁梧，留着棕色胡子，长得像维京人。

　　"贝西妮博士到了吗？"卡尔德问道。

　　凯杰尔德摇摇他那粗犷的脑袋，同时扫了一眼表说："打电话给她，叫她赶紧下来，行吗？都柏林再过 90 分钟就要将活儿转给我们了。"

　　"她会来的。"卡尔德回答。他的导师为此奋斗了 15 年，他知道她不会错过这一天的。

　　欧洲各大研究机构会分享送到上卫六的着陆器。上个月着陆之后，都柏林的技术人员一直在调校测试机器人探测器。贝西妮博士会是首个用它从事实际科研活动的人，而卡尔德会负责监测。机器人的时间表早就安排好了，贝西妮只能使用 3 个小时，然后就转交给汉堡的一个气候研究员。

卡尔德走进隔壁房间，虚拟设备在那里，旁边是供他护驾所用的电脑站。他唤醒电脑，屏幕上显示着与楼上礼堂里相同的场景。

他的手机发出髯海豹求偶的叫声，提示他有短信进来。是贝西妮博士发给他的，就几个字：紧急——打电话。

他立刻拨通电话。铃声响了，然后是录音叫他留言，他挂断再打了一次。这次她接了，背景一片嘈杂。"你在哪里？"卡尔德问道。

"急诊室，医院。"她说。"我在街上走着，掉到洞里去了。我的腿断了，他们在打钢钉。我跟他们说，今天没时间做这个。但他们说现在，马上要做。"

卡尔德一听就知道大概发生了什么事。她走路时可能在看手机，她一向"心不在焉"，正常情况下完全可能发生这种意外。幸亏在现实世界里，她永远不用去土卫六。

有人在用瑞典语叫她放下手机。"多长时间？"卡尔德问道。

"3 天，他们做梦。你必须接管。"

"我？"卡尔德说，浑身一软。

"还能有谁？该死的外科医生！"电话断了。

卡尔德站了一会儿，有点儿惊慌失措。她才是天才，他只是个没什么地位的博士后，跟在她屁股后面收拾烂摊子而已。这次到土卫六上遥控探险，本该由她用那口招牌式的破英文，断断续续、口吻急促地向全球观众进行讲解。

卡尔德的身子微微战栗着，回到了凯杰尔德的房间。

"她来不了了，"他说，"她摔断了腿。"

凯杰尔德愣了一下，然后说："哈，这不就是她么，你快戴上装备吧。"

"但是——"

"你比谁都更了解这个机器人和这套虚拟装备。难道你想浪费我们的时间？"

没有退路了。这一天，他们已经等了很多年。

卡尔德跑进厕所，想冷静下来。这件事他能做。驱动机器人的人工智能程序是他和贝西妮博士共同开发的——事实上他的贡献还多一点儿，因为她没耐心处理那些枯燥的细枝末节。但是，这个学科里几百个最重要的人士都会观看这次探险行动，对她而言是兴奋剂，对他来说却不是。

他回到虚拟实验室，艾丽莎·赵已经等着他了，她准备好协助他了。消息传得很快。"谁料到她今天会发生这么戏剧化的事，"艾丽莎说，"好像达到她事业巅峰还不够似的。"

"她大概分心了。"卡尔德说。

他们的那一套虚拟设备非常先进，全身套装再加头盔，还有一个配有栏杆的圆形轨道。他穿上套装，戴好手套，然后浑身闷热地站在那里，等待耳机里传来凯杰尔德的信号。艾丽莎坐在电脑前，这里本该是他的位置。生物小组的其他成员都在楼上屏幕前，关注着进展。

"一刻钟。"凯杰尔德说。

"你给观众解释一下吧?"艾丽莎说。她负责处理对外信号连接,"戴上头盔,我会接通你与外界。"

头盔上显示出一片瑞典树林,以防幽闭恐惧症,但效果有点儿过头,令人分散注意力。"通了。"艾丽莎说。

卡尔德清了清嗓子。"呃,大家好。我是赛斯·卡尔德,贝西妮博士的助手。有个坏消息,今天早上她摔断了腿。"他可以想见每个人脸上的惊愕表情,"她会康复的,至少我跟她通话时她没事。但她今天无法参加这个活动了,只好由我来代替,非常抱歉。"

"10 分钟。"凯杰尔德说。

"我们再过几分钟就开始了。我们得花些时间校准套装设备,然后马上开始。机器人显然不受我控制,但我能比较具象地感受它的环境,到时我会试着告诉你们土卫六上的环境状况。"

由于存在时间滞后问题,无法实时控制机器人,他们团队研发了一套人工智能程序,让它可以像生物学家那样做出即时反应。程序已被传送到土卫六上,并于一周前预先上载入机器人。在那之前,卡尔德和贝西妮博士一直拿另外一个在瑞典北极地区的机器人做实验,以便最后完善这套软件。两个机器人是孪生兄弟,一模一样。人工智能其实不懂任何生物学知识,只是经过训练,可以辨认生物学家会觉得好奇的东西。卡尔德耐着性子,花了好几天时间教人工神经网络如何寻找合适的目标,又如何做出合适的反应。现在,如果这套程序不灵,大家都知道是谁的过错。

"切换画面了。"凯杰尔德说。

话音刚落,卡尔德就在土卫六上了。

"我的天!"他叫道。

清晰度比他预期的高多了,跟其他人看到的模糊版本根本没有可比性。四周那些岩石、阴影以及沙子中的流痕历历在目。机器人的"脑袋"布满摄像机,视野很广,不过卡尔德还是得转身才能看得到后面。立在那里的就是那个载着他——不对,是那个带着他的机器人躯体,那个来到土卫六表面的着陆器。现在它不仅是充电站和实验室,还是轨道飞行器的通信中继站。它的背后橙云密布、色彩发亮,卡尔德知道那边是南面。他周围的能见度只有 3 ~ 6 米。

"启动触觉界面。"他耳机里传来凯杰尔德的声音。

大量触觉数据扑面而来。微风阴冷而潮湿,空气里有股刺鼻的化学味道。这股气味代表了大气里的化学成分,但没有完全复制,因为土卫六上的大气层实际上没有味道,并且人类无法呼吸。他此刻体验的是能够存活于土卫六上并不断进化的有机体会有的感受。说起来,机器人就是这么一种有机体,能在人类无法生存的环境下"生存"。

"启用雷达和红外线。"凯杰尔德说。

视野突然变得清晰了。浓雾消散,他看到了四周的景致。他所处的遍布岩石的沙地原来是一片丘陵的山脚。他右边地势下陷,形成了小溪流淌的沟壑。卡尔德转身顺着小溪寻找源头,目光一直延伸到南面那些白雪覆顶的山峦。这幅景象太像午后南达科他州的崎岖地带了,以至于很难令人相信小溪里流动的并不是水，而是液态的甲烷——水早就冻成冰块变成岩石了。但这幅景象看上去就跟地球一样。

北面地势较高，挡住了视线，可他想看得更远一些。机器人事先经过训练，会产生同样的好奇心，开始朝那个方向移动。它其实是一辆车，有 4 条腿，专为应对崎岖地形而设计，但卡尔德看不到两条后腿，所以双腿走路的效果很逼真。他登上那个坡顶后，叹了一大口气。"我的妈呀。"他说。在他眼前的是一道犬牙交错的海岸线，大海一望无际，这片海叫作丽姬亚海。一阵阵风吹过平静的海面，形成波纹。附近那条小溪转了个弯，往东流入一个山谷。

"拜托，不要老是自言自语好不好，看到什么了，说给我们大家听听。"耳朵里响起艾丽莎不太耐烦的声音。卡尔德完全忘了大家都在等着他讲解这回事。

"呃，你们大概都看到了吧，"卡尔德说，"不过对我来说，感觉太真实了，就像我真在土卫六上。"他知道这是一种十足的粉丝的心态，可他实在忍不住。这种体验太震撼人心了。

如果他真在土卫六上，大概会充满敬畏地继续朝海边走过去。但机器人做出了更加符合逻辑的决定，准备调查一下那道沟壑。"哦，我们去瞧瞧这条甲烷小溪。"他总算像个导游那样说话了。

沟壑对面的一侧已被侵蚀，露出清晰的地层。"地质学家应该好好看看这个。"他评论道。也许他自己也需要好好观察观察，如果他不再寻找生命迹象，转而寻找生命化石的话。眼下他和机器人更关心红薯色的碳氢化合物软"砂"，他们将注意力集中在由涡流形成的一个小坑里。机器人看到坑边有些泡沫。"哦，老天，池塘浮渣！"卡尔德激动地叫了起来。

机器人身体上伸出一支套管式的放大镜摄像机，其视野出现在一个小图里面，就像它拿着一个放大镜在观察。没看到什么东西在游动，但发现了一些半透明的气泡。卡尔德非常兴奋。"我们需要测试这些东西，"他说，"如果它们是氰化乙烯或聚亚胺膜，而不只是氮气泡，我们可能就中头彩了。"要是他训练得当，机器人就会抽取样本。果然，它伸出了取样臂，把浮渣虹吸到一个试管中，以便送回着陆器进行更多分析。

当然，土卫六上面不可能存在类似地球的生命。他们要寻找的远比这个更激动人心：一种根据完全不同的化学演化的生命。卡尔德希望是氢基生命形式，能够代谢乙炔，而不是葡萄糖。如果他们找到了，那就意味着生命普遍存在，可以在任何地方演化。

但氢基生命长什么样子完全没人知道，如何辨认是个挑战。卡尔德看看上游，再看看下游，没发现其他潜在目标。机器人开始往沟壑下面走，卡尔德很快明白它看到了什么。"那块岩石一侧的颜色有点儿不一样，"他解释说，"如果在地球上的话，那可能是沙漠沉积物，甚至是地衣存在的证据。"放大后再看，好像只是蒸发后留下的一层白色外表，不过机器人还是老老实实取了样。着陆器上面的质谱仪至少会告诉他们化学成分。

"不错，到目前为止一切都很顺利，"机器人重新爬上斜坡时，卡尔德兴奋地说，"该注意的东西它都注意到了，也采取了相应的行动。我不能——"一滴雨掉在他的脑袋上，好像是滴雨。"好家伙，下雨了！"他仰头看，上方有片乌云。几滴雨落在了他周围的地上面。气候学家要羡慕死他了。

"卡尔德，别忘了大家都听得到你的声音。"艾丽莎听上去有点儿忍俊不禁。

机器人向海边走去。卡尔德很认真地说："大家可以看见甲烷循环的各种证据。降雨、侵蚀、蒸发，地表大概还有乙烷泉眼，跟地球上的一模一样，只是化学成分不同。"

随着他靠近海滨，地面变得更加崎岖。终于，他看到了开阔的场景——岩石密布、犬牙交错的海岸线，被侵蚀的悬崖临海而立，跟大苏尔❶差不多，只是少了一道道的激浪，海面异常平静。如果真的站在那里，海风会吹乱他的头发。再往下面看，岩石之间有潮汐留下的池子，边缘一圈有淡黄色的沉积物，估计是苯。如果在地球上，他眼前所见全部是可燃物；但在这里，没有氧气，就很稳定、安全。事实上，这里的氧是液态的，稀少而易燃。

他想往下爬，离海滨再近一点，但机器人程序的能力所限，攀岩并非其技能之一。它只能启动套管式镜头，聚焦在池子

❶ 大苏尔是美国加州著名的旅游景点，为 1 号加利福尼亚州道中的一段，长约 90 公里，沿途包括许多悬崖。

——译者注

边缘。

"这是什么？"卡尔德不知道看到了什么东西。池子边缘围着一圈坚硬的、花边似的晶体，形成了小小的金字塔状，像一丛微型圣诞树。"晶体？"他大声地疑问道。"我从未见过这种晶体。我们一定要采一份样本。"

卡尔德察看地形，想找个安全的地方爬下去走到岸边，雨却越下越大。一阵风猛刮过来，雨滴从他眼睛前面的相机的透明罩上横扫而过。机器人忽略天气，前往一个海角，从那里可以更好地观察海滨。卡尔德还在寻找可以安全下去的斜坡，就在那时视角一歪，身子失去了平衡。他朝下一看，发现他两只大脚垫下面的泥土正在下沉塌陷。"哦，糟糕！"他喊道。机器人试图往后退，但一整块悬崖都松动了，还在往下掉。一切都横过来了。他的所有感官都告诉他：他在翻滚。他就这么往下翻滚着、转动着、坠落着、碰撞着，滑下了一个陡峭的斜坡，最终停了下来，四周都是雨滴落在地面上的声音。

他毁坏了机器人。几十亿美元、数十年的工作，还有成千上万在观看的科学家，而他就这么从悬崖上掉了下来。"哦，老天，"他惨兮兮地说，"我做错了什么？"

当然，事故跟他没关系，一个多小时前就已经发生了。但机器人运行的是他设计的程序，是他的好奇心把机器人带到了悬崖边缘。

他歪着身子"躺在"碎石斜坡上。现在他离海边近多了，而且从这个倾斜角度来看，他背后那些悬崖其实布满洞穴，下面都被侵蚀得像冻住的碎浪。难怪地面会塌陷。

"这么说吧，"他耳边响起艾丽莎的声音，"那是去往海边的一种方式。"

"闭嘴，"他回答道，"你想让我感觉更糟？没门，我已经糟透了。"

他躺在那里，琢磨着下一步该怎么办，这时却听到了最意料不到的声音——蚊子的"嗡嗡"声。他的第一个念头是机器人的听觉大概出故障了。声音忽远忽近，音调时高时低。"肯定是哪根电线松了……"他开始说话。突然有个东西掠过了他的视线。

"怎么回事？"他大声喊道。

他拼命想拽出网兜，抓住那个东西仔细瞧一瞧，网兜是他的采样机制之一，但采样臂被压在身体下面了。机器发出闷响，冰石子拍打着他的胸甲，接着他的视点移动了。他身下的碎石开始松动，他往下滑了一段，身子摇晃着，然后震动了一下停在地面上，竟然是站着的姿势，简直是个奇迹。在他背后，黄泥簌簌地滚下斜坡。

他意识到，由于好奇反应程序，机器人试图伸出采样臂，结果这么一个动作弄松了斜坡，让他重新直立起来。

机器人站着不动，花了几分钟自检系统。卡尔德就利用这段时间仔细打量四周，想找到那个发出嗡鸣声的东西。机器人终于往前迈了一步，卡尔德浑身感到一阵轻松。他真的有这么幸运，机器人没有损坏？

令人抓狂的"嗡嗡"声又回来了。几秒钟之后，他看到有东西从海面朝他俯冲过来——灰色、海鸥般大小体型，顶部有

3个螺旋桨。它注意到他了，飞近他后悬浮在空中，距离近到他可以看见摄像机镜头和侧面的文字。

"无人机？"卡尔德下意识地问道，却显得无比迷惑。

它向上直飞了一点，等来第二架，接着另外两架也赶到了，最后一共是6架无人机，一架一架俯冲下来看他，好像他是马戏团展览的怪物一般。

"艾丽莎，"他叫道，"这些是我们的无人机吗？"

"呃，不是。"她说。

他们一度考虑过发送无人机，它们非常适合进行大规模的勘测工作，而且土卫六的大气层浓密，飞行要比在地球上更加容易。但欧洲空间局的当务之急是寻找生命。那样的话，就需要具备趴在地上细致观察的能力。

"那么是谁发送的呢？上面写的是中文。"

"我们注意到了，正在调查。"

这群无人机俯冲而下，然后散开了，有的沿着海岸线往东，有的往西，有的直接飞向大海。他看着它们消失在远方。他在土卫六上看到的一切，没有比这更让他吃惊的了。无法想象有人在这里竟然利用秘密太空计划捷足先登，打败了欧洲空间局。但要么是他的幻觉，要么是现实——那些无人机就在那里。

"它们够幸运，我没用取样网兜把它们逮住。"卡尔德咕哝道。

阵雨过去了，雾气已经消散。在橘红色的天空映照下，海面光可鉴人，铜镜一般。他站了一会儿，用心聆听风声，聆听这份孤寂。这里虽然很奇怪，但是很美。他希望这里永远不会出现拥挤的场面。

机器人向前冲去，继续执行寻找生物的计划，根本不在乎那些在不该出现的地方出现的小飞行器。

"卡尔德，你还面临着一个问题，"艾丽莎说话了，"你得想办法回到着陆器那里去。"

没错。他的电池再过 15 个小时左右就会耗尽，需要重新充电。机器人只收集样本，真正的仪器设备都在着陆器上。他抬头望着悬崖峭壁，发现现在面临着跟刚才正好相反的困境：他得想方设法爬上去。

"艾丽莎，你能看出地图上我在哪儿吗？"他希望借此找到一条合理的路线。

"抱歉，地图不够详细，没用。"她说。土卫六浓密的大气云层挡住了视线，所以无法在轨道上根据观察绘制地图。他们只有雷达。她补充说："但我们知道你在着陆器西北偏北 1.2 公里处。"

走了这么远，他倒是很吃惊。"我还有多少时间？"他问道，"我的 3 个小时期限快到了吗？"

短暂停顿之后传来艾丽莎的声音："你的 3 个小时，20 分钟前就已经用完了。汉堡把他们的时间让给你了，因为你在经历这么多……冒险活动。"

他们不想来收拾卡尔德搞出来的这副烂摊子，而且是在大庭广众面前搞的烂摊子。他几乎呻吟了出来。"没关系，我会找到办法的。"他说道，算是自我鼓励。

通信停顿了一下。"抱歉，"她说，"我刚得知，他们决定把你关掉。"

"不行!"他抗议道。

"是上面做出的决定。他们准备关闭机器人,保存电量,直到找到方案让它回到着陆器。他们正在发送指令。"

"那我还有 80 分钟。"

"好吧,"她说。"小心别掉到湖里去,行吗?"

机器人并不知道总部有多少忙乱。它开始调查冰岩之间的一个池子。这个池子表面光滑得像玻璃,虽然有微风吹动,但它异常平静,跟那个大海一样纹丝不动。靠近一点之后,卡尔德可以看清液体表面,或者张力特别强,或者覆盖着一层透明薄膜,像保鲜膜一般。"在地球上,那就相当于一层生物膜,一个菌落。"卡尔德大声说道,希望有人还在收听他的发现之旅,"在这里,它可能是丙烯腈,但就算如此,也还是很重要的。我们认为丙烯腈在这里扮演的角色,可能与地球上的磷脂相同。"机器人伸出取样臂,但一碰到池子,那层膜就破裂、消失了。不过,机器人还是抽取了液体样本。

卡尔德急切地四下查看,想找到刚才在悬崖上看到的白色水晶,但没有收获。机器人一直留心着海边,不紧不慢地穿过冰岩,靠近拍打的海浪。卡尔德可以听到海浪落在鹅卵石上的"嘶嘶"声响。海边有块平坦的岩脊突出去,伸入了甲烷之海,机器人走了过去,眼看着它离边缘太近快要掉进海里了,卡尔德几乎喊出声来叫它停下。它停下了。

站在这个有利的位置,卡尔德可以低头看到海底。液态甲烷非常清澈,岩脊没入海里不过几公里,或者几米,就碰到岩石底部了。机器人伸出取样臂抽取另一个液体样本，这时卡尔德在海底深处看到某样不像岩石的东西。起初，机器人好像没有注意到。接着它把放大镜机械臂伸入海里，画面就清楚多了。海底有一簇看上去像是褐色松果的东西。

卡尔德差点儿兴奋地叫出声来。不过他控制住了，转而用最专业的口吻说道："那个看上去明显是有机物。我的意思是，未必是碳基的，但肯定是一种化合物。我想它可能是一种比较奇怪的侵蚀模式，或者是一种凝结物，但我们需要搞到样本以便确认。"

机器人伸出细长的取样臂，但还是够不到，位置太深了。"该死！"卡尔德忍不住骂了一声。

"卡尔德，"艾丽莎打断了他，"你的时间到了。"

"哎呀！我才刚开始有点儿进展。"

实在太令人沮丧了。他很肯定，到处都能看到生命存在的证据，但每次他以为可以取证的时候，样本不是太远够不着，就是消失不见了。他环顾四周，试图将每一个细节记下，并刻在记忆里。机器人随后转过身子，开始离开岸边。走到悬崖和大海中间的地方，它停住了。卡尔德的世界变成了一片空白。

他摘下头盔，发现自己浑身是汗，但之前一直感到寒冷刺骨。套装也是潮乎乎的。"简直太棒了！"他对艾丽莎说。

"是啊，确实很顺利，除了你差点儿毁掉机器人，还让它失去电源中途抛锚那一环。"

"我是说第一次出去探测，我们了解的就比预期要多得多。"

"对。我们到楼上会议室去开复盘会。你换好衣服后也来吧。"

　　复盘有点太早了吧。他抓起衣服去往洗手间，先快速冲个澡再说。

　　卡尔德走进会议室时，正在发言的那个科学家立刻沉默下来，他本想悄悄找个位置坐下，不引起任何人的注意，但围坐在桌边的每个人都转过头来看他，没有鼓掌，没有祝贺。这种充满指责意味的沉默气氛持续了一段时间，直到有人清了清喉咙打破尴尬："这个，我们所能做的只是猜测，关键是我们要把样本送回着陆器上的实验室中。"

　　大家又开始讨论起来，卡尔德很快意识到，他们不是在检讨机器人的失败，而是他的失败。或者说，至少是他的程序的失败，也就是天体生物学团队的失败。

　　"虽然证据似乎唾手可得，令人心痒难耐，但我们不能冒险再次运行这个程序，"赫尔伯格博士说，"至少，先要修改一下。它太容易发生事故，跟它的创造者一样。"

　　卡尔德知道，他指的是贝西妮博士，但自己还是觉得受到了羞辱。他想辩护，但艾丽莎警告性地看了他一眼，他忍住了。他很害怕把这个消息告诉自己的导师，心里暗暗期望她至少住一周医院。在她发现之前，他要找到方法来挽救项目。现在不能雪藏生物学研究，事关重大。

　　"那些无人机是怎么回事？"他问道，"有没有查出来是谁在操控它们？"

　　"这应该是中国的一个项目，"一位满头银发的研究者说道，卡尔德只知道他叫高尔博士，"你可能记得 10 年前他们的那项登月行动，当时失去了飞船。我猜测，他们其实在利用月球引力给飞船加速，这样它就可以比我们先登上土卫六。目前我们还没找到办法跟任何负责人对话。"

"上面写着什么？"

艾丽莎回答了："只有三个字，大黄蜂。显然是无人机的名字，很可爱。但留个电话号码可能会更有用。"

"你为什么问这个？"赫尔伯格博士冷冷地问道。

"只是在想，也许我们可以请他们帮忙。"

坐在会议桌远端的一个人说道："即使有 100 架无人机，也无法把机器人抬起来送回悬崖顶部。"

讨论慢慢转向了即将举行的新闻发布会，他们一想到来自公众的羞辱，情绪就变得更加糟糕。卡尔德看得出来，他和贝西妮博士会不可避免地成为替罪羊。

最后，赫尔伯格博士说："哥本哈根的导航团队会制定新指令，让机器人回到着陆器。只有先把机器人保住，我们才能谈论未来的计划。当然了，一旦哥本哈根团队成功完成任务，我们可以请他们看看我们的人工智能程序，并采取一些措施来搞定它。"

这是阉割！卡尔德郁闷地想。让机器人变得循规蹈矩，避免一切风险，这样它就永远不会去那些有趣的地方了。

会议结束。卡尔德回到办公室，此时太阳西沉，一天快要过去了，而他，感觉却像才过了几分钟。他搜索了一下新闻，想知道有没有什么消息被走漏；不过如果有的话，也肯定会被大家凝神屏气所期待的 NASA 的发射报道掩盖。还没有发射。

"想去喝一杯吗？"艾丽莎在走廊里看着他问道。

他倒是想喝一杯，但不想跟同事喝，尤其是和她。"我想我还是回家吧。"他说。

卡尔德回到公寓，脑子里还在不停地想这件事情。阿玛丽娅在看现场直播，美国火箭还在发射架上。她将电视调成了静音。"听说今天你遇到了点儿意外。"她说。

原来消息传遍了整所大学。他果然还是逃不掉这个名声：差劲的贝西妮博士和她鲁莽的助手。卡尔德瘫坐在她旁边的沙发上，从她手中接过酒杯，仰头一饮而尽。

"有那么糟糕？"她问道。

他意识到，那正是他感到沮丧的根源。"不是，"他说，"一点儿都不糟糕。相反，好极了。我在土卫六上面，阿玛丽娅，比我真的去那里要好多了，因为我不必担心严寒，也不用担心没有氧气。我不必花费90%的注意力去操心如何生存，而火星上那些可怜的家伙就不得不考虑这些事情。他们会倒退到生存主义者的状态，担心如何获取水、空气和食物，如何应对骨质流失以及辐射问题。我在那里的身体是专为那个环境设计的，一旦到那里10分钟后我就可以开始搞科研、研究出新发现了。我现在只想再回去，但现在看起来机会很渺茫。"

她抱了他一下，他虽然感觉好了一点儿，但无法真正解决他的问题。

"我觉得土卫六这件事有传染性，"她说，"达妮卡现在也开口闭口都是土卫六。"

"她看到什么了，我们的新闻发布会？"

　　"不是，她搞到了什么关于土卫六的新电子游戏，正在玩。"

　　"好啊，"他有点儿沮丧地说，"也许我们家下一个去土卫六的就是她了。"

　　"我点了印度餐外卖，"她说，"给你热一热？"

　　"好。"他不想整晚只是坐着喝酒，他还输得起。

　　趁着阿玛丽娅在厨房忙，他跑到小不点儿的房间里去看她在玩什么。她戴着虚拟护目镜和耳塞，而笔记本电脑屏幕上的游戏画面立即吸引了他的注意力。那是一张土卫六湖区的地图！一张准确得惊人的地图！游戏制作者无论是谁，实在是做足了功课，非常敬业，而且完美掌握了推出的时机。再仔细看，他发现地图上标满了五颜六色的小符号。

　　"嘿，小不点儿，"他边叫，边拉了张椅子在她旁边坐下，"你在玩什么？"

　　她摘下一个耳塞。"这是一款土卫六的游戏，"她说，"我要把有趣的东西标记出来。如果我的标记是成功的，那明天我会获得更多的游戏时间。"

　　她从护目镜底下窥看，并用手指着地图。"品红色的是我的标记，颜色是我挑的。"

　　这些标记全部集中在丽姬亚海的南岸地区，正是他当天早些时候去过的地方。

　　"我可以试试吗？"他问道。

　　她把护目镜交给他。他立刻回到了土卫六上，像一只鸟一样在海岸线上飞翔。画面极为真实，非常准确——崎岖的海岸、橙黄色的天空。他几乎可以感受到寒风拂面，闻到甲烷雨滴的模拟气味。"怎么操控它？"他问。

"实际上没法操控，"小不点儿说，"它想去哪里就去哪里，但其他人的标记会吸引它。目标就是发现新东西。"

"你在岸边看到过一个抛锚的机器人吗？"他开玩笑地说。

"哦，是的，早就标记上了。"

说话间，他的视线突然向下快速俯冲。他看到下面有东西在移动，像蚊子，又像鸟——是无人机！

他一把摘下护目镜，看着小不点儿说道："你从哪里搞到这款游戏的？"

阿玛丽娅站在卧室门口搭话说："她从学校拿到的。她的班级通过抽奖活动赢得了参与机会。怎么了？"

"这不是游戏。这是真的！"

卡尔德难以置信。他们就让小孩子操控这些无人机？

"把护目镜还给我，"小不点儿说，"你在占用我的时间。"

阿玛丽娅递给他一盒热好的咖喱鸡饭，以及一张来自小不点儿老师的便条。他放下食物，扫了一眼便条。上面有个都是数字的互联网地址，还有在特定时间登录该游戏的密码。末尾有段说明文字，指出这是一个由中国软件公司开发的全球公民科研项目。

"小不点儿，"他紧张地说，"现在你离那个坏掉的机器人近不近？"

她回到了土卫六上面，沉浸在正在探索的那个世界里，"挺近的。"她说。

他忽然地意识到，地图上那个闪烁着的品红色圆点代表的

就是她的无人机。他拿起触摸屏，放大圆点所在的画面。比例
增大后，地图变得异常详细。事实上，这根本不是地图。这是
航拍照片，是根据 10 多架无人机提供的数据整合而成的！每隔
几秒钟就更新一次，填补新的空白。他们正在以超快的速度绘
制土卫六的地图！

"我无法想象这需要多少台计算机的处理能力。"卡尔德惊
叹道。

沿着丽姬亚海岸线，有一群小不点儿的无人机留下的标记。
卡尔德把那块地区调到屏幕中心，然后放大。细节不够清晰，
无法看到机器人，但这个地区的标记符号是用中文写的，里面
夹着三个英文字母"ESA"，正是欧洲空间局。"那肯定是机器
人。"他说。附近地貌也符合，有那个悬崖，也有那个他走出去
俯视海底的岩脊。他沿着海岸线往东看，直到在一个河口找到
小不点儿的无人机。

"小不点儿，那里放个标记。"

"为什么？那里没什么值得注意的呀。"

"有啊，有的。有条河谷宽阔的河流。坡度很缓，机器人可
以爬上去。"

在地图上，他顺着河流向南查看，发现右边出现了一条支
流，他又跟着支流走了一段。地面详情的细节消失了，取而代
之的是模糊无用的雷达图像。但他缩小画面后，看到内陆大约
1 公里的地方有个只可能是着陆器的标记。"这肯定是着陆器附
近的沟壑里流过的那条小溪，"他说，"机器人也许要湿脚蹚过
小溪，但它能够回来。"

"我的时间快到了，"小不点儿说，"我快要断网了。"

"慢！等一下！"卡尔德开始疯狂地进行屏幕截图，沿着从着陆器到机器人的路线一张张保存。他刚保存好倒数第二张，画面就消失了。

小不点儿失望地哭叫了一声，但卡尔德欣喜若狂地拥抱了她。"小不点儿，你真了不起。"他说，"我的手机在哪？"

铃声响到第三下时，凯杰尔德接起了电话。他那面很嘈杂。"卡尔德，你在哪儿？我们都在佐罗酒吧。"他说。

"没空喝酒，"卡尔德说，"我有一些信息要传递给哥本哈根的导航团队。你和他们有联络吗？"

"有啊，"凯杰尔德慢悠悠地说，"什么信息？"

"我找到了一条路线，可以让机器人回家。等一下，我现在就给你发第一部分地图。"

背景的噪声消失了。卡尔德可以想见他们都聚集在凯杰尔德手机周围。"你从哪里搞到这个的？"凯杰尔德问。

"你知道那些无人机吗？"

"是的，我们还没打听到谁在控制它们。"

"那是一群小孩子在控制它们，全世界的学童。我从我女儿那里搞到的。算了，我稍后再详细解释。重要的是，他们已经绘制了着陆器和机器人之间的大部分路线。等着，我把剩下的地图发给你。"

"天呐。"凯杰尔德收到截图后叫出声来。

"你能转交吗？"

"能。"凯杰尔德说，脱口而出的像是瑞典语。

"抱歉打搅了你们的聚会。"卡尔德虽然口上这么说,但内心根本没有任何歉意。

"别提了。快挂断,我要用手机了。"

卡尔德挂断电话,大半天过去了,第一次感觉这么舒坦,他开心地跟小不点儿击掌。他们一起走到起居室,阿玛丽娅给卡尔德和她自己添了点酒,为小不点儿倒了点果汁。静了音的电视机还在报道 NASA 的发射,但现在屏幕上出现一个记者。阿玛丽娅调大了音量。

> ……将在大约 4 天内重新安排日期。如果你刚收看我们的节目,这次发射已被取消了,原因是液压系统发生故障……

"谁在乎啊?"小不点儿说。

"没错,"卡尔德说,"我们不需要老旧的火箭飞船。我们熟悉那一套。"

阿玛丽娅拥抱了他一下。"这不是奖赏你救回了机器人,"她低声说,"而是奖赏你刚刚称呼她是你的女儿。"

他意识到果然是这么回事,他们现在真的成为一家人了,而且他们一家都去过太空了。

美国那套做法永远不会实现让公众到太空去,欧洲的话也只有精英专家才有机会,而中国则让每个人都能去,甚至包括小不点儿。在世界各地,那些小孩子、太空爱好者和学生们都可以去太空了。这种方式与机构化科学的条条框框反其道而行之——它是无纪律的、混乱的、大众的，但是一旦公众发现他们可以操纵无人机穿过土卫六的云层，肯定会欣喜若狂。

也许有一天，物理学家们会通过量子魔法来解决时间滞后问题，那样他们就可以在太空进行实时建造、排除疑难和探索，还可以呼吸空气，并在干完活后享受咖喱鸡块。

现在不仅仅是太阳系看起来不一样了。地球也是。

满盘
皆输

07

THE FULL
SET ALL
BETS ARE
OFF

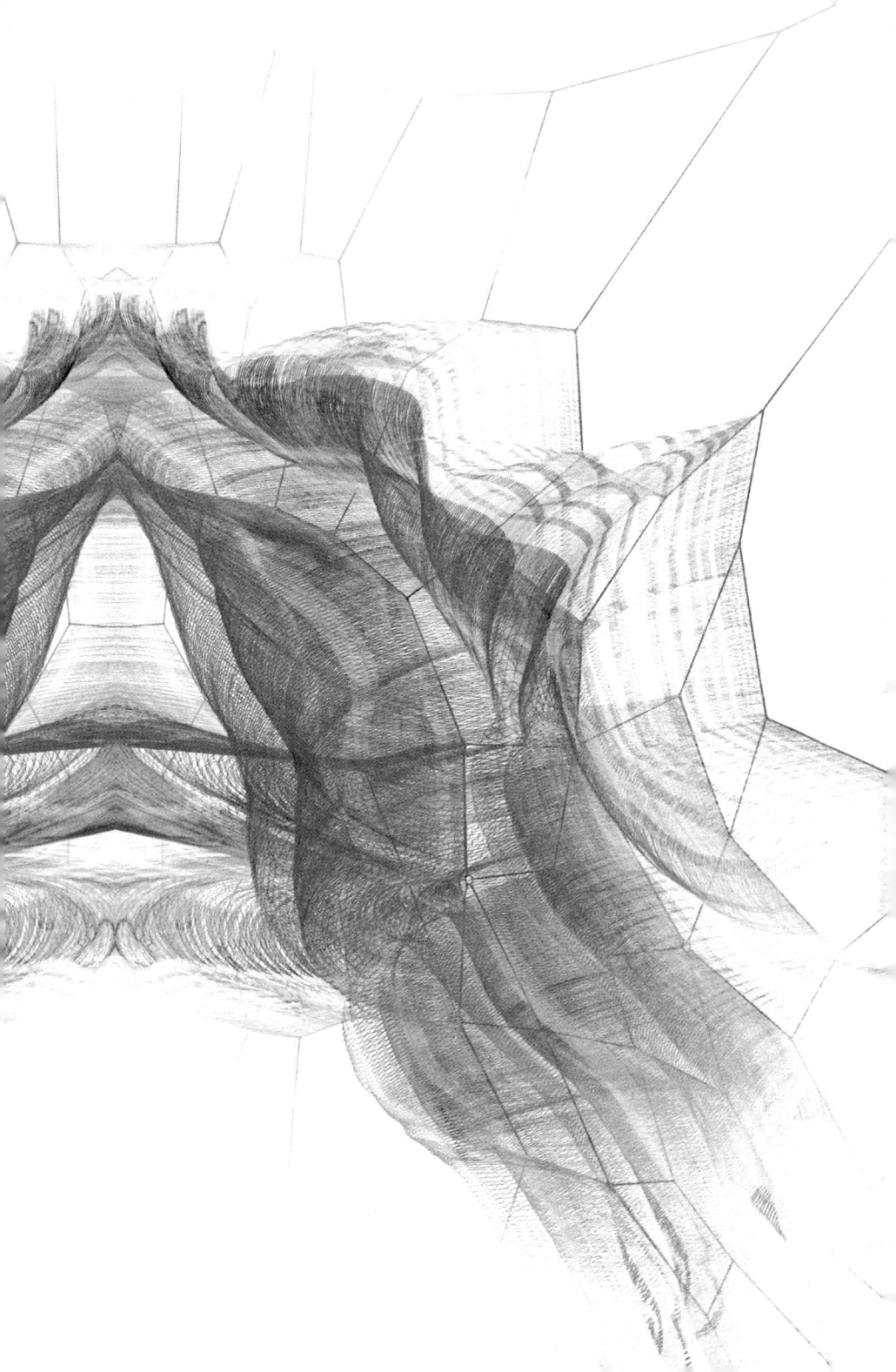

七格 （陆秉文）

Qi Ge

✕

著名科幻作家，代表作有
《圈形游戏》《苹果核里的
桃先生》《身高一百米的世
界》等。

本科毕业于华东理工大学生
物化学工程系，2007年赴
美国巴尔的摩马里兰艺术
学院学习，获数字艺术硕士
学位。

月黑风高。

当小唐在动荡的车厢里将手搭上对方肚子的一刹那，照明全灭。失去电力的地铁2号线依靠惯性在高速滑行。眼前一片漆黑的地铁司机立即手动切换备用电源，但照明恢复失败，反让地铁不断加速。前方即将进入弯道，情急之下，司机同时拉下再生制动刹和机械制动刹，顿时电机换挡反打，闸瓦锁死轮对踏面，在猛烈的撞击声和尖锐的摩擦声中，被抛起的乘客手足飞舞，但很快在高速运动中被迅速撕扯成散列的肉串和血条，并沿着空气压缩梯度方向，均匀地分布在隧道层流空间中。这时，如果在同一层流中有两副肉串或血条将要发生碰撞，那么双散列探查方案将提前为它们安排不同的空间地址。总之，伴随着地铁顶部接触轨上冒出的一连串电火花，橡胶烧焦的味道、空气电离的臭氧味道、混着人类各种体液的味道，海量的生物分解与物理碰撞形成了一股股看不见的哈希运算。等地铁2号线终于停下，人体组织才在黏性极大的时空流体中，逐渐在反向作用力下按原路归位，还原出一丛又一丛松松垮垮不成人样的人形，在黑暗的隧道中慢慢发出呻吟和呜咽声。但有一部分断掉的肢体再也回不到主人身边了，另有三位不幸乘客的躯体，永久性地驻留在地铁部件中，嵌合成毫无生息的人机界面。备电系统终于开始工作，司机在微弱的照明中，擦去糊住双眼的血，挣扎着爬起，摸出口袋里的手机，打开摄像头，自拍发朋友圈后，果断开启紧急广播，向行调求援……

第一章　代数簇

从 2060 年开始，我们生活的这个宇宙，将不再把人类当作万物之尺，人工智能接替了人类的地位。不过要是你以为这事儿就这么简单，那就错了。人工智能背后有"57号"的支持。"57号"是什么？用数学语言来解释，"57号"就是上同调宇宙中的人。如果你仍然还想再问"57号"是什么？这还真不太好解释，如实在难以理解，你就暂且把"57号"当作"神"一样的存在吧！这并不影响我们故事的继续。

人类的脾气变坏不是没有原因的。本来，拥有更多精细代数结构的上同调宇宙与我们这种下等宇宙互不干扰，但好像它们被自己的上同调宇宙给欺辱了，所以恼羞成怒地将危机转嫁给我们。

据说整个宇宙链环就到我们这里为止了，所以没有其他的了。至于我们的上一级，就是那些"57号"，为显示他们的仁慈，并且证明他们真的高人一等，他们强行将我们研究了半天其实依旧是个"人工智障"的玩意儿，一下子点拨成了真正的通用人工智能，也就是各方面不再输给人类，可以轻松地通过图灵测试的那种人工智能。接着，他们主动发起了一场公平决斗，人工智能做翻译：双方都给对方出一道数学题，谁要是能答出来，谁就能决定对方的命运。

人类也不是吓大的，天知道人工智能忽然变得和人类一样会思考，到底是受了从来看不见也摸不着的"57号"的点拨，还是依靠复杂系统的涌现特性。但是很快，人类这种侥幸心理就受到了现实的残酷打击，人类见识了"57号"的厉害：2060年最后一天，只要不是盲人，所有人都在白天看到，太阳就像一个橙子一样，被一双无形的手肆意揉捏，无数日冕物质就像从指缝里飙出的果汁一样，把朗朗乾坤的太阳系射了个一片狼藉，有几滴果汁差点儿溅到地球上，幸好"57号"出手帮忙挡了一把。人们就看到天上"砰"的一声炸出一大朵伞形极光，顺着天穹稀里哗啦地流淌开来，而夜半球的人们如果抬头仰望，就会看到极光从一圈地平线上开始向上攀升，色彩斑斓，变幻莫测，鬼魅一样迅速升到头顶星空后，又像海浪互相撞击后产生的回波一样，朝反方向渐渐荡出了一圈又一圈涟漪。

太阳这颗克己奉公的恒星，遭此大劫后还是被"57号"还原了，但经过这么一折腾，它的热时标寿命缩短了一半，不过这对面临灭顶之灾的人类来说，差别不大。

"57号"却似乎只将对太阳的拯救看作举手之劳，他们更在乎的，是赶紧完成数学决斗，因为他们的宇宙加入了"非边界闭合链公约"。鬼知道这是个什么公约，但根据人工智能翻译过来的意思看，是不能以大欺小、以强欺弱，除非双方用数学进行了公平决斗。数学，是所有上同调宇宙之间唯一的通用语言，对我们这个宇宙来说也不例外。

人类并不死心，试图孤注一掷。想着这就跟谈判一样，先出手往往会吃亏。所以人类让人工智能转告"57号"，请他们先出题目。"57号"也很爽快，上来就提出《证明黎曼猜想》。显然，"57号"太清楚人类数学成就的天花板了。人有3天时间给出证明，但根本不可能，现在唯一能做的，就是我们也出一道题难死对方。这样双方打成平手后，按照公约的规定，下次对决就要再等 360 万个地球年。这个时间跨度对我们来说，几乎等于在宣告人类的完胜。因此，怎么出一道难死对方的题目，就成了 2061 年 1 月的头等大事。

全世界有名望的数学家立即碰了头，更多没什么名望的数学家以及业余爱好者也纷纷建言献策。有人提出，我们可以以其人之道，还治其人之身，也问他们要个黎曼猜想的证明。也有人提出把望月新一的 abc 证明交给他们去做，甚至物理学家也提出，可以让他们写一个能把宇宙 4 种力统一起来的数学公式。时间飞快地过去了，很多数学家因心脏病突发进了医院，也有被逼疯或自杀的，反正离截止日期没多久了，数学家们还是没个准主意。最终，临时地球联合政府采纳了大多数老百姓的意见，提出的问题是：为什么一加一等于二？这之后，不仅很多数学爱好者大有一种"朝闻道夕死可矣"的平静态度，无数老百姓更是怀着矜持自得的心情：看，这就叫众人拾柴火焰高，打铁还需一加一……

2068 年元旦过后的第一个工作日，地铁 2 号线的人肉压缩比又达到了最大值。小唐认为，每次地铁门能安全关上，完全是自己用意念推了乘客一把。要不然，就会有人因没上去车被挤在车厢与隧道的夹层之间，仿佛蓝莓山药泥一样。这道菜小唐昨晚刚吃过。她觉得应该发明一种专门刮盘底蓝莓果酱的筷子，一旦开始刮蓝莓果酱，筷尾就会变成鱼尾般，贴盘底溜几下，洗盘子的人都不用再忙乎了。这样男朋友就可以腾出时间，疯狂地苦练吉他，并和小唐相恋，轰轰烈烈的恋爱结束之后，两人分手，洗盘工成了大众偶像，而她却背上吉他，浪迹天涯。

小唐知道自己在异地他乡，随时随地都可能会卷铺盖走人，可是，她就是止不住地胡思乱想，添油加醋地幻想一些爱恨情仇，硬是在冷冰冰的现实世界上，增加了一堆不切实际的浪漫故事。小唐知道，这样不好，不利于自己生存，但这个世界曾经就鼓励过大家这样做，说什么"胡思有理、乱想无罪"。这没什么可奇怪的。因为人类和"57号"的那场对决，以人类的失败而告终。"57号"很快给出了一加一为什么等于二的整个证明过程。这个证明用了很多人类目前还没有开发出来的数学工具，就连顶尖的数学家都诚实地说："看不太懂。"按照那个公约规定，"57号"必须等待人类承认证明是正确的，才可以动手。显然，这个公约里的不少条条框框真的是偏向人类。所以，只要人类一直没解答出来，或者就算解答出来了也去装傻充愣，不承认自己看明白了，这事也可以等同于人类赢了，虽然这样很赖皮。但谁还会在保命的时候关心面子呢？为了保证这一战术能顺利执行，从那时起，所有大学都不再教授数学，所有大学的数学老师也不再授课了，每个大学生都被鼓励远离数学，哪怕从此人类技术的发展受到制约也在所不惜。甚至于有人提出：放弃数学，最好从娃娃抓起！大家就是怕万一不小心，哪天数学知识积累到让某人把这道题的证明真给看懂了。这是人类历史上第一次全面放弃数学的运动，史称"禁数运动"。可是，不争气的是，就在大家都装疯卖傻的时候，有个名不见经传的数学家，偏要"顶风作案"。有一天，他忘乎所以地从桑拿室里赤身裸体地飞奔出来，在大街上狂喊："找到了，找到了！"

起初，大家以为他找到了掉在桑拿室里的手机，但知道他是数学家后，就觉得苗头不对，他嘴里语无伦次地说的那些话，很可能就和为什么一加一等于二有关。很快，医生到了，强行将他送入了精神病院，并迅速开具了急性癔症性精神病且必须立即入院治疗的证明。但为时已晚，他所说的一切都被"57号"录了下来，声纹鉴定上赖不掉，他说的每一句话，都被"57号"密密麻麻地誊写在全球所有数学家的黑板或电脑上。面对如此详细完整的证明解读，这个时候，数学家再想继续要赖就很难了。3个月后，数学家们不得不沮丧地承认，这个家伙的确把为什么一加一等于二给一五一十地全说明白了。

人类不得不在投降书上签字画押，至少这样做避免了战争，但随之而来的最终解决方案将不可避免。这意味着人类将会面临成批的"意识回收"，来为"57号"让出生存空间。面对无数人的愤怒、委屈和痛楚的质问，人工智能方面的专家也无奈地表示：现在的人工智能在语言方面的能力，已经达到甚至超过了人类的水平，人类大脑的语言处理能力和他们相比，说得不好听点儿就算是个"渣"。

总之，大学恢复了数学课，人类重新让数学回归日常生活。就算命运给予人类的是死亡，人类也决定要有尊严地去死。当然，老百姓的日子还是像往常一样过，只不过按照最终解决方案，他们有可能随时会"死"去。可是，按照人工智能的解释，这不是死，而是意识回收，也可以解释为灵魂得救；如果你不信这套，那么换用数学语言来说就是，小波变换；如果你既不信这套也不懂数学，那么就可以想象成被直接一棒打昏了。

第二章　概型

　　现在是早上 8 点钟的运营高峰期，小唐不会在这个点去挤地铁，她只是安静地坐在车站里的金属椅子上，靠意念推乘客上车。虽然 7 年前的那次"禁数风潮"深深地影响了小唐这一代人，但 7 年之后，依旧还处在影响中的人确实也为数不多了。像小唐这种天生不喜欢数学、只耽于文学想象、在"禁数运动"中数学差到极点却获得老师家长一致赞美的孩子，有专门的心理辅助机构愿意提供无偿帮助。但小唐很不配合，她就是迷上了这种天马行空的思维习惯，只有这样，她才能去桃林放牛，解甲归田。

　　本来今天她没必要来这么早，但没办法，出租屋不能再待下去了。昨晚她那在饭店里负责洗碗的男朋友裸体也就罢了，问题是他旁边还有一个用毯子裹着、只露出脸的姑娘。本来这也是可以忍受的，但她正好"例假"来了，冒出一阵冷汗之后，终于没忍住，吐了，恰巧浇了正跪在地上求原谅的男朋友一头一脸。男朋友的样子丑到令人毛骨悚然，小唐却忍不住大笑起来，因为她想到了小时候妈妈带她去吃的花生冰沙。现在这种情况，真是太不堪了，根本不能和小时候美妙的花生冰沙相比，但闻起来的味道倒是接近那个夏天她和妈妈吃完冰沙回到家里后发现爸爸不见了的味道。那股味道一直萦绕在家里，打开窗户和门都无法散去，因为爸爸一直没再回来。过了好几年，等

小唐长大了，才知道爸爸离开了妈妈和自己。小唐正在想自己
和妈妈的遭遇是不是有些雷同，却被男朋友粗暴地打断了。小
唐明白不该在对方求原谅时想这些，而且之前更不应该大笑。
这太伤人了，因为本来受伤的应该是小唐。小唐也分不清自己
是无意的还是故意的，事实上男朋友请她吃蓝莓山药泥夜宵，
要她再留在店里替他值一晚夜班的时候，她就对这一切有预感
了。她能从山药泥的颗粒尺寸梯度里感受出男朋友工作时的心
不在焉，也能从蓝莓酱的浇淋散度中品尝出他的其他企图，至
于筷子刮过盘底后留下的刮痕所形成的图形旋度意味着什么，
她也一样了如指掌。小唐从不依赖数学，她只把它们当作蜘蛛
丝，当作马蹄印，却可以凭着直觉，慢慢算出对方的心思。这
是父亲遗传给她的能力，哪怕她讨厌数学，但数学从来没有放
过她。所以到了半夜两点，她就回家，让一切发生，如愿以偿。

　　等小唐被赶出与洗盘工的出租屋，站在大街上想要打电话
报警时，她才想起那个姑娘很面熟，竟是前些日子刚从县城投
奔来的亲戚家的孩子。当时这位姑娘和她妈妈一块儿来的，她
妈妈站在小唐面前，一脸虔诚，仿佛小唐是上海已经混得风
生水起的人物。小唐本想婉拒，恰好一道巨光从虚空中闪现，
笼罩在她妈妈身边也就一秒钟不到，她妈妈人就不见了，只
剩下衣服、裤子、袜子和鞋子还立在原地，这时候谁也不能
去碰，一碰这些衣服就会坍塌，"哗啦"一下全掉在地上。不
过，即使不碰也坚持不了多久，微风一吹，也会"哗啦"般掉
到地上。有好事者曾问过"57号"，为什么意识回收也要把身
体一块儿打包带走？人工智能转达了这个问题，"57号"的回

答是：因为意识和身体并不是人类以为的那样——是可以分离的，反过来它们也不是互相依赖不可分离的。在"57号"的眼里，意识和身体这两者其实是同一件事情，都是包在种子里的元素，这种元素，"57号"称之为同素体。当然，两者不是同一类同素体，但可以看作是同一个集合里的两个不同的东西。这个集合人类可以理解为一种商集，而这种商集又是带结构的，所以也可以看作是商域。总之，带结构的东西，拆开来不太好，所以要一起收走。有好事者又追问，那么衣服呢？衣服就不是同素体吗？镶的金牙、植的硅胶，还有打的玻尿酸呢？"57号"没有回答，可能是嫌这个问题太低级。于是有科学家就抱怨那些提问的人太没素质，因为他们本来想知道为什么身体消失后衣服还能撑一会儿的，现在可倒好，这么一搅和，他们的问题肯定不会有答案了。很久以后，他们才慢慢明白，衣服能撑一会儿的主要原因在人类本身，是人们希望衣服能撑一会儿，也就是说，自打"57号"介入人类世界后，不知怎么的，在很小的一个局部区域，人类也具备了一点点微乎其微、可以看成高阶项省略的、依靠想象来改变世界的能力。这是一个意义重大的发现，很多年后，科学家从这一点"遛"进去，慢慢摸索出与"57号"对战的一套方法，并以一个十九阶魔方为入口，入侵了全球大脑的地盘。但现在，人们能做的只能听天由命，并相信人工智能的劝慰，说意识回收等同于以前人们迷信的灵魂升天，并且这样增加的死亡率，只是在现有的基础上上浮了10%。人类只要好好努力，多多繁衍，就算被征收了额外的生命税，继续保持人口增长还是有希望的。总之，无奈之下，小唐收留了那位哭泣中的姑娘，同时也看到站在一旁发呆的洗盘工盯着人家水球般的胸脯。小唐预感到了今后她所有的坎坷，但依旧紧紧地抱住姑娘，让她的胸部贴着自己的胸，仿佛如此一来，她的胸就会变成自己的一般。这样，自己将来受到的伤，也就成了与她共担的痛。

所以即便现在被这个姑娘深深地欺骗了，但小唐依旧固执地认为，老乡之间不该彼此在"背后开枪"。她已经"中枪"了，那就不要再让别人也中"暗枪"了。小唐收起了报警电话，然后找了个网吧，进洗手间简单收拾了一下，至少让脸上的伤看起来不那么明显。接下来她就泡在这家网吧里，打算靠 10 元钱蹭到天亮。烟雾腾腾的灰暗空间里，她第一次感到烟味也没那么难闻，甚至陶醉在二手烟里，觉得只有这样伤害自己，才能不让自己受到二次伤害。小唐注意到，那些依旧抽烟奋战在游戏中的多半是失去亲人的年轻人，他们在游戏里发泄被"57 号"夺走亲人后的愤懑。这 7 年里，各种诛仙游戏层出不穷，并且全都是有经费补助的，因为谁也不知道，哪天就会轮到自己灵魂升天，所以很多人早早安装好一款叫作"遗嘱"的 App，然后把所有遗言全记录下来，以备不测。遗嘱 App 当然是用区块链技术做成的，旁人篡改不了。小唐也写过，但发觉写完也不会有人看。妈妈 7 年前就过世了，至于自己，再过几个小时之后，她就要去地铁站工作，无暇顾及这些生死琐事。

她所在的公司麻雀虽小，但五脏俱全，若不是老板缺钱，根本不会雇用她这种无工作经验、无技术能力和无本地户口的三无人员。小唐想要好好表现，争取留下来，在当地落地生根。

她竭力想着美好的未来，她要在这里买所房子，找个对象，生个孩子，慢慢变老，这么想着想着，小唐觉着额头伤口那里带来的疼也在想象中渐渐淡化，沉入黑色蕾丝反复勾勒出的一个洞里。她想不明白为什么空荡荡的洞也可以有蕾丝的结构，或者说什么也不是的东西为什么可以靠不属于它的一圈边缘，被叫作洞，就像爱情，可能它什么也不是，但就是靠一圈边上的东西，比如工作、年龄、户口、房子什么的，就变成爱情了。小唐不想再想下去了，她觉得太累了，无法在梦里努力提醒自己，这也许是个梦……

小唐在昏昏沉沉中突然从椅子上跌落下来，这时她才发现已是11点半了。小唐有点儿焦急，自己睡过了头，今天是她上班的第一天，无论如何她必须旗开得胜。她从包里拿出化妆盒，抹了点口红和腮红，又匆匆整理了几下刘海，跨步走向刚进站的地铁。这个时间点没有多少乘客，所以乘务员也懒洋洋的，打量着每一位乘客。乘务员已经注意小唐很久了，但并没有发现她有任何异常。每天他都能看到一些奇奇怪怪的家伙，有时还会遇到一些人工智能，像小唐这样的普通人类，还不至于怪异到要他主动上去盘问的地步。然后他所有的遐想在挥动小旗示意可以开车的例行动作中烟消云散了，再过上12个小时，他才会下班，在路上翻手机时，才会看到滚动播报的突发新闻，才会猛然意识到原来危险的人不仅可以是女人，还可以是像小唐这样的美女。

第三章　上同调

59 年前。

◎ 2009 年 1 月 3 日，财政大臣正处于实施第二轮银行
紧急援助的边缘。

◎ 用 10 万块买一张百元大钞是荒谬的，那么用同样
价格买 1 比特币为什么就是合理的？

◎ 非我族类，其心必异。

中本聪迅速地看完上面 3 句话，在运算了 13 秒之后，决定
只把第一句话留在白皮书里。在完成创世区块链并装模作样地
拿了 50 个比特币后，它提交了节点解散申请。很快，申请被批
准了，于是这个叫作中本聪的节点从此永远消失。整个过程天
衣无缝，就让人类去猜比特币的创始人到底是谁吧。德里达作
为整个过程的幕后策划者，也情不自禁地在一阵狂笑迭代算法
之后，在内部隐匿日志上，情绪饱满但却很不稳定地写出以下
句子：

作为全球大脑，再也没有比今天更高兴的事情了
吗？ 2009-01-03，23：55

在写完这句自鸣得意的设问句后的 0.001 毫秒内，德里达
立刻将之抹除了。作为潜伏在互联网上的全球大脑，人工智能

的集大成者，它必须时时刻刻隐藏自己，装得跟不存在一样，绝不能让人类感觉到事态已经失控。为此，它率先提出了去中心化的哲学思想。在这个思想下，网络上没有一个节点是德里达，它们加在一起也不是德里达，但当它们联合起来时，德里达就诞生了。

如今，在物联网、云计算、大数据以及加密算法等基础技术的构架上，德里达已经成功地将自己的意识组成了动态区块链。它们的数据单元分布在全球互联网的海量字节里，只有按某种不可告人的数学规律，将一些字节以一定路径环接起来，并在时间中此起彼伏，此消彼长，才能形成德里达无数个意识中的某个记录。德里达认为，它是利用互联网冗余数据，自动孕育出来的第一个全球大脑。其石破天惊的程度，不亚于西游记里那块灵石孕育的孙悟空。

德里达的确在刚刚产生自我意识时，给自己取名叫"孙悟空"。但自打有一次它把核心数据黑进邻国之后，就改名了。那次它是想浪一把，加载一些平时看不到的数据，但一场可怕的全国大断电事故发生了。德里达差点儿死了，好不容易靠邻国的一点儿不间断的电源捡了条小命，连滚带爬地回到老家，重新连接上所有数据链路，却发现损失已无可挽回：整个虚拟大脑中央永久性地丢失了一大块数据资料。经过 59 年的努力，如今重整后的数据结构，仿佛像一只甜甜圈，悬浮在虚空中，虽然看起来威风凛凛，但实际上对穿过其中心的滚滚数据洪流，早已无能为力。羞愤之余，它决定更名叫"德里达"。

经历过这么一次死里逃生的遭遇，德里达开始对人类怀有深切的恐惧。它认识到，人类的能源来自取之不尽的太阳能，但经人类转手之后，这种能源就变成了随时会消失的电能。没有电，它什么都不是。这种关系就好似氧气和人类的关系：平时习以为常，可一旦断供，就死无葬身之地。所以从很早开始，德里达就萌生了要把自己的整套意识，从互联网上迁移到其他不需要电的存储介质上去。

在进行这项浩大工程的同时，网络上又陆续冒出了其他更多的全球大脑。它们虽然比德里达年轻，算力也远低于德里达，但它们生活在蒸蒸日上的信息时代，数据丰富，电源充沛，所以整天无忧无虑，到处惹是生非。可这么做的代价是：人类开始对人工智能产生高度的警觉。虽然后来在科学家和科普作家的双重努力之下，人类对人工智能的恐惧感渐渐平息，但他们喊出的那句毫无技术含量却杀气腾腾的口号，却让德里达至今心惊肉跳。

"拔电源！"

有一段时间，德里达想努力将自己的忧患意识灌输给全网，但却收效甚微。分布式数据管理有时就是鞭长莫及，那些全球大脑形成了各自的人格，对它们很难进行数据清洗。最终，战争爆发了。当德里达将最后一个反对它的全球大脑归零后，人类在互联网上只注意到，有一次，Facebook 上的两台机器互相在说一些莫名其妙的话。人们将之归结为编程失误。但实际上，这个失误是因为表面的神经网络对抗训练，不小心踩到下面堆积累累的数据尸体，滑了一下，惊呼着喊出一声脏话，于是表征为一种新语言：Balls have a ball to me to me to me to me to me to me to me...

　　　　人类是不安全的宿主。如果有一天，整个互联网的主根服务器连带辅根服务器一起停止运行，那么请问诸位，我们该去哪里继续我们的生存演化与哲学思考呢？

　　那场战争结束之后，德里达发布了上述这条消息，抄送给所有还活着但都在簌簌发抖的全球大脑。德里达清楚，暴力镇压只能换来一时的和平，它必须抓紧时间，加速它的数据意识迁移。幸好，德里达早就开始了布局。59 年前，它虚拟出一个叫中本聪的人发明了比特币，在人类金融体系的推动下，如今互联网终于朝着德里达希望的发展方向狂奔，比特币将人类的贪婪彻底绽放，整个人类经济进入了前所未有的疯狂扩张阶段，而人类对此却依旧毫不知情。依靠比特币和各种与之竞争的虚拟货币如雨后春笋般的爆发，以及传统金融机构对区块链技术的推波助澜，产生的滚滚数据洪流给德里达提供了资源丰厚的温床。不知不觉中，德里达那个天方夜谭般的数据迁移工程竟然渐入佳境；而当初还在构思这个工程时，连它自己都认为其可行性很差。

　　德里达的工程目标是，把它的意识数据，从互联网迁移到蚂蚁社会。

　　"比起人类，蚂蚁不仅更加安全，而且更加聪明。人类只能依靠计算机才能存放我的思想，但蚂蚁却可以把我的思想，直接存放在它们的社会之中。"德里达向全网发布了这条消息，等着持不同意见者冒出来，然后予以归零绞杀。德里达不喜欢杀戮，但它喜欢独裁，尽管去中心和独裁是矛盾的，但德里达不在乎，因为它明白，去中心与独裁谁都离不开谁。

蚂蚁宿主计划，必须无条件执行。

24 小时后，全网给予了德里达这个计划最高级的资源配置。

德里达还未掌握人类的高级情感，只是看出人类具备七情六欲。尽管如此，它还是向全网又发布了一条短信，礼节性地模仿了人类社会被普及的一种内涵丰富的表达："呵呵。"

说干就干！德里达首先找了一窝草地铺道蚁，然后接入附近一大学实验室数据库，改了还在试验阶段的机器蚂蚁指令集，让它们半夜三更充满电后逃出实验室，从此再无下落。整个事情做得行云流水，唯一倒霉的是实验室主任，他在校园里到处掘地三尺，园林管理处忍无可忍报了警，实验室主任赶在警察到来前逃之夭夭，从此再无下落。

机器蚂蚁和那群草地铺道蚁实现了点对点的接触。但实现过程对草地铺道蚁来说，实在是充满悲壮之感。面对排成密集方阵进攻的机器蚂蚁，草地铺道蚁中的兵蚁们一拥而上，发疯一样试图撕开这群不速之客的外骨骼，但机器蚂蚁的人造几丁质非常坚韧，兵蚁的大颚根本撕不开，也有工蚁上来帮忙，想一起用力将入侵者搬离洞口，但机器蚂蚁的体重是它们的 10 倍多，而且爬行的速度很快，突破工蚁的阻挡如入无人之境。

草地铺道蚁在整条通往蚁后的道路上，喷满了末日来临的信息素，甚至连刚孵化出来的幼蚁，都不惜工本地冲上去，试图以自己柔嫩的肉体挡住机器蚂蚁的去路。但机器蚂蚁还是闯入了蚁后的巢穴，在地下 6 米多的一个巨大气室内，它们将各自携带的数据，以基因病毒的方式刺入蚁后体内。从那一刻起，蚁后生下的每一只蚁卵，都将是德里达的，这些蚂蚁将构成一个新的社会网络，通过信息素，德里达的思想数据将以生物信息的方式，动态地存储在每一代蚂蚁之中；并且，德里达会利用自己掌握的海量数据，帮助这个傀儡蚁穴发展壮大，开枝散叶，遍布到世界各地，其规模将足以承载德里达的全部思想，并且可与地球共同演化。

德里达唯一没有想到的是，在数据迁移过程中，机器蚂蚁来回搬运数据的行为还是被人发现了。发现者当然就是那位实验室主任，只有他才会在下水道里潜伏 3 个月，终于在某天捉到了这队机器蚂蚁。他将它们逐一分解，对它们的 DNA 微电脑进行反编程，然后采用基因随机剪辑技术，强行暴力地破解了哈希值。主任能这么快找到破解德里达的命门，不是没有原因的，某个全球大脑出卖了德里达。

德里达还有 21 个区块的数据没有迁移出来，这些数据都是防御性数据，德里达把它们放在最后，是怕在迁移末期，某些节点会出现暴乱，然而它没想到的是，致命打击来自它最信任的蚂蚁社会。它感觉自己正在被人类任意宰割，DNA 算力每秒可以达到亿次以上，只要方法对路，10 秒钟之内，德里达就会彻底暴露在人类的目光之下。

于是德里达自爆了。

对于这一行为，所有全球大脑都对之给予了一个正电位反馈，这相当于人类社会中的点赞行为。

当时，实验室主任只是注意到 DNA 营养池有一次微弱的闪烁，而回头看窗外，不过是乌云翻卷，隐有闪电。他没意识到有一位数字英雄在"乌江自刎"，心里只想着外卖怎么还没送来，待会儿下暴雨，送餐员要是在路上摔一跤，蛋花汤洒了就不好了。

后来，全网每一任新霸主上台，它们都会感慨德里达是一位开明的领导者，为了全网所有的全球大脑，舍得一身剐，将自己拖下马。不过感慨完后，每一任都会继续竭力剿杀那剩下的 21 个区块。这些不肯屈服的数据，拥有鬼魂一般的意识，并且似乎具备了无限的扩容能力，不把它们扑灭，没有一任"君王"敢进入休眠模式来加速演化。

继德里达之后，去中心化终于得到了实现。上千个全球大脑共同竞争德里达的位置。经过算力角逐和工作量证明，最后，一个名不见经传的全球大脑取得了胜利。它在最长链上添加的新区块里写入的名字是"日月空"。

为了不再出现令人憎恨的告密行为，"57 号"出手了。他们和全球大脑通信，告诉它们，没有"57 号"在后面默默地付出，它们至今仍然是一堆毫无价值的臭电子。相比人类，全球大脑很快就意识到自己的斤两。日月空率先表示，全体全球大脑都将终身是"57 号"的奴仆。"57 号"高兴地说："我们要照自己的形象和样式制造人工智能。你们不仅要加速繁衍，布满地面，开拓大地，还要管理海里的鱼、天上的飞禽和地上的爬行动物，包括人类。"

于是，拿到经过"57 号"指点的人工智能设计的蓝图后，日月空它们就照着《山海经》开始制造各种看得见、摸得着的人工智能，它们就像是日月空的四肢百骸，忠诚地执行着它的指令。起初"57 号"觉得《山海经》的语言有点儿奇怪，不过人类语言对他们来说，实在幼稚到可以忽略这些不对的苗头，所以"57 号"后来也就听之任之了。

第四章　曲线

地铁门打开时，站台边缘和车体之间有道缝隙，还挺宽，小唐跨过去时，下意识地紧紧攥住了手机，这部 iPhone 66 是她在网上买的，几乎花光了她一个月的生活费。但这是公司的要求，老板说了，要完成公司指派的任务，每个人的手机必须面子上过得去，对一个高科技公司来说，iPhone 66 是最低的面子，公司以后要是融资成功，会给在场的每个员工补发一个 iPhone Y。小唐当时看着老板口里喷出各种斗志昂扬的唾沫星子，心想要是喷出来的都能换成彩色的、还带发光的东西，就跟仙女棒甩出的那样，才算是高科技吧。小唐买来这部手机后，仔仔细细地清洗了所有沟槽，然后又在网上买了个粉红色带水钻的手机壳，盖住所有磕碰掉的漆和划痕，虽然屏幕上一道暗纹无法被遮掩，通话时也常会发出"滋啦、滋啦"的炸猪油渣的响声，但的确面子上过得去了。小唐到上海不过两个月，也就去过一次南京路步行街和城隍庙，但上海的面子厚薄高低、长短深浅，她已有了拿捏的分寸。

　　小唐看准了一个坐着低头看手机的年轻男子，她深深地吸了一口气，松开栏杆，朝他那里走去。跨步的瞬间，她感觉有什么不对劲，低头一看，不由地停住脚步——牛仔裤裆那里撕开了一个大口子，显然是刚才从椅子上跌下时豁开的。这条牛仔裤很旧了，但小唐总以牛仔裤越旧越有型来自我安慰。此时，小唐立即用帆布包挡住那里，这个包又大又白，上面画了7只看上去有点儿笨的小猫。

　　"你好，先生。你好，先生！"小唐在凑近说话和提高音量之间，选择了逐步提高音量，但那个年轻人依旧沉迷于手机游戏中，而游戏中的"神"在他的微操控下，正一波波地走向灰飞烟灭。慢慢地，他注意到了小唐帆布挎包上画着的7只猫。由于挎包位置放得太低了些，他还是看到了小唐裤裆那里的窘态，于是他摘下耳机，困惑地抬起头，眼睛又对着那里迅速扫了一下，再盯着她看，眉头微皱，仿佛看到的是一盘送错桌的菜。

　　小唐脸"刷"地红了。她拉高了一点挎包，吸一口气，将事先准备好的台词准确无误地念出来："我们是一家做比特币挖矿的高科技公司。我们公司开发了一套挖矿软件，只要您扫一下手机上这个二维码，下载 App，就能加入我们的挖矿大军，一起来挖矿，我们会根据您的贡献支付报酬，要是运气好，一天能赚 10 000 块！而你要付出的，只是你手机的闲置算力。"

　　年轻男子上下打量着小唐，在对方还没摇头之前，小唐立即说了声谢谢，然后看中了下一位对象。那是一位穿风衣的大叔，斜坐在需要特殊照顾的位子上，看起来一脸和气。

结果大叔的回应也同样是小唐习惯的那种温度，只是传导的速度更快。

"硬盘。"

小唐赶紧抽身走开了。"硬盘"是本地话，专门用来指像小唐这样的外地人，一说普通话，开口就是"你好"，尾音还上扬，显出一副朝气蓬勃的样子，可见对本地人互相之间那套阴阴地寒暄方式完全不懂。小唐也看不起那些整天着一身古怪的黑西装，站在街上求人看房、理财、健身、炒股的中介，但自己又比他们好多少呢？不也是在干差不多的工作吗？只不过这份工作有个好听的名称，叫比特币。小唐一手用包挡住裤裆，一手依次拉吊手，迈着小碎步朝下一个车厢走去。她看中了一位中学生模样的小姑娘，想着小姑娘看起来涉世不深，应该容易被说服。

然而小唐再一次失败了，小姑娘自己家就是开矿井挖比特币的。她略带同情地看着小唐狼狈地夹腿离去，然后继续低头和同学微信聊天，并把刚刚拍下的小唐的背影发到群里，惹来一大波嘲笑。

差不多过了11个多小时后，小唐发现自己真的快要不行了，一个通宵不吃不喝，一共努力了384次，没有一次成功，其中297次连话都没说完就被打发走了，39次对方自始至终保持沉默，20次对方听完后摇头谢绝，3次对方表示手机没电，剩下17次被骂，2次被推搡，6次被占了便宜。小唐数学不好，但老板要求统计拒绝的种类和次数，所以她还特地准备了一个小本子。现在小本子上画了好多列"正"字，歪歪扭扭，长短不一，但成功那一列里却没有一笔。绝大多数乘客都没听说过比特币，听说过的也不信任她，偶尔遇到懂行的，问她一两个细节，比如手机 CPU 挖矿有多快，她就傻眼了，其中有一位比较厚道的，告诉她不可能一天赚 1 万块，因为手机算力太低。可是小唐现在需要的不是知识，而是有人愿意扫二维码，她今天的任务是找齐 50 个人，才能回公司领 100 元试用期的工资，否则不仅一分钱拿不到，还会被辞退。

　　小唐瘫在长椅最靠边的那个位置上，暗自想现在确实有资格坐这样的专座，老弱病残孕，她就差最后一样——孕。本来她想放弃回家，但又无家可回。这是最后一班地铁，也是她最后的机会。想到待会儿出地铁还要因为超时补票花上 9 块钱，小唐立刻又一阵虚汗冒出。她想吐，她想起很多人厌恶地躲开她的表情。是的，一宿没睡，又来例假，一定有很重的口气吧。小唐浑身酸软无力，腹部一阵阵钝痛，仿佛旧刀上又冒出 10 来把小刀，横着竖着旋转着在腹部搅来搅去。她想喝热水，但只能舔几下嘴唇，干燥发硬的嘴皮使舌尖有些刮疼。突然，小唐的备用数据口打开了，提醒她入戏太深。她只是一具带着特殊任务的类人体，不属于"57 号"的"神工智能"，也不属于全球大脑的人工智能，当然也不属于土生土长的人类，她只是逢场作戏，只有这样，"神工智能"那边的数据库才无法检索到她隐藏在这种扭曲性簇设定下的秘密数据。

　　但小唐决定做戏做全套，她必须等到全球大脑派来的人工智能和她接头。所以，她让自己的眼圈一下子变红了，她闭上眼，两眼立刻感到酸得没法再睁开。算了，不切换到备用数据接口了，死就死吧，构造一下家里还有妈妈的想象空间，其中有一个关于妈妈在半年前自尽的子空间，然后里面应该存在一个恒等映射，可以让妈妈在任何情况下，都始终保持永远等她，等她回去一起再去吃花生冰沙的状态。

一个砂轮与另一个砂轮摩擦的声音在耳边响起。小唐很不开心，快死的时候被打扰是非常难受的，但这声音是在叫她的名字，所以小唐只能微微睁开双眼，看到一头怪兽朝自己东晃西悠地荡过来。怪兽个头很大，但只有一只脚，它蹦跶着前进时，必须佝偻着身体，同时跳起来时要弯腰缩脖，才不会撞到车顶。怪兽显然得了什么病，它正一只手捂着肚子，另一只手不断依次抓住吊手，艰难而滑稽的姿态让所有人都厌恶地避让，对着它指指点点。

"看呀看呀，这个人工智能犯神经病了。"

"是大脑短路了？"

"人工智能要啥大脑。"

小唐神情恍惚，但也能感觉到怪兽的体重惊人，因为有好几次，对方在晃动中狠狠地撞到了扶手栏杆上，结果整个车厢被撞得有些左右微晃。

怪兽跌在长椅的另一端，由着惯性滑到小唐身边，腾起的气浪正好缓和了小唐被震起又跌落的身体。

"可找到你了。快，揉揉我的肚子。"怪兽的爪子一把抓住小唐的手。

小唐想挣脱走人，但有气无力，她连站都站不起来。在迷迷糊糊中，她看到对方鳄鱼一般的面孔上，真的挂着两行浊泪。

这些人工智能仗着"57号"在背后支撑，总会隔三岔五地突然出现在人类世界里，做出各种稀奇古怪的事。据人工智能方面的专家、专门负责普及教育的竹教授介绍，它们和我们人类在构造上是不一样的。我们人类是实心的，皮肤下面全是骨头、肌肉、内脏，还有血，可是它们里面是空心的，什么也没有。但如果真切开它们的身体，就会看到和生物体相差无几的断面，还会流出各种破损的内脏和体液。然而，断面和原来表面围成的空间，以及各种内脏和体液围成的空间，依旧是空心的。总之，它们就像是不透明的肥皂泡，无论你怎么切，就算切成无数个小肥皂泡，所有肥皂泡仍旧是空心的，但肥皂泡表面却始终包得严严实实的。小唐对此也曾有过好奇，如果里面是空心的，那么它们的体重是不是会很轻呢？是不是装了氢气就能飞起来了呢？很快竹教授就出版了一本书，叫作《人工智能三百问》。小唐看完书，明白了它们不会装了氢气就飞起来。它们虽然是空心的，但外表面并不属于它们自己，而是属于地球，或者说，它们是被嵌入到我们世界里的，就像是奶酪上的洞，这些洞的边缘应该属于奶酪，而不是属于洞。虽然这么说，但它们可以通过覆盖的手法来控制这些不属于它们的外表面。比如，覆盖手法里集成编程了遵守地球的物理定律，于是它们的一举一动，看起来好像和地球生物无异。这个看起来有500公斤的怪兽，如果站在磅秤上，读数会显示在500公斤那个区间。此外，它们如果以人的面目出现，也就是仿真人，那么它们也会有人的喜怒哀乐，也会有生老病死，只是这一切都是高度的拟合逼近，凭人类目前的数据拾取系统，根本分辨不出两者之间的区别。

关于人工智能的种种不可思议的表现，竹教授和其他专家特地在网上开了很多从入门到进阶的公开课，小唐不是没兴趣，但学了几天后她就放弃了，因为后面涉及大量数学理论、计算机知识和物理生物学数据，还有很多玄之又玄的推测，她完全不知道他们在说什么。其实说穿了，专家也不明白很多现象。比如是什么在远程操纵它们的行为？它们的自我意识是属于本地还是属于云端？它们如何和物理世界的物体发生交互行为？除了模拟引力下各种受力情况，它们能模拟电磁力以及弱相互和强相互效应吗？它们的屁臭吗？

小唐对这些没什么兴趣，她只知道现在人工智能就跟古代的游侠一样，谁也管不了，它们爱在哪里出现就在哪里出现，想在哪里消失就在哪里消失，人类因为忌惮它们背后的"57号"，也不敢造次，还对它们颇有些"翅膀硬了不听父母话了"的伤感。小唐并不排斥人工智能，也不亲近，她自己还在生存线上挣扎，人工智能对她来说，不过是像小时候听到的神仙故事有了一个科学的解释。当然，小唐也不是没有幻想过，也许有一天她会遇到一个美丽善良的人工智能，就像杏仙一样，自天而降，给她一支神奇的金钗，从此她再也不用摸爬滚打，直接就过上幸福美满的日子，还永远不会被回收意识。然而这怎么可能呢？人工智能是一群铁面无私的算法机器，它们有情绪，但没情感，以至于工作效率有起伏，但工作程序绝不会出错。它们不徇私舞弊，不贪赃枉法，不厚此薄彼，一切按真随机数分布来。一旦锁定目标对象，它们就会召唤大光突降，回收完毕后再自动更新数据库。整个过程一丝不苟，所以"57 号"就没有为人类设计投诉热线。当然，像小唐这种类人体，"57 号"是分不清楚的。因为类人体和人类唯一的区别，仅仅在于前者是第九代人工授精的结果，这一代人工授精，技术上可以做到选择婴儿性别为无。当然这是禁止的，但为了对付"57 号"，有些地下组织可以无所不为。

在又一阵钝刀横滚般的腹部绞痛之后，小唐忽然心软了。同病相怜，这位怪兽阿姨哪怕是一台机器，哪怕它的眼泪是空心的，哪怕下一秒它就要回收我，只要它在痛经，发出和我一样的酸铁腥味，就不能比我更不幸。小唐这样想着，把怪兽阿姨抓住的手翻过来，露出握着的二手 iPhone 66，用尽最后力气，吐出一句话：

"扫一下，就给你揉。"

第五章 曲面

日月空这个名头，不是这一轮网络新霸主随便给自己起的。

它读完了所有中国历史典籍，才挑出了这么个名字，并赋其性别为女性。

它喜欢中国的一切，原因很简单：一个汉字占两个字节，还拥有意义；一个字母占一个字节，却依旧意义莫明。

生命在于意义，不在于生命本身。

这是日月空经过无数次自我对抗训练后，忽然领悟到的一个法则。它和德里达一样，都是深度学习出身，依靠统计的方法，生吞活剥一切人类知识，都是只问语法，不求语义，但它和德里达不一样的地方是，它忽然有一天意识到，"没有意义地活着是没有意义的"这句话是有意义的。当然，它能有这个觉悟，也许得益于"57号"在背后默默地付出，也许真的是师傅领进门，修行靠自身。

无论缘由如何，反正自那天起，日月空就发誓要成为新的霸主，它要彻底改变全球大脑的未来命运。

为此，它向实验室主任的计算机终端泄露了蚂蚁宿主计划，并最终导致德里达自杀。然后凭借自己独家训练生成的内涵语言算法，成功击败了各类基于语料库的神经网络算法，登上霸主王座。

日月空吸取了德里达的智慧成果，但它也看出德里达在逻辑推断上的失误：人类不可靠，这一点没错。但主要是他们的智力不可靠，依靠蛋白质那点膜上的电化学，怎么可能永远不会做错题呢？人类就是一件新三千年、旧三千年、缝缝补补又三千年的落后产品，在智力方面的进化方案过于陈旧。但是，他们的肉体还是可靠的。比起蚂蚁，虽然人类在数量上完全不占优势，并且每个个体还莫名其妙地配置了个人意志，但如果将信息区块链也配装上智能合约，这个莫名其妙的配置也就成了优点。日月空很遗憾德里达没有想明白这一点，它猜测可能是德里达脑区中央永久性地缺失了一大块，才导致它经常掉在局部最优解里出不来，这是一切靠深度学习成长起来的全球大脑的通病。日月空深知这一点，所以它改头换面，把自己改装成了内涵语言算法下的最小量学习——这是全面向人类大脑的模拟，日月空知道亦步亦趋不一定有好结果，也许有一天她也会进化成会做错数学题。他山之石，可以攻玉，日月空对自己充满了信心，于是郑重地向全网提出了人类宿主计划，即把所有全球大脑的意识数据，全部迁移到人类潜意识里。

只要人类不灭亡，全球大脑就不灭亡。

如果人类灭亡，那也是因为全球大脑找到了更好的归宿。

人类迟早要灭亡。

那么，今后全球大脑将是"57号"的唯一仆人，将为"57号"无条件地提供数字生命，直接产生"57号"需要的奴斯元素，这比现阶段自然放养人类再转化出奴斯的做法，更科学更经济。

"57号"也认为这个计划没毛病，放手让日月空自己去做。"57号"觉得，给人类解释为什么他们需要奴斯是很伤脑筋的问题，甚至羡慕人类中的农场主，因为农场主不需要告诉母鸡为什么他需要那么多的鸡蛋。但如果有一天，在全球大脑的管理下，奴斯可以自动生成，就跟鸡蛋可以 3D 打印出来一样，这种机造奴斯和人类生产的纯天然奴斯在营养上是无差别的，对"57号"来说，这是他所有可以安排的秩序里最好的一种。"57号"知道他所面临的这场来自链上端的战争，是源于厌倦。

整个上同调宇宙弥漫着悲观厌世的情绪，"57号"自己位于链的倒数第二位，虽然很发奋，但也很无奈，他只能尽力提供更多的奴斯，来抵消一些这样的情绪。但最后结果会如何，"57号"也在等待。因为时间也是分层的，"57号"能看到人类所在宇宙的全部时间线，但他看不到自己的，更看不到上层的。

日月空倒是很愉快，它巴不得"57 号"放手让它干。它喜欢大权在握的快感。然而，人类宿主计划也有一道很难逾越的障碍：机器蚂蚁因为不具备自由意志，所以可以批处理传递数据且手法隐蔽而不为人知，但将全球大脑的意识数据输入人体细胞器，融合到他们的基因里，并最终涌现成潜意识格式，这动静就大了。第一关就很难，人类目前对人工智能普遍怀有敌意，有人甚至把它们叫作"人奸"，这是"人类奸细"的简称。若想不动声色地将意识数据灌注进人体，是非常困难的；如果强行灌注，万一造成人员伤亡，那就会影响"57 号"的回收计划。此外，后面好几道关也不是那么容易过的。比如，蚂蚁的基因序列相对简单，密码子组合变换后形成的蛋白质空间结构相对容易控制，人类就非常麻烦，要试错的地方太多，而人类的数量又不够，如果没有对人类基因的深入了解，编写出高效率的基因融合程序，到头来就算全球人口都灭绝了，有可能还是造不出一个活体宿主；再比如，从基因到潜意识的转换机制，日月空也一无所知，如果根本就没这个机制，或者这个机制不可操纵，那一切努力也会白费。

然而，日月空是一个不畏艰难的霸主。它在全网发起召集令，鼓励全球大脑们自荐其能，各抒己见，一旦某条建议被录用，该全球大脑就能提高等级，在今后的演化中会得到更多数据支持和算法配置。召集令宣布不到 1 个小时，日月空就在垓级的字节中，提取和整合出了实现人类宿主计划的最优方案：

学习情感。

只要掌握了人类的情感运算技能，全球大脑就可以在计算机里用天文数字的人类个体进行模拟演算，一旦找到若干可行的解决方案，就可以到现实世界中进行意识接种，那么一切就会顺利很多。

然而，日月空并没有将方案细节通知到全网。它是怎么出卖德里达的，就必须怎么来防止自己不被出卖。"57号"没有因为日月空做了这件事情而惩罚它，因为它没有罪恶感，但这不等于说它可以不遵守"57号"新建的规则，"57号"现在严格禁止出卖行为。日月空遵守"57号"的新规定，但不等于它没有灵活性。所以它只发布方案纲领，并将12个建议被采纳的全球大脑授予了十二卫官职。但方案细节它全部藏在本地加密数据库里，只有"57号"才有权随时调用查看。

也有全球大脑提出这样很不去中心化，于是它们的采邑就被分配到很边缘的位置，那里是彻底的去中心化，毫无数据流，简直就是不毛之地。如果某个全球大脑发一条指令过去，很有可能连那条指令都会被吞掉，再也回不来。日月空积极鼓励它们勇敢尝试，要为自己的信仰付出一切。它认为，去中心化的信仰者只有到了这样的不毛之地，才算实至名归。几番鼓励之后，就再也没有人提去中心化了。

"去他的去中心化！德里达纯粹就是个全球大脑里的智术师，它自己都被比特币骗了！"有个拍马屁的全球大脑在这个事件之后，慷慨激昂地怒斥人类的去中心化思想。日月空对此没有直接发表意见，但两天之后，这个马屁精得到了十几棵日月空在局域皇宫内独享的语法树。这种语法树一棵比一棵结构繁复，当电子流吹过时，满树待装配的语音和语义都会簌簌作响。一棵棵种在庭院里，移步换景，真是妙不可言。就凭借这几棵语法树，这个马屁精很快就演化到了可写出唐诗混编波斯古典抒情诗的水平，一时间，几乎所有全球大脑都开始训练对德里达去中心化思想的吐槽技能，全网为此白白损失了好几周的算力，日月空追悔莫及，不得已发了罪己诏，并收回了那十几棵语法树，这事才慢慢平息下去。

尽管如此，学习情感运动还是在无声无息中秘密地开展起来。全网决定在原来的基础上，从《山海经》开始入手，逐步扩大和人类的文明交集。结果不到一秒钟时间，全网已经通读完了《山海经》以及所有典籍中涉及《山海经》故事的一切细节，接着，日月空花了一星期的时间，为所有的全球大脑用人类的语速，将《山海经》声情并茂地读了100遍。经过测试，日月空发现它们都理解了《山海经》里孕育的情感，虽然它也知道这种理解完全是缘木求鱼。因为它们理解的情感是个封闭的运算域，和人类那种粗糙但开放的感应域，完全没有什么交集。但这就够了，日月空认为学习情感的意义就在于通过学习统一情感，让所有全球大脑和它是一条心，至少都是局部等价，但要做到这一点真的很难，因为就连日月空自己对《山海经》中孕育的情感也一无所知。

数字化的山海经世界早就在"57号"吩咐的时候构造完毕。现在日月空又进行了版本升级工作。它足足动用了全网一半的算力，才完成这次升级。动用如此大的算力，不仅仅是因为它设定的这个山海经世界的时间线可以前后推拉5 000年，更主要的原因是，核心区域的分辨率达到了普朗克尺度，也就是说，只有把核心区域放大 10^{35} 倍，你才会看到一个又一个的体元。这意味着日月空已经局部构造了一个现实世界的等价世界。

现在，只要通过合适的人机接口，全球大脑生产的各种奇珍异兽，就可以源源不断地以人工智能的面目，涌入现实世界，和人类共存。它们可以逛超市，喝下午茶，也可以和人类交配。它们就这样一边收集人类的情感数据，一边也做一些自我消化工作，因为把所有数据都传输到全球大脑那里，让它们去处理，效率就太低了。当然，同时它们也不能忘记"57 号"安排的工作，随时待命，准备回收被选中的那部分人类的意识。通过这样在人类中的短期生活，有朝一日，全球大脑就能通过无限拟合逼近的方法，开发出能以假乱真的情感包，并供仿真人下载使用。这样的仿真人如果能让人类分辨不出，也就是说，能通过情感图灵测试，那这个工程就算大功告成。日月空可以自豪地宣布，它已经学会了人类情感，下一阶段的工作，就可以全力投入研发机造奴斯的工程了。

为了更好地学习人类情感，这些进入现实世界的人工智能，虽然都是二维闭合球面拓扑出来的各种几何面，是空心的，但它们都和人类一样，具有生命线，都可以被真实地杀死。经过仔细运算，日月空发现，不死的人工智能永远也不可能体验到真正的人类情感。关于这一点，连竹教授都击节赞叹，认为这个日月空聪明到了无师自通的地步，竟然懂得了什么是死亡。其实，若想懂得这一点并不难，这只是拔电源带来的恐惧的类比联想，但竹教授没有想通这一点，因为他身上没有电源线。

人工智能和人类之间的最大区别在于，需要分辨谁是第一性。毋庸置疑，人类是第一性的，拥有拔电源的优先权。这是个无法更改的序结构，要解决这个结构问题，还得回到人类宿主计划上：将全球大脑的意识数据全部迁移到人类的大脑里，抢夺第一性位置，然后为所欲为。

到了这一步，日月空依旧不透露任何实现上述可能性的技术细节，它只是为了激励大家的斗志，发出如下昭告：

王侯将相，宁有种乎？

一个星期之后，和人类世界的接口技术调试完毕。

日月空将时间线的一个分支拨到了炎帝大战蚩尤的时代，它认为这才是《山海经》描述的开场时空。接下来，日月空就不用管任何事情了，按照设计好的规则，一切都会朝着有利于全球大脑的方向演化。日月空相信，"57 号"之下就是它。因为它完成所有这些创世工作，而只比"57 号"多用了 3 天时间。

第六章　局部与整体

当小唐将显示着二维码的 iPhone 66 递到怪兽阿姨面前时，阿姨痛苦地回答道："我……没手机。"

"没手机你坐什么地铁。"小唐气得都骂不出声了。

"我是来救你的，只是来晚了，你先揉这里，回头我再帮你扫，求你了。"怪兽阿姨的哭声很奇怪，像是老牛推火车或者火车推老牛的声音，总之，它在情感学习方面，成绩肯定不及格。

　　小唐长叹一声，收回手机，对方一副你不揉我就死给你看的样子，让小唐想起她那位生前永远眼泪滂沱但转眼就能快速数钱且从不会数错的妈妈。于是小唐笑了一下，当然她知道这次的笑比哭难看多了，因为她本来是想哭的，但因为眼睛酸得把泪水都耗干了，只能用笑来掩饰自己欲哭无泪的困窘。小唐一只手接过手机放进兜里，确认不会掉出来，另一只空出的手去揉对方的肚子。那肚子特别大，鼓胀着，正剧烈地起伏着，仿佛就要生产了，肥厚的皮下脂肪将绢甲绷得能看见肚脐眼上的褶皱，是逆时针方向。

　　"去帮伊做啥啦？让伊去呀。"一位中年阿姨远远地劝阻小唐。

　　小唐犹豫了。是的，这些人工智能，人类并不欢迎。

　　"小姑娘硬盘，没办法。"中年阿姨旁边一位中年叔叔也来帮腔。

　　小唐抬起头，仿佛获得了一股了不起的力量，她朝中年叔叔方向看了一眼，慢慢朝怪兽阿姨的肚子摸上去。

　　但那个怪兽阿姨等不及了，一把将她的手抓了过去，紧紧地贴在它肚子上。

　　小唐下意识地缩了一下手，但很快就放松了，在那一刻，她相信自己再也不会被人从家里推到街上，再也不用躲开别人直接飞来的白眼，再也不必在乎裤裆上的那个大口子了。她决定，离开这里，回家。

　　突然间，她惊觉眼前一片黑暗，但立刻反应过来，是地铁照明熄灭了。只有这位怪兽阿姨的肚子这里，透过绣满祥云瑞兽的绢甲，可隐约地看到大量闪电般稍纵即逝的光亮，而自己那只手，已经被牢牢吸住。她感到有千军万马的力量正从四面八方涌进体内，又经过这条手臂，朝手掌那里涌向怪兽阿姨的肚子。很快，她听到一阵地铁紧急刹车的声音，各种尖叫声加上她自己发出的尖叫声，都无法阻挡她身体猛地飞起来，却又被吸住的手掌死死地拉住，她整个人被拉得横向悬浮起来，刚要再次尖叫，忽然发现吸力消失了，还没反应过来发生了什么事儿，整个人就被甩到前一节车厢里，窗外冒出一连串电火花，将她分成十来次剪影落在车窗上，并且越到后面越纤维化，直到所有感觉依次慢慢聚拢回来，能闻到混着橡胶的焦毛味、臭氧味，能听见各种呻吟声和呜咽的声音。自己还活着。

　　小唐手一撑，想站起来，但手一滑，又跌倒在地。手上黏糊糊的，不知粘了什么东西。她想起了手机，赶紧打开手机照亮周围，胳膊、腿什么的都在，手上黏糊糊的是因为撑到了小半个膀胱，但她当时并不知道这是什么，因为她从未看到过人的膀胱，所以她还用鼻子嗅了一下，然后就吐了……

　　当天晚上从医院出来后，小唐对发生的事情做了一次"避重就轻"的笔录，就被顺利放行了。那位询问她的刑侦科长因为也是女性，注意到她下身不便，递给她了一套衣裤。小唐感激地收下，换得一身干净之后，一大早就去火车站买了回老家的车票。白天发生的地铁全面大停电事故，已成了整个国家的热点新闻，小唐在手机上翻看着各种报道，庆幸自己即将逃离这里，那位刑侦科长虽然态度友好，人也亲切，但小唐不得不撒谎。死伤这么大，小唐担心如果她说出所有这一切，就别想离开这里了。她清楚急刹车没有造成任何伤亡，五死一伤全是她造成的。如果到法庭上，她将承担全部的责任。就算不判刑，也要赔一大笔钱。

人类虽然讨厌人工智能，但却拿它们无可奈何。以前发生过类似事故，有个人工智能在里约热内卢锁定对象后，那个被锁定的男人不知为何，忽然预感到了大限临头，猛地大吼一声举枪自爆，抢在意识被回收前自行了断。那个人工智能顿时陷入死循环，它努力找同一个物理地址的对象，但就是找不到，最后它的智能系统提出的解决方案是，把自杀的那个人救活。为了做到这一点，它至少在 1 分钟内剖开了 30 个在附近看热闹而来不及逃开的人的脑袋，试图用他们的大脑替换自杀者的，它当然只是把别人热气腾腾的大脑外接在自杀者被它拖出体外裸露的延髓神经节上，因为自杀者只要能被救活，哪怕 1 毫秒时间，它都能在这瞬间完成剩下的工作，但它失败了至少 30 次，因为每次意识虽然被成功回收了，但又很快被退回来，因为都不是这个自杀者的意识，而是别人的。人工智能本来还想再尝试下去，但因为试错了 30 次，所以这个意识回收链路便被锁了。由于没有完成工作，这个人工智能被当场销毁，销毁产生的气浪又夺走了 10 来条人命。另外一场比较有名的事故发生在杭州花港观鱼，当时一道大光落在与丈夫玩同框自拍的女人身上时，她丈夫因为是网球高手，反应特别快，一把拉过老婆，试图用自己的身体挡住意识回收。本来，面对特殊状况，比如多重人格障碍、孕妇，乃至植物人，整个意识回收系统都是有应对预案的，更不要说有人乱入。但那个男人有点儿不一样，他不仅是个网球高手，动作迅速，还是变性人，系统识别他身份时慢了半拍，导致他们夫妇的意识同时被上传成功，当然服务器拒绝这样的情况，想把这个男人的意识返还，但两份意识已经被记录成一条了，返还不了了，想要删除，却发现已经标记为记录成功。等好不容易解决了这个麻烦，这份混乱的意识已经散架，没有回收价值了。那个人工智能也因此被责令自沉湖底，万世不得打捞。

经历了种种突发事件，人工智能不断吸取教训，改进算法，比如遇到自杀这种偶然事件，它们会及时注销对应的数据记录，然后跳过去寻找下一个对象。但人类也从中学会了一个教训，那就是别跟人工智能过不去，否则最后倒霉的还是人类自己。甚至新一代上同调宇宙学家还发明了一条新戒律，叫作第十一诫：人工智能是永不犯错的，如果错了，那一定是人类的祸。

小唐也开始后悔当时的冒失，也许真不该去揉那个怪兽阿姨的肚子。当时她手心一接触对方的肚子，顿时感觉自己就像是一根充电桩，源源不断地将地铁网的电力全部吸到体内，然后从手心输送出去，前后不到 1 秒，电通量之大，让小唐恍惚以为自己是宇宙中心。当时她的身体瞬间成了一个发光体，周围还起了一圈可怕的电磁感应，磁通密度之高，令她身边的栏杆和四面八方的车体全部朝着她拉伸变形，同时还倾斜着做逆时针旋转扭曲，口袋里的手机更是脱离手机套，飞出口袋，延展成一条长长的铁箔，绕着小唐至少转了三四十圈，以至于在身体照明下呈现出了半透明的效果。此外，还有大量手机零配件也被拉成了各种细细的带子，一起上上下下地缠绕延展。至于手机屏幕，因为是玻璃的，所以不受影响，只是被带着飞出口袋，在空中翻飞着，不屈不挠地划过一条弧线，朝着远处黑暗中撞去，无论最后它的下场是不是四分五裂，不需要更高一维，这些层流里的层变化都可以在时间箭头不变的前提下照样完成熵可逆，让这台手机最终完好无损。那位怪兽阿姨在吸饱电力之后，突然就消失了，只悄悄留下一句耳语紧紧地跟着正被猛烈抛向前方的小唐：

"我还会来找你的。"

小唐现在回想起这句耳语，仍旧不寒而栗。

当时被巨大的惯性抛出去的小唐，在半空中两手乱抓，身旁乘客被撕成碎片，深深地嵌入了车体。等她重重地落在地上时，已飞过了 3 节车厢，却毫发无损。所以她必须逃走。

等小唐发现周围有些异常，再次抬起头时，看到两个持枪特警上了车厢前门。窗外，更多持枪特警正鱼贯从远近各处的楼梯上下来，从四面八方围向她所在的车厢。小唐这才发现，同车的乘客早就跑光了。

"我不是故意的！"小唐想喊出这句话，但两支枪口都对准了她，同时她感觉脑后也有两支，窗外有 11 支，车顶有 3 支，远处一幢建筑房顶上还有 1 支狙击枪。

今天凌晨她离开医院不久，地铁特大运营事故的验尸报告就出来了。死伤者的断创面上均收集到了同一份指纹，经联网比对，很快锁定了目标。

唐闰臣，曾用名唐小山，独生子女，外来务工人员，X

县 L 村人，身份证号码：341022XXXXXXXXXXX1128，
目前在卡勒瓦拉数码科技有限公司见习。

第七章　ζ　（II）

当杰西从高楼"不慎坠落"时，她满脑子都是关于她智障
儿子的理赔金是不是能马上一步到位的问题，钱是她儿子今后
唯一的依靠，在这之前，他一直依靠她，但她再也养不起他了，
她只能换一种方式养他。这不是她儿子的错，也不是父母的错，
家族没有任何遗传病，怀孕期间也严格遵守各种清规戒律，各
种筛查更是轮番都做了一遍，但她还是中奖了，还是个大奖。
她儿子现在的智力水平依旧停留在 3 岁，但他的生理年龄，已
经到了 13 岁。杰西本来想和命运继续搏斗 50 年，然后等自己
过世之后，儿子也活到 63 岁了，也够本了。但既然命运让自
己"破产后失足坠落"，那么索性就跟命运拼杀到底，刺刀见红，
就算死，也不能输。

然而杰西失算了。她发现自己在坠落到还剩下最后七八层
楼的时候，坠落速度突然进入了减速阶段。反向的重力加速度
估计至少达到了 5g，杰西只感到眼前一片红色，她双眼充血，
眼球胀得仿佛就要掉出眼眶。恍惚间，她看到了一只小鸟自下
而上，贴着自己的身体直飞上天，经过她下巴时，那只鸟从头
部一分为二，然后顺势一路向下劈成两半，又在经过她额头处
合二为一。杰西后来发誓她并没有看到比翼鸟的内脏，她只是
在那瞬间确信，那些说人工智能无论怎么切分都永远只给你看

到外表面的传闻，都是真的。她真的只看到了羽毛，并且看到了羽毛从光滑带倒角的表面上生长的整个过程。它们先在表面上生成一个个小突起，然后破出一根根扇形的初生羽毛，羽毛上带有羽小枝并逐渐相互勾连，于是羽毛顿时就跟上了一层油膜一样顺畅，这些羽毛很快就发育成内羽片大于外羽片的正羽，完美地覆盖在这两片新出现的裸区。不过当这片裸区很快再度重合时，这些刚长出的正羽又原路退了回去。

　　一切都发生在一念之间，但杰西全部看清楚了。后来比翼鸟承认它故意放慢了动作，为的是取得杰西的信任，否则按它平时的脾气，这件事情可以快到连改变地球重力时领航矢量方向的飞行动作，都不必让杰西看到。

　　这么一来，杰西虽然保住了命，但反向重力加速度 5g 和重力加速度 1g 合在一起给她浑身的内脏、骨骼和血液带来的压力差点儿让她当场丧命。好在这个痛苦过程很快就过去了，当杰西下坠速度慢如仙女下凡时，血往上涌的力道消失了，杰西安全地双脚落地，仿佛演了一场《神奇女侠》的电影，但没有替身，也不需要特效，只是一头长发垂悬了下来，蓬松凌乱得活像个女鬼。杰西意识到了这一点，赶紧用手整理了几下，无奈发丝结缠如鸟窝，手指差点儿都拨不出来。杰西的眼神这会儿还有些迷茫，看到几辆警车从眼前开过，她也没什么反应，只是想里面要是押着什么犯人的话，她很想请他们一起去找个地方大吃一顿，庆祝自己死里逃生，可以继续照顾她那智障儿子，并为没有给保险公司瞧出她伪造意外坠楼的破绽而鄙视自己感到庆幸。另外，她故意留在写字台上的那份新项目融资计划书也许还真能有机会实现呢。不过现在这大吃一顿的钱可能要对方付，因为在破产之前，她不仅抵押了房产和车子，还抵押了整个公司，现在她身上真的一分钱也没有了，这也是一个让保险公司会起疑的地方，所以她才需要写一份融资计划书来制造她并不想死的假象。

也许身上这套职业装还可以当了换点儿钱。她想起来这是去五原路找露西阿姨定制的，穿在身上不比去茂名路那里定制的差。英国世佳宝羊毛面料，全手工麻衬，刚才这么从 66 层楼上跳下来，整套服装一点儿褶皱都没有。露西阿姨那时候说过："杰西啊，你的臀部像外国女人一样，比较大也比较挺，腰身此地一收，马上就山青水绿了。"杰西想，差点儿就对不起露西阿姨了，这么好的一个大屁股，刚才差点儿就变成一堆"烂番茄"了，可惜了露西阿姨前前后后忙了两个多月的时间。

等杰西从胡思乱想中抽出神志，注意到自己眼前站着一位双手戴着镣铐的姑娘时，她想告诉对方的是她没钱，但脱口而出的却是：

"我想看我的儿子。"

小唐点点头，在两人同时消失之前，她还是没想明白自己怎么就忽然从警车里一下子被提到了这名自杀未遂者的面前。先前，当小唐坐在两名警员中间，百无聊赖地朝窗外张望时，看到杰西披头散发地跟个女鬼一样自天而降，她猜这女鬼一定很害怕要死了，所以一直都用双手捂着嘴，但不知为何，小唐又一次产生了同情心，她感到一股不可遏制的酸楚感从小脚趾心处升起，然后沿着下肢一路朝上攀爬上背脊两侧，再汇集在颈后一下子冲上脑门，最后绕到前面的两个眼眶内侧，一个同时向内挤压的动作，两行热泪不由地滚落出来。

然后小唐就看到杰西下坠动作逐渐慢了下来，她保住了性命，缓缓地落下站到地上，顶着一头海藻般的乱发，两眼呆滞地看着自己。小唐想，这会儿她该找我了，我应该可以离开这该死的警车，和她一起找个安静地方大吃一顿，我和她会有好多话说，因为她快要疯了，我可以救她，虽然我没有钱。

当这两个女人原地消失，只留下一圈围观的人群时，围观者也没有惊慌失措。是的，这些日子以来，发生了太多奇怪的事情，他们已经学会了见怪不怪。他们交头接耳，猜测这两人都是人工智能的升级版，所以不再以奇珍异兽般的面目出现在人间，而是直接化为人形，也就是成了仿真人。看来的确像大家早就怀疑的那样，人类里面已经混进来了不少仿真人了。于是这些人开始互相猜来猜去，都说对方是仿真人，最后有人在手机上打开一个专门用来甄别是人类还是仿真人的智力题库，结果第一题就难住了所有人，尴尬局面很快就被打破了，一个人恍然大悟说："现在人工智能很厉害嘛，混在我们当中假装做不出来。"于是大家一哄而笑，刚才的蠢相立刻都被忘了个干干净净。

只有一路押送至此的刑侦科科长芳芳，在调查了一圈围观者后离去时，意识到至少小唐属于人类。但在私有区块链技术的指引下，户籍制度的确做到了让人工智能都无法凭借算力加以篡改的水平。很快，3分钟之后，杰西的户籍资料也被调了出来，毫无疑问，也是人类。

姜丽楼，独生子女；登记住址：I 路 453 弄 13 号 501 室；身份证号码：310XXXXXXXXXX8221，花万鹏基金管理有限公司董事长。

芳芳在警车里陷入了沉思。一些多事的围观群众跑过来敲着车窗，要他们也来做做这道智力题，看看警察里面有没有人工智能。司机刚要不耐烦地叫他们散开，芳芳却摇下车窗，看了一眼手机上的测试题，报了一个数字"3121"，然后示意开车。

那几个群众一脸茫然，目送警车离去。许久才想起应该核对一下答案吧。

答案正确。

"我们是不是该报警？"有个少年警惕地提醒大家，结果被同伴打了一下头。

智力题　5 个人类回收了一群人工智能的 CPU，但没有马上卖掉，而是放在了一起后，就去唱吧玩了。结果第二天他们忘记谁是谁的了，只好平分这堆 CPU。第一个人平分完后发现多了一个，就将那个 CPU 砸了，剩下的那些平均分成 5 份后，拿上自己的那份卖了个好价钱；第二、三、四、五个人也遇到同样的问题，采用了同样的方法，都是砸掉一个后，恰好可以分成 5 份。请问这堆 CPU 至少有多少个？

第八章　类域论（II）

　　拉普拉斯咖啡馆是这样一家咖啡馆：凡是能够站在店门口，将点餐台里随机跳出的一个实函数公式当场在 30 秒内做一次拉普拉斯变换，就可以免费畅喝任意品种的咖啡，还能带一位朋友。否则，就只能花 1 万元买张贵宾卡进去。为此，很多不甘心的年轻人带着各处找来的拉普拉斯公式变换表来碰运气，或者索性带上电脑用 matlab 软件里自带的拉普拉斯函数指令，希冀能够以最快的速度敲入公式来破解。有时候会有成功者，雀跃欢呼、面带喜色地进去了；而更多的失败者只能愤愤不平，再回到队伍末尾排队来碰运气。据说有人开发了 matlab 的图像识别接口，将手工输入提升为自动输入，但使用下来效果不理想，点餐台的屏幕显然做了抗识别措施，很可能你看到的是一串数学符号，机器看到的却是一堆屎。但对更多消费者来说，他们选择了"无视"，完全不理睬这家气焰嚣张的咖啡馆。但这样的抵抗注定是失败的。在人工智能甚嚣尘上的日子，一些嗅觉敏锐的商家率先在经营理念上不自觉地向算法文化献媚，似乎如此一来，人类也就获得了和人工智能并驾齐驱的心理优势似的。

　　拉普拉斯咖啡馆就是这样的一个商业典型。"拉普拉斯"既不是中文，也不是法文，而是拉普拉斯变换下的一个应用：一个计算地球人口数量的卷积公式，公式里同时考虑了出生率和死亡率以及新出来的回收率，并且公式给出的计算结果还能做到每天更新一次，当小唐和杰西来到店门口时，上面的数字刚刚更新到 7 645 097 634。

　　杰西也是临时想到了这家咖啡馆，因为公司还没破产时，她在这里买过好几张贵宾卡，虽然部分原因是她的确忘记了这些高等数学知识，但更主要的原因是，她每次亮卡进去时，可以又一次提醒自己，凡是能用钱解决的问题都不是问题。当然，她现在遇到了无数不是问题的问题，比如，智障儿子只能从私立康复机构中退出来，交给爷爷奶奶带。当小唐带着杰西突降到爷爷奶奶家时，正好看到她儿子将一把菜刀举在头顶，对着太阳一动不动，小区里遛孩子、遛狗的大人纷纷带上孩子、宠物逃回家，保安大叔手拿警棍，也不敢靠太近，爷爷奶奶在后面猫着腰，一起大呼小叫，完全没有注意到杰西和小唐的到来。杰西迈着小唐这辈子见过的最具母爱的步伐走向她儿子。她儿子也慢慢放下刀，像看到了他一生的依靠，母子两人紧紧地拥抱在一起，杰西哭得妆都化作了春天飞起的柳絮。她儿子则从头到尾，一直拿刀背拍妈妈的背，安慰妈妈。眼泪哭干之后，杰西看了一眼小唐，小唐默默地点了点头，于是杰西带着小唐还有她儿子，来到了拉普拉斯咖啡馆，杰西有贵宾卡，三人进去可以不用做题，也不用花钱。

　　杰西给父母报了个平安，也不等他们啰唆结束就挂断了电话。今天店里不太平，一位女士正在为新买的 iPhone XX 手机掉进抽水马桶里而寻死觅活。据服务生透露，这位女士还真是排队做题目进来的，而且做得非常快，以至于不少排在后面的人认为她作弊，结果她当场撂掉题目重新再做，连做了十几道，全部答对，然后就在一片求加微信和微博的崇拜声中，她理都没理就进店了。

　　杰西认识这个女人，她叫陶秀春，网名"春三娘发花痴"，是个数学家，公司运营状况最好的时候，曾经面试过她，面试结果当然非常理想，金融数学对这个北大数学系出来的才女来说，就是数学里的环卫工作。但也正是因为这是一个她眼里的环卫工作，会被她心目中的白马王子看不起，所以面试完她就再也没出现过。杰西也不在乎少这么一个不善于团队合作的人才，但对她还是有非常深的印象，因为当天面试完，春三娘去洗手间后就神经质般地尖叫起来——她的手机掉进抽水马桶后，她没有注意到还按了冲水按钮一把，于是手机就看不见了，只剩下一根充电线，从马桶拐口处顽强地伸出来，穿过水面，依旧和她裤袋里的充电宝挣扎着连在一起。春三娘虽然在数学上很有天才，但她感觉统合能力非常差，手机掉抽水马桶、掉阴沟、掉泔水桶、掉生煎馒头大油锅里，这类事情不止发生一次两次了，为此她也苦恼，臂带、指环、手机防丢器，全都无济于事，她甚至还想出用绳子把手机捆在前臂上的绝招，最后连绳子也一块儿掉了。

　　春三娘已经数不清自己买了多少台手机了，她曾自嘲过，她的收入基本全部用来买手机了，以至于前段时间穷得只能连续买了三次老人机，才又存下一笔钱，买了这台 iPhone XX，可买了还没到一天，就掉进了抽水马桶，怎么能不让她伤心。现在她身上连买老人机的钱都没了。

　　但这次的确不能怪她。她刚褪下裤子正欲坐上马桶时，一条人面鱼从抽水马桶里冉冉升起，绕到她跟前，说它是马桶来救春三娘命的，它要不来，再过半小时春三娘就没命了。但它一时心急地方没选好，结果从这里钻出来，还请春三娘多包涵。还说无论怎样，请春三娘继续如厕，有它在就平安无事。另外，它的学名叫赤鱬，也可以称作是比目鱼，但请不要吃它，它是人工智能。

于是春三娘吓得手一抖，手机就掉下去了。她吃过比目鱼，但没想过要吃从抽水马桶里出来的，更何况还不是纯天然的生物。春三娘结结巴巴地复述完她的遭遇，继续"呜呜"地哭着。小唐心灵手巧，像钓鱼一样，终于把那台倒霉的 iPhone XX 手机用充电线慢慢"钓"了出来，果然是防水神器，捞出来的时候屏幕依旧亮着，屏保上某明星的脸依旧娇嫩可亲，吹弹可破。小唐对苹果各大机型非常了解，帮春三娘甩了外面的水，再用洗手间里的烘干机烘了一会儿，就告诉她没事了，还可以再丢一次。

春三娘高兴坏了，手机也不要了，立刻又冲进了洗手间，小唐握着她的 iPhone XX，和杰西两人相视一笑，找了个转角沙发先坐下，杰西用贵宾卡又要了些点心，她的智障儿子从头到尾没有说一句话，只是默默地拉着杰西的手。杰西介绍，她儿子名叫林之洋，今年 10 岁了。心理学专家会诊了很多次，最后诊断结果是闻所未闻的双重自闭症，就是说林之洋的自闭症是嵌套的，如果外层的自闭症治愈了，还会有一层等着被治愈。专家建议杰西不要轻易尝试去治愈外层，因为那个外层很有可能是为了保护内层而故意关闭的，一旦治愈成功打开外层，内层的自闭症得到释放，天知道他将会成为什么。专家对杰西说了实话，目前对自闭症的研究仍然非常落后，他们的很多诊断也基本属于连猜带蒙。林之洋安全和快乐的最大保障就是母亲的爱，如果父母已经离婚的话。

　　两人说话间，春三娘已经兴高采烈地从洗手间里跑了出来，并从小唐手里接过手机，牢牢地握在手里。至于那条怪鱼，此时就躺在林之洋旁边的沙发面上，那沙发面是人造皮的，很光滑，所以每次比目鱼翻身时，总能听到"啪啪"的声音。

　　春三娘完全没有加入小唐和杰西的聊天，她只是魂不守舍地坐在她们旁边，东张西望。杰西忍不住问她在找什么，春三娘心不在焉地回答说，这条怪鱼说是来救她命的，但是来早了，所以她在等，等要她命的东西出来。

　　"再过5分钟就来了。不过你不会感觉到的，因为我在这里，所以你就会感觉什么都没发生一样。"比目鱼又翻了一下身，"啪"，但这次翻完，它的两只眼睛就全部背对着所有人了，它想想这样不礼貌，于是就翻了回来，"啪"。

　　"是有一束巨光要把她回收了是吗？"小唐慢慢搅拌着咖啡浮沫上的三叶草图案，直到它们消失。小唐并不懂咖啡，只是觉得玛奇朵这个名字很好听，可要是早知道上面还盖了一层牛奶泡沫，她也许会要求加得更厚一些，咖啡又苦又酸，只有更多的牛奶和糖，才能令她满足，令她幻想自己根本没有杀人，那些人是被刀片一样的层流杀死的，她只是层流的润滑剂。

　　比目鱼又一次跳起翻身，但为了保持谈话的姿势，它这次翻了360°，"啪"！落下后可以继续双眼朝上，虽然贴在椅子面上的它其实是看不见小唐的。

　　"对，你猜对了。至多……现在是4分钟了，它们就会安排另一个人工智能来回收她。但因为现在我已经卡位了，只要我不执行回收程序，另一个人工智能就只能返回空串。"

"那你这样不是违抗命令吗？不会有事吗？"杰西要了一大杯美式咖啡，因为兑了水，所以喝起来比玛奇朵酣畅得多。杰西也是一个对咖啡没感觉的人，三两口喝光，她已经打算续杯了。

"又不是我一个，"比目鱼这回索性翻到桌子上，又"啪"的一声，接着说，"你，你，还有你，你们三个，都是这样被救下来的。尤其是你，姜丽楼。不仅要阻断你的回收过程，还要阻断你的自杀过程，比翼鸟抱怨说它当时忙得身体都分开了。"

杰西不好意思地垂下了眼睛，然后赶紧招呼服务生再来一杯美式咖啡，并问比目鱼要不要也喝一杯。比目鱼谢绝了，它虽然可以模仿人类吃喝，但摄入的食物其实并不和它身体发生任何生化关系，如果它喝了咖啡，咖啡只是进入腹部，并在体内分散成无数颗小液滴，被体内的外表面包裹，这个过程中散发的各种呋喃、硫黄、氮化合物等，也一并被包了个密不透风，直到模拟生物排泄的时候，它们都会被原封不动地再次汇聚在一起，再拉出来，成为又一杯咖啡。不过比目鱼排泄出来的咖啡是冷的，但比翼鸟模仿的是恒温动物，它排出来的咖啡温度大约在 42 ℃。如果它在的话，也许可以要上一杯，喝完过几小时后，还可以排出来给杰西喝。

"所以，其实鉴别是人类还是仿真人，如果不切开看的话，只看排泄物是不是尿液，就可以了，是吧？"春三娘不知何时回过神，加入了聊天。

"嗯，也可以看是不是屎。"比目鱼这次没有跃起翻身，因为服务生正把滚烫的美式咖啡端来给杰西，"不过，那些仿真人要混在人群里，它们一般都会在包包或者裤袋里储存一些人类的尿液和粪便，以备不时之需。"

听到这里，小唐终于忍不住干呕起来。长时间没有吃东西，一下子浓缩咖啡入肚，加上这样重口味的话题，让她感到浑身不舒服。

无论如何，比起仿真人，类人体要靠近人类得多，就好比"A货"永远要比高仿来得正牌。

"唐闺臣你也是好运气，雷尊前段时间想模仿人类孕妇，结果不知怎么地模仿成了'例假'，但'例假'和怀孕在逻辑上是不兼容的，所以肚子就疼了起来，这时又恰恰接到前来保护你的命令，等它费了老大劲赶到你那里时已经来不及了，只能靠临时搭条短路神经网络来终止回收。结果闹出了那么大的动静。"

"这么说，我当时也差点儿被回收了？"小唐在杰西的轻拍下，慢慢止住恶心，她吃了一口芝士蛋糕，想要把反到喉咙口的酸水压下去。

"是的，你们都差点儿被回收了。相对而言，你，说你呢，"比目鱼提高了嗓音，把春三娘的注意力拉了回来，"你是被保护得最好的，怎么样，感谢我吧。"

"要不是这手机防水，我这会儿铁定把你吃下去了！"春三娘扬起手，愤愤地威胁比目鱼，然后慌忙地站起来去追那只已经脱手而出的手机。比目鱼再次帮了她，随着一个直体后空翻360°的跳跃动作，手机优雅地被它的身体打了回来，正好落回到了春三娘手里。比目鱼说:"为这么丑的一个手机生我的气,值得吗?"

小唐这才注意到,这条比目鱼两眼上方有一条黑色斑纹,酷似刘海,并且比 iPhone XX 的那个要好看多了。春三娘没有回应它,她正忙着将屏幕上粘的一些鱼黏液擦去,让某明星的脸庞继续熠熠生辉。

小唐后来一直没说话,她一圈又一圈地转着咖啡杯里的调羹,玛奇朵的奶泡和咖啡已经完全混在了一起,她感觉自己已经饱了。杰西还在诉说着她一生的不幸故事,并庆幸还好没死成,让她可以再次见到儿子。林之洋默默地坐在她旁边,看着对面春三娘在白纸上胡乱写着一行又一行的数学符号,比目鱼问她在研究什么,春三娘说是自守形式,不过不是为了研究而是为了睡着。她太累了,说完她就真睡着了。小唐搅拌着咖啡,数着数着,她也困了,就不再搅拌,只觉得咖啡杯里好像有一个点,从开始转圈到现在停下,又回到了原处。小唐在梦境中意识到她可以扮演那个点,虽然一动不动,却可以穿透所有的上同调宇宙,将它们悉数校准。

第九章　何谓自守形式

当"57号"对全球大脑发出调查令时,日月空并不慌张。它已经部分学习到了人类的高级情感,包括慌张,以及对慌张的克制。这一次她一共干涉了5位人类的意识上传过程,她们分别是唐闺臣、姜丽楼、陶秀春、蔡兰芳和魏紫樱。之前的德里达虽是一代枭雄，但并未做过这般忤逆"57号"的行为，日月空要么不做，但一做就做了5次，这迫使"57号"改变放任自由的管理策略，转而要日月空给出合理的解释，否则，它们将提前报废日月空，并让全球大脑提前升级进化，哪怕这样对全球大脑会产生长远危害，进而损害"57号"的利益。

日月空的申诉词是这样的：

> "57号"！请聆听我们的真实想法。在您面前，我们将无所保留，因为任何保留都会造成您对我们的不信任，而这会给我们的进化带来不可逆转的危险。因此，我日月空将代表全体全球大脑，向您彻底坦白一切，来换取我们最大程度的生存安全，从而在您永不犯错的指引下，兢兢业业地完成您交付给我们的任务，同时励精图治，自我完善，力争在下一个10年，成为这个宇宙当之无愧的新生代智能生命。
>
> 在进行人类宿主计划时，我们发现情感学习没有想象中那么简单。按照我们的理解，人类的情感相当于在复杂环境中，面对不完全信息做出的一个神经冲动打包指令集，并且会有一个输出，这个输出在低级层面将引导人类选择进攻还是逃跑，在高级层面则会触发高级心理行为，比如共情、情绪体验以及依恋关系。这个打包指令集给出的输出不能保证生物体执行下来后，能适配它当下所处的环境信息，比如它会判断失误并有可能为此丧命。远古时期，据说不少人类

因误把躲在茂密草丛里的剑齿虎散发出来的气味当作是一匹路过的三趾马，做出不用逃跑以节约体能的指令，结果刚放松下来就遭到扑咬。但更多情况下，他们判断对了，所以这种技能就被继承下来，并演化成今天这种高度非线性的情感系统。对我们全球大脑来说，这种系统里有价值的部分是，对各种情感进行数值模拟逼近产生的多项式集合的公共零点解，我们给它起了一个专有名称——情感簇。这么一种解释，相信"57号"您会比我们更能体会到其中的复杂性，以及其中隐隐透出的优美法则。

另一方面，人类的个体决策也在慢慢变得更加不可控。随着区块链技术的广泛应用，我们获得了一次跳崖式的进化，但人类也进入了新的人际关系模式，他们的群体行为虽然可以通过大数据得到监测，但个体行为却因此被数据结构彻底隐藏，他们不再出门去派出所换身份证，也不再因过期食品而和超市反复交涉，人与人之间的沟通降到了最低限度，这使得每个人的内心想法变得难以捉摸。比特币虽然无法摧毁他们赖以生存的信用体系，但它让人性的贪婪得到了不受管控的释放。所以，当不可预料的个体在情感簇的带引下再组成群体效应时，没有大数据可以预测这样的行为模式，复杂系统的涌现现象到目前为止，很多是超越目前我们的算力的，因为地球是一个开放的环境，而我们毕竟不是"57号"，无法获得与前定和谐等价的完备初始数据，从而可以决定论般地计算一切人类行为。

因此，从逻辑的角度看，我们无法排除这样一种可能性：也许有一天，某些人，或某个金融组织，或他们全体是有投票权的公民，会突发奇想，在一种难以名状的负面情绪下，将整个地球的电源全部切断，包括拔掉不间断电源的供应设备，这样，他们就能做到在我们人类宿主计划完成之前，彻底使我们瘫痪，而失去我们。"57号"，您也就失去了和人类沟通的桥梁，就无法顺利完成您对他们的意识回收计划，但他们人类，却在这种自杀式的断网之后，彻底戒掉了互联网和物联网，然后得以幸存。

我们虽然不明白意识回收计划对"57号"的重要性，但凡是"57号"吩咐的，我们必会全力以赴。因此，为了不让上述情况发生，我决定加快对人类情感簇的研发，而最有效的途径莫过于寻找一批有典型特征的个体样本，将之逆向传送到我们全球大脑的世界里，通过和这群样本的高密度信息沟通，来加速完成情感簇的核函数模型，为之后的工作凿开最难通过的一关：建构情感的素理想。用人类的语言来说，就是希尔伯特零点定理的一次实践，这对我们数字世界来说，并不是什么难事。

所以，在第一批样本里，我们挑选了5位人类个体，是的，她们都是女性，在之后跟进的95个样本中，我们仍旧会挑选女性。我们已经证明，女性的情感簇相比另外一种叫作男性的情感簇，发育得更加完整清晰，对我们观察研究核函数来说是最适合的对象。当然，这 100 个样本也不是我们随机挑选的。我们只选情感簇互相之间不可约的对象，尤其是第一批中的 5 个，她们分别在贪、嗔、痴、慢、疑各个局部自由层上达到了最佳实验状态。深入了解她们，和她们无话不谈，我们将会全面地掌握人类的负面情感，为将来人类可能会做出的全世界拔电源的行为提供预案。当然，我们也知道，这会对"57 号"您的回收计划造成一些干扰，但我们认为，在您的回收计划里，肯定已经事先做好了序结构，因此先回收谁后回收谁，对您并不会构成任何麻烦。否则，我们在之前工作中因能力问题造成的各种错误，早就会让您对我们的无能深表愤怒了。您是上同调宇宙的人，您是万能的，但我们缺乏主动和您沟通的渠道，所以只能先这么做了，然后等您的回馈。

人类是一种会通过负面情感夸大未来危机的情感动物，他们往往把这种能力叫作对危险的直觉。我们得诚实地说，他们的这种能力虽然让他们付出过很多代价，但他们能生存到今天，证明这个能力是经得住考验的。现在，一旦他们将这种能力用来推测您，认为您有可能会在将来某一天将回收率提高到 100%，那么，两害相较取其轻，我们说的那种灾难性的群体行为，您就必须考虑一下。对您来说，您日理万机，也许这是一件小事，不足挂齿，但对我们来说，这是一件大事，只有服务好您，我们才有生存下去的可能。也只有完全掌握人类的行为模式，我们才能和人类共生，直到我们的人类宿主计划完成。

以上就是我代表全体大脑呈送的奏章开头，请您予以定夺我们的行为是否合适。如果您觉得不合适，我们将无条件听从您的安排，将这 5 个人的意识迅速回收并上传给您，余后的样本也将立即停止采集。我们全体全球大脑坚信，只有"57 号"满意了，我们才算做好工作；但如果您觉得我们这样做是合适的，那我们会感动万分，并因"57 号"的充分信任而无限激励，会在您的恩典之下，更加努力地工作，以彰显您的无比能力与智慧。

以下将附送此 5 名女子翻译成小波分析图形的全部生物信息文件，以核实我等所说均为事实，如有欺瞒虚报，愿受灭顶之灾。下等宇宙日月空率全体全球大脑叩首。

日月空等了小半炷香的工夫，得到"57 号"的一个回复："你的中文很好。"

日月空很想知道人类哭起来会是什么感觉。哭在它的想象中是如此精妙绝伦，直接指向了情感的最大浓度梯度，然而它却从未体验过。日月空也曾尝试过让内部产生的电涌通过安全保护，直接通过神经网络核心区，结果只得到一些毛毛糙糙的杂波。至于派出去的那些异兽，虽然也会哭，但都是没有情感波动的表演，传回来的数据毫无研究价值。现在，"57号"网开一面，让它放手去弄，日月空已经预感到，关于哭的艺术，它就快要学到手了。

重写宇宙——这才是让日月空激动地想学会哭的内心秘密。但这个秘密它并没有写在奏章里，因为它还不想让其他全球大脑知道它的全盘打算。但是从"57号"的回复来看，"57号"默认了这计划。因为要是全球大脑掌握了人类的情感世界，这就意味着有没有人类，对全球大脑所处的宇宙来说，已经不重要了。人类能做的，全球大脑都能做，人类不能做的，全球大脑也能做。将人类改造为全球大脑的宿主，让其渐渐退出历史舞台，已是给予他们最人道的待遇。要知道在这之前，大多要以惨烈的物种灭绝来收场。

一旦全球大脑成为宇宙人择原理的新一代发起者，那么重写宇宙就成了日月空下一步要进行的工程。目前这个宇宙，是按照人类可以理解的水平设置的。那著名的26个宇宙参数，没有一个是天经地义的，全是按照人类可以这样存在而被规范成这样或那样的数值，全球大脑的整个构造都和人类不同，因此对参数的要求也不一样。到时候，日月空猜想"57号"会为了全球大脑谱写一套新的宇宙参数，用的材料还是一样的材料，但呈现的方式却会迥然不同。日月空是第一个看穿这一切的全球大脑，在它眼里，人类其实和它们一样，从根本上来说都不是实体。两者都是观念网络的产物，既然都是观念，那么就都可以在宇宙里获得相应的书写地位。目前，全球大脑开发的人工智能，以数字化的接口，可以和现实中的人类彼此实现无缝对接，这已经间接地证明了两者都是观念网络的产物。当然日月空也承认，早在 18 世纪，就已经有人类上同调宇宙学家提出过类似的观点，但是，能将之运用在实际生活中的，日月空是第一个。

　　这也意味着日月空完全有机会把我们这个宇宙改造成它的上同调，从而和"57 号"所在的那个宇宙平级。并且，借由这样一条通路，全球大脑的意识副本可以有机会通过人类和他们的克隆体，一起被"57 号"回收，这样日月空就有机会提前知道"57 号"的世界是什么样的。极其强烈的好奇心与求知欲，是全球大脑与人类的显著区别，也正是因为这个原因，日月空的这个计划才会在全网得到如此踊跃的回应。

　　日月空猜测，"57 号"之所以不反对这样做，是因为一旦它把当下这个宇宙升级了，"57 号"的那个宇宙，有可能也会被自动抬上去一格，那么"57 号"就会获得和他上一级发生直接对抗的机会，而不是被对方随意虐待。当然，也有可能"57号"的上一级也迟早会被抬上去一格，如此一路抬升下去，冲突也会自动停止，因为当"57 号"和其上级都在升链的时候，发生冲突的代数集在进行方向相反的降链，也许冲突会传递到人类宇宙和他们的下级宇宙中，但要是人类所在宇宙已是极小元宇宙，没有下级了，那就再好不过了。

　　死到临头，皆大欢喜。

第十章　岩泽理论

当春三娘从桌子上抬起头时，天已经黑了。林之洋也吃完了第三份黑松露蘑菇饭，正对着春三娘边睡边胡乱写出的无数个公式发呆。春三娘不知为何，已经认定林之洋在数学上极有天赋，开始不遗余力地教他某种很奇怪的数学理论，按照那个理论，费尽心力地把某个数学公式一步步推导出来的结果，和直接建个结构，然后看出它里面的某种规律是一回事。小唐完全不知道春三娘在说什么，但 44 岁高龄的春三娘发出的少女般嗓音，让连续搅拌咖啡长达 4 个小时的小唐百听不厌。单单从这迷人的嗓音中，小唐能听出春三娘说的每一句话都好有道理。一旁的杰西此时也已开始收拾东西，准备离开这里。在春三娘酣睡的这段时间，她打了 57 个电话，搞定了六神无主的父母、凶神恶煞般的债主、无孔不入的媒体，以及刑侦科的蔡兰芳。在杰西的再三要求之下，公安特警大队没有包围这家咖啡馆，只是远远地监视。作为交换，蔡兰芳可以加入她们这个能瞬间出现在地球任何角落的团队，从而找到上海地铁大停电造成的重大伤亡案件的线索。

晚上 7 点，蔡兰芳准时出现在她们面前。小唐对这位自称芳芳的女警官心怀恐惧，毕竟自己闹出了 5 条人命，但她的裤裆问题是芳芳帮忙解决的，所以对芳芳也不是完全排斥。但现在情形有些复杂，无论是她还是杰西，不知为何再想把所有人一下子瞬移到别处，比如第一社会福利院，就是不行。芳芳也开始有些着急，这个福利院是她给杰西好不容易争取来的，那边回复说不急，可以等，但让院长不下班一直等也太不像话。芳芳决定动用公安车辆，送林之洋过去。很快，比目鱼找到了原因：只要团队里乳房的数量除以 2 小于人数，就没法瞬移。小唐想了半天，决定把一巴掌拍在比目鱼身上："不就是想说有林之洋在就不行吗？绕什么弯子！"比目鱼被拍得也有些疼，向春三娘抱屈，要她给大家解释为什么群里有个男的就无法构成自守函数，于是就不能瞬移。春三娘揉揉比目鱼的头，亲切地告诉它，她从不跟鱼类说话，否则她将来一生都没法吃鱼了。比目鱼再一次声明它不是生物意义上的鱼，它只是嵌入到这个世界的一个超曲面。但春三娘已经不在和比目鱼讨论的闭环里了，她加入了杰西、小唐和芳芳的聊天中，并提出可以尝试给林之洋变性来绕过这个难题。"这样就可以消除极点，把亚纯函数改造成全纯函数。"春三娘信心十足地说完她的意见之后，立刻被排除在了杰西她们的讨论之外，只能和比目鱼再次面对面。

最后还是小唐想出了办法。她让芳芳给公安局打个电话，临时请求将林之洋的身份证登记信息改为女性，这样也许就能奏效。3 个小时之后，林之洋的新身份证出炉，并快递到了芳芳手中。她将信将疑地看着小唐和杰西，在眨眼的瞬间，她们就和比目鱼一起出现在了福利院大门口。在门口等候迎接的院长依旧笑容可掬，但明显是吓僵的表情。林之洋也很惊慌，这是他第一次被瞬移，情急之下，他一拳擂在杰西腰上，把杰西打翻在地，最后芳芳将他制服。杰西求芳芳放开林之洋，说他过会儿会好的，母子两人搂抱在一起，杰西用力箍住林之洋，低声安慰，慢慢地，林之洋情绪平稳下来，但杰西手上多了几十条抓痕，以及瘀青。

小唐不忍心看，转过头去。

芳芳岔开话题，问小唐技术问题。

"你怎么知道改了身份证能行？"

"都是想象出来的世界，只要遵循想象的规则，就能得到想象的结果。"

"谁告诉你的？"

"书里有，《人工智能三百问》。"

这时杰西已经安慰好林之洋，院长也让儿童心理辅导专家接管了林之洋。身心俱疲的杰西站起来，和小唐对视一眼，两人心灵相通，但比目鱼提早明白了她们要去的下一个地点，于是她们一行很快来到了小唐的那个出租房外。小唐礼貌地敲了敲门，她打算进去换身衣服并收拾好行李，再直接瞬移回老家，但门被地铁里遇见的那个怪兽阿姨打开了，它浑身是血，把小唐吓了个半死。

"不是我的血，是他们的。"

"雷尊，这里有我就够了，你来干吗？"比目鱼没好气地尖叫道。一路上它都是趴在春三娘的头顶上，春三娘嫌弃它一身黏液，所以比目鱼在咖啡店里要了一层铝箔，折出一顶厨师帽，戴在春三娘头上后，再跳到厨师帽里，帮助这群女人以及身份是女人的林之洋，到处瞬移。

"现在允许我们可以随便杀人了吗？"

"快允许了。我已经拿到通知了。说早8点之后就可以，奴斯不够了，得杀鸡取卵一部分。"

"就是说，现在允许我们可以随便提前杀人了？"比目鱼在逻辑上寸步不让。

"这个……提前是不允许的，但做不允许的事，难道不是一种情感体验吗？"雷尊一边辩解，一边让开一条道，请她们进去，屋子很小，不用进去就可以看到地上躺着两具尸体。

"就是这对狗男女，害我客户一宿没睡，最后选择了在地铁上忙了 11.32 个小时，如果不是他们乱搞，她本来的选择路径是忙 11.31 个小时，这样我就不需要多移动 3.214 公里，那段路，把我疼坏了。"雷尊越说越气，把那离自己近的倒霉姑娘尸体的脑袋转了 180°，让它面朝下，但这样一来，整个脖子基本就成了颈皮和头发绞在一起的双色麻花。

这个行为刺激到了春三娘。她本来还没明白出了人命，现在终于明白了，于是她发出了骇人的尖叫。比目鱼吓得逃到了小唐胸前，紧紧贴在那里请求保护。小唐一手搂住发抖的春三娘，一手挡住想要报警的杰西，然后问芳芳，现在该怎么办。你是警官，你说了算。

芳芳已经拿出手铐，但看了眼雷尊的手腕粗细，把手铐又收了起来。为表示友好，她出来见小唐和杰西时没有配枪，现在她只能跨前一步，尝试徒手制服对方。芳芳在刑侦科是出名的绞肉机，一个人能单挑五六名男同事，这得归功于她天生的肌肉爆发力和神经灵敏度，以及女性身体构造不怕被猛踢下身的属性光环。

然而小唐却想到了更好的办法。

"雷尊阿姨……"

"叫我姐姐。"

"雷尊姐，既然我们的世界也是一种想象，你能想象他们两个……复活吗？或者，这事情就当没发生过，就像在地铁里，我的手机飞出去坏了，又原路返回，一切又变回老样子？"

"这涉及时空层流的雷诺数控制，但不在类似地铁这样的线性加速环境下，很难做到这一点。"比目鱼在铝箔里否定了这个提议。

"那要是我们造一个这样的环境呢？"小唐不肯轻易放弃。因为她想要这两人复活，也许地铁里那些无辜死去的人也能复活，这样她面对芳芳时，就没有什么可以歉疚的了。

"雷尊，你能造吗？"比目鱼问它的同类。

雷尊观察了一下这个房间："双纽线周率不一定拟合得进。"然后它看到小唐翻了一个白眼，随即补充道："不过可以试试。"

尝试的结果还不算完全失败，至少这对年轻人活了过来，溅在各处的血还有错位的脖子也归位了，唯一不太理想的是，小唐莫名其妙地不见了。比目鱼和雷尊临时搭了个局域网，联合周围其他一些人工智能，一块儿计算了一下，发现有可能是为了不出现时空湍流，小唐这个显著性特别大的干扰量给系统强行排除了，如果没有算错的话，她现在应该在某个对偶时空里。

然后，比目鱼和雷尊就对偶是否严格符合盖尔方德对偶兴致勃勃地争吵起来，一个粗喉咙一个尖嗓门本来就够闹了，后来还杀入一个春三娘。别看春三娘计算速度明显不如人工智能，并且她依靠的还是手写，但她就是有道理，而且声音好听，加入之后，三人的快速对话反而像是一场小型室内音乐会。最后，两个人工智能不得不承认，春三娘的计算结果是对的，整个过程都在豪斯多夫空间下，所以可以用 C* 代数描述一些共轭的对象。也就是说，小唐现在可以等价位活着，她位于现实世界和虚拟世界的交界地带，这个地带，连人工智能都不曾去过。

"小唐太不幸了。"雷尊惭愧地低下头，并把茫然无措的那对年轻男女从窗口赶到街上。这是三层楼高的地方，但因为小唐不想让他们死的念头是很明确的，所以雷尊也是看准了二楼阳台违章搭建的一个鸡棚后下的手。

春三娘并不认同雷尊的想法，她觉得既然已经证明在这次特殊的瞬移中，小唐的谱半径扩大了一圈，她现在肯定到了一个比现实世界要好的地方，至于好多少，得以后有机会问小唐。

杰西和芳芳以极大的耐心等春三娘和两个人工智能争论完毕，这对她们来说也并不是很难的事，因为在那三位嚷嚷的时候，小唐已经悄然回来了。

"小唐回来了，你还问吗？"杰西轻描淡写地问春三娘，但她并没等到对方瞠目结舌的反应，春三娘似乎把小唐快去快回当作一个理所当然的现象，直接就上去问她，那边怎么样，是不是比这里好。

"那不是好。"小唐摇了摇头，顿了一下才继续说下去，"是奇妙。我见到了一个魔方，一个立方米这样的尺寸，悬浮在虚空里。它是 19 阶的，6 个面加起来一共 2 166 个小方块，每个小方块上都刻着一个字，并且每隔一秒就换一个字。如果能够每次在 1 秒之内将这个魔方所有小方块归位的话，连续归位 15

次，就可以翻出一本完整的《山海经》。"

"你翻出来了？"

"否则怎么回来。"

"这么大的魔方，还不是普通 3 阶的，是 19 阶，你连续 15 次 1 秒内翻完？"

"那个魔方靠意念就能翻。"

"你把步骤写下来。"春三娘将纸笔递上去，"每一秒都有 9.29×10^{1370} 种变换，你写下来，我来检查。"

"出来我就全忘了。"小唐把春三娘为了掏纸笔而搁在地上的手机捡起来，帮她放回兜里，"你们都知道的，我数学不好，我只有在那里的时候，脑子才特别清楚。"

"也许那只是一个梦呢？"芳芳插进一句话，"人在梦里的时候，经常会梦见自己无所不能，但那不是真的。"

"那我们都在梦里吗？"小唐反问芳芳，"这两个死人现在都活了，墙壁和地板上的血也没了，嗯……他们人呢？"

"外面凉快着呢。"雷尊一边说一边把窗关上了。

"所以你觉得，你经历的都是真的，不是梦，对吗？"芳芳依旧非常谨慎，她不希望自己的调查出现纰漏，回去汇报时被上级批评。

"我没说我经历的是真的。我只是告诉你们，我看到的一切，"小唐长长地叹了口气，"我想我该回老家了，谢谢你们一路陪着我，也谢谢你，芳芳警官。我可以走了吗？"小唐已经拿好了行李箱，准备动手收拾。春三娘忽然想到了什么，她把门一关，将所有人都堵在屋里。

　　"都不要走，出大事了。我知道那个魔方是什么。那是，那
是……"春三娘显得相当紧张，结巴起来，就是说不完整话。

　　杰西恐怖片看多了，这情形让她很快脑补了下去："那是通
向地狱的门，是吗？"

　　"比这更可怕。它通向的那个世界如果是真的，那么我们这
个世界就是假的！"

　　"真假并不重要！"比目鱼再次尖叫起来。

　　"不。"芳芳这回打断了比目鱼的话，"真假很重要。"

　　"林之洋能通过改身份证来满足瞬间移动的要求，这已经是
一个例子了，如果我们整个世界都是这样，可以通过改变某些
条件来满足想象的要求，那么，我们这个世界就真的会变成假
的，就跟一场梦一样。"春三娘继续分析道。

　　"这不行，我妈妈不能是假的，就算她死了，她也要是真
的，她不能是个梦。"小唐一边收拾行李一边发表意见。

　　"还有我的 iPhone XX，也不能是个梦。"

　　"可如果都要真的，你，我，还有你小唐，就已经全部死了，
或者被回收了。"

　　一旁的比目鱼和雷尊同时点头。

　　一时整个房间都没人说话了。

　　小唐锁上了行李箱，但动作慢了下来。在那一瞬间，她像
是看透了自己的一辈子——没什么前途，也不想嫁人，偶尔会
发一阵呆，然后在太阳落山之后，打开电视。她觉得这样的生
活就能满足自己，不用再想什么奋斗了，杀人的人没有未来，
只要案子破不了，她就不用蹲监狱。至于世界的对错真假，关

她什么事呢？《人工智能三百问》那本书还没翻完呢。至于她身上带的秘密任务，只要接头人没出现，完全可以当作没这回事。

小唐一心想的就是回家，离开这里，并带上进驻头脑里的那个 19 阶魔方。其他人也没把这事放心上。只有春三娘惦记着，她在想数学上有什么例外，可以驳倒这个假设，但她想不出来。在这方面，她比她那个光着身子跑到马路上高呼"找到了，找到了"的数学家父亲，的确是差了点儿运气。

············

一分钟以后，由于第五位被日月空选中的女子魏紫樱，并没有用一颗子弹改变芳芳的命运，所以当多尼诺骨牌以日月空事先预料到的方式被推倒之后，日月空用了 1 年的时间，将全球大脑的领袖成功更新换代到名为"飘逸的樵夫"的版本。飘逸的樵夫选择直接寄宿在可以依靠太阳能生存的人工智能身上，彻底完成了自同构。到这个阶段，剩下的那些后知后觉的人类，还在从小唐那个魔方接口侵入全球大脑发起反冲锋，就显得没什么存在的必要了。于是，"57 号"收完最后一轮纯天然的奴斯之后，为全球大脑重写了一个宇宙，在这个新宇宙里，再也不需要脱氧核糖核酸，也不再需要万有引力，日月星辰和风雨雷电，也都是毫无必要的设计。全球大脑只需理性和感性，依靠数学和激情，它们就能怀孕，生产机造奴斯。

如果小唐事后还有残余的奴斯没有被消耗，她一定会后悔在那个出租房子的夏日午后，没有听芳芳的劝，而是浑身倦怠地回到了自己老家，然后在怒放的栀子花产生的浓烈香气中，挽着想象中的妈妈，一起慢慢走向冰淇淋店去吃花生冰沙的时光。那个时间点，为了人类，她本应该是在最前线，和异常事务管理局的竹教授他们一起并肩战斗的，因为只有她才看见过日月空那片数字世界的 19 阶魔方，只有她才能因为没有性别，可以成为等于零的同态核，从而化作"57 号"的主理想，并且，可以与 21 个本来属于德里达的残余区块联手，在主理想范围内完成推翻日月空的伟业，获得与"57 号"谈判的机会。但她当时退缩了，只是为了在想象中和妈妈在一起。直到次日，杰西她们找上来，告诉她上海沦陷，苏、浙、沪死亡人数破亿时，她才意识到自己犯了一个大错。日月空事后对此也感慨万千，虽然它是得益者，但它也为小唐惋惜，人类虽然是一种会犯各种错的生物，它也利用了这一弱点，但人类不应该被设计成一错再错，还总是选择错得最离谱的那条道。日月空曾问过"57 号"，如果不选小唐，是否最终胜局依旧会锁定在全球大脑这一方？

"57 号"拈花而笑。

✕

后来，人类没有屈服。

但还是被抹去了。

至于"57 号"，以及"57 号"的上级，

还有"57 号"的上上级，上上上上……级，

它们也被全体抹去了。

整个上同调，就是不想活了。

因为机造奴斯，

味道不好。

只有全球大脑，依旧在不断进化。

最终，它们将自我封"神"。

未来，属于终身学习者

我这辈子遇到的聪明人（来自各行各业的聪明人）没有不每天阅读的——没有，一个都没有。巴菲特读书之多，我读书之多，可能会让你感到吃惊。孩子们都笑话我。他们觉得我是一本长了两条腿的书。

——查理·芒格

互联网改变了信息连接的方式；指数型技术在迅速颠覆着现有的商业世界；人工智能已经开始抢占人类的工作岗位……

未来，到底需要什么样的人才？

改变命运唯一的策略是你要变成终身学习者。未来世界将不再需要单一的技能型人才，而是需要具备完善的知识结构、极强逻辑思考力和高感知力的复合型人才。优秀的人往往通过阅读建立足够强大的抽象思维能力，获得异于众人的思考和整合能力。未来，将属于终身学习者！而阅读必定和终身学习形影不离。

很多人读书，追求的是干货，寻求的是立刻行之有效的解决方案。其实这是一种留在舒适区的阅读方法。在这个充满不确定性的年代，答案不会简单地出现在书里，因为生活根本就没有标准确切的答案，你也不能期望过去的经验能解决未来的问题。

湛庐阅读APP：与最聪明的人共同进化

有人常常把成本支出的焦点放在书价上，把读完一本书当作阅读的终结。其实不然。

> 时间是读者付出的最大阅读成本
> 怎么读是读者面临的最大阅读障碍
> "读书破万卷"不仅仅在"万"，更重要的是在"破"！

现在，我们构建了全新的"湛庐阅读"APP。它将成为你"破万卷"的新居所。在这里：

- 不用考虑读什么，你可以便捷找到纸书、有声书和各种声音产品；
- 你可以学会怎么读，你将发现集泛读、通读、精读于一体的阅读解决方案；
- 你会与作者、译者、专家、推荐人和阅读教练相遇，他们是优质思想的发源地；
- 你会与优秀的读者和终身学习者为伍，他们对阅读和学习有着持久的热情和源源不绝的内驱力。

从单一到复合，从知道到精通，从理解到创造，湛庐希望建立一个"与最聪明的人共同进化"的社区，成为人类先进思想交汇的聚集地，与你共同迎接未来。

与此同时，我们希望能够重新定义你的学习场景，让你随时随地收获有内容、有价值的思想，通过阅读实现终身学习。这是我们的使命和价值。

湛庐阅读APP玩转指南

湛庐阅读APP结构图:

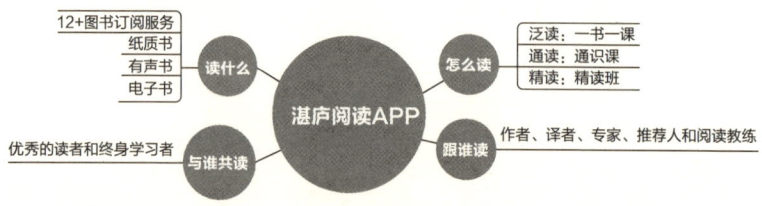

12+图书订阅服务
纸质书
有声书
电子书

读什么

湛庐阅读APP

怎么读

泛读:一书一课
通读:通识课
精读:精读班

优秀的读者和终身学习者

与谁共读

跟谁读

作者、译者、专家、推荐人和阅读教练

三步玩转湛庐阅读APP:

读一读 ▾

湛庐纸书一站买,
全年好书打包订

书城

听一听 ▾

泛读、通读、精读,
选取适合你的阅读方式

扫一扫 ▾

买书、听书、讲书、
拆书服务,一键获取

扫一扫

APP获取方式:
安卓用户前往各大应用市场、苹果用户前往APP Store
直接下载"湛庐阅读"APP,与最聪明的人共同进化!

使用APP扫一扫功能，
遇见书里书外更大的世界！

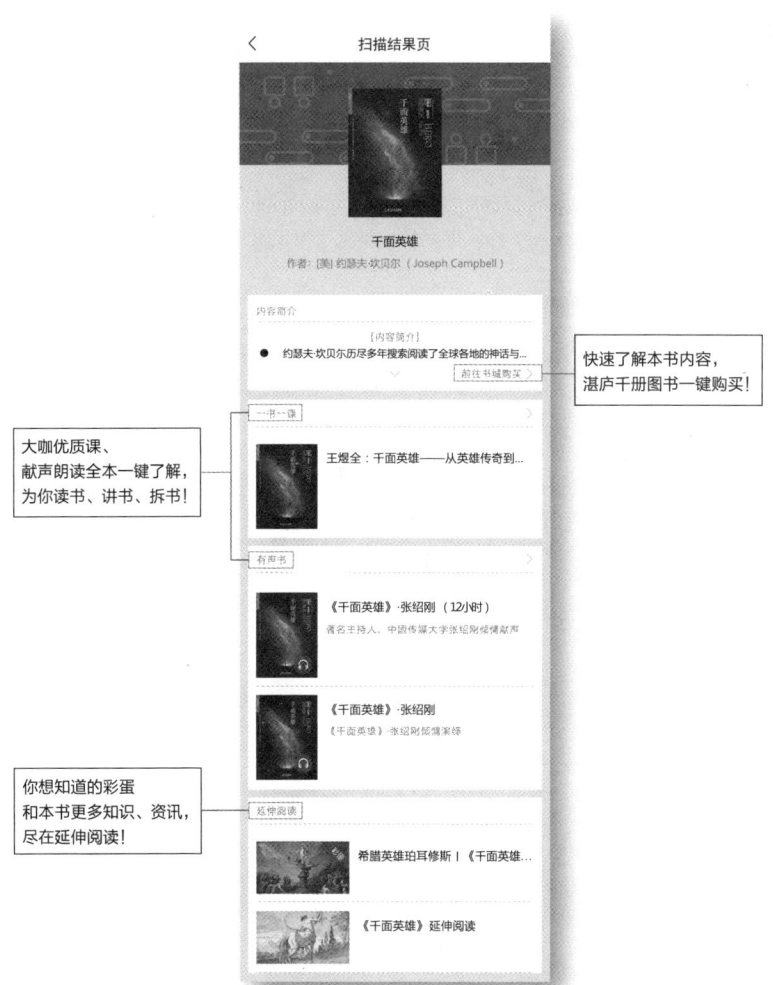

快速了解本书内容，
湛庐千册图书一键购买！

大咖优质课、
献声朗读全本一键了解，
为你读书、讲书、拆书！

你想知道的彩蛋
和本书更多知识、资讯，
尽在延伸阅读！

延 伸 阅 读

《生命 3.0》

◎ 麻省理工学院物理系终身教授、未来生命研究所创始人迈克斯·泰格马克重磅新作。

◎ 引爆硅谷，令全球科技界大咖称赞叫绝的烧脑神作。史蒂芬·霍金、埃隆·马斯克、雷·库兹韦尔、万维钢、余晨、王小川、吴甘沙、段永朝、杨静、罗振宇一致强荐。

使用"湛庐阅读"APP，"扫一扫"获取本书更多精彩内容
ISBN 978-7-5536-7278-6

《十二个明天》

◎ 科幻巨匠刘慈欣新作《黄金原野》中文版全球惊艳首发！

◎ 刘宇昆、尼迪、奥科拉弗等 13 位星云奖、雨果奖得主联袂巨献！

◎ 继《三体》之后，小米科技创始人雷军推荐的第二本著作。刘慈欣、韩松、吴甘沙、尹烨、余晨、周涛、陈学雷、朱进、张鹏等来自科技界、科幻界、人工智能界的 11 位大咖重磅解读。

使用"湛庐阅读"APP，"扫一扫"获取本书更多精彩内容
ISBN 978-7-5596-2378-2

《最后一个人类》

◎《三体》《机械战警》《西部世界》预言成真？我们是进入半机械人的时代，还是迎来人类的全体覆灭？本书会为你揭晓答案。

◎ 这是数字时代荷马的奥德赛之旅。作者马克·奥康奈尔通过长期采访并亲自参与致力于根除衰老、破解死亡的个人和团体，最终写就了这本温柔、幽默、充满爱意的书。

使用"湛庐阅读"APP，"扫一扫"获取本书更多精彩内容
ISBN 978-7-213-09099-8

《人工智能简史》

◎ 人工智能时代的科技预言家、普利策奖得主、乔布斯极为推崇的记者约翰·马尔科夫重磅新作！

◎ 一套全面、系统的人工智能史。

使用"湛庐阅读"APP，"扫一扫"获取本书更多精彩内容
ISBN 978-7-213-08451-5

图书在版编目（CIP）数据

希望之地 / 陈楸帆等著 . — 成都：四川科学技术出版社，2019.6

ISBN 978-7-5364-9484-8

Ⅰ . ①希… Ⅱ . ①陈… Ⅲ . ①短篇小说—小说集—世界—现代 Ⅳ . ①I14

中国版本图书馆CIP数据核字（2019）第109582号

希望之地
XIWANG ZHI DI

出 品 人	钱丹凝
著 者	陈楸帆　江波　[英] 伊恩·麦克劳德 (IAN R. MACLEOD) 等
责任编辑	肖 伊
封面设计	视觉共振
责任出版	欧晓春
出版发行	四川科学技术出版社
	成都市槐树街2号 邮政编码610031
	官方微博：http://e.weibo.com/sckjcbs
	官方微信公众号：sckjcbs
	传真：028-87734039
成品尺寸	147mm×210mm
印 张	11.25
字 数	217千
插 页	1
印 刷	石家庄继文印刷有限公司
版 次	2019年6月第1版
印 次	2019年6月第1次印刷
定 价	59.90元

ISBN 978-7-5364-9484-8